新潮文庫

上野池之端

鱗や繁盛記

西條奈加著

新潮社版

10598

目次

上野池之端

鱗や繁盛記

蛤鍋(はまぐりなべ)の客

『五歩に一楼、十歩に一閣』

えらい文人がそう記すほど、江戸に飲み食いの店は多く、その数ある店の頂(いただき)に燦然(さんぜん)と輝くのが料理茶屋だ。

郷里(くに)を出るとき、お末(すえ)はそうきかされていた。

「近頃は番付も出ておりましてね、奢(おご)った料理を出す店ほど人気が高い」

庄屋(しょうや)さんをはじめ、村の顔役たちの前でそう語ったのは、旅の小間物売りだった。

「中でも浅草『八百善(やおぜん)』、深川『平清(ひらせい)』なぞは、番付でも別格のあつかいで、国中からとり寄せた山海の珍味が、座敷の内に所狭しと並べられるそうですよ」

信州の片田舎の小さな村だ。江戸の話は、出稼ぎや奉公に行った者の便りから拾うか、このような旅の商人(あきんど)からきくしかない。

料理茶屋はいまからざっと五十年ほど前、十代さまの頃から出はじめた。田沼という御側用人（おそばようにん）がいた時代だ。「御留守居茶屋」とも呼ばれるとおり、もともとは藩の留守居役たちが、接待したりされたりする場所だった。それがこの二、三十年で雨後の筍（たけのこ）のごとくどんどん増えて、やがては札差（ふださし）のような羽振りの良い町人が上客となった。

いまでは番付が出るほどに料理茶屋の数は増え、そのいずれもがとかく贅（ぜい）を競う。

「おまえさん、『鱗（うろこ）や』という店を知らないかい」

「うろこや、ですかい？」

よくまわる舌で淀（よど）みなくしゃべり続けていた商人は、庄屋さんにたずねられ、とくと考える顔をした。

「ああ、上野池之端（いけのはた）にあるそうなんだが、どうだね？」

「あの界隈（かいわい）はたしかにいくつもの料理茶屋が軒を並べていますが、それと同じくらい……」

と、小間物売りは、庄屋さんの傍らにいる、お末に気がついた。隣にはお末の母親が、その横には父親がいて、真剣な顔つきで次の言葉を待っている。

男は、ぽん、と膝（ひざ）をたたいた。

「そういや、ありますねえ。いや、たしかにある」

「おお、本当かい？」

「間違いなく番付にありましたよ。たしか、右の真ん中あたりだったから……そうだ、東の前頭三枚目だ」

驚きとも安堵ともとれるどよめきが、炉を切った広い板間に広がった。

「店構えなぞは、どうなんだろうね」

「前頭となれば、そりゃあ構えも大きくて、きらびやかなものでござんすよ。御殿のような広い庭に、二階座敷を備えた棟をいくつも建てて、夜になれば提灯がずらりとならぶ。まるで昼間のような明るさで、お天道さまよりまぶしいくらいで」

男の舌はさらに調子を増したが、お末の父親だけは顔を曇らせた。

「お末はどうも、とろいからな。そんな立派なところで、本当にやって行けるのか」

「この子はその分、何事にもていねいだ。きっと大丈夫だよ、ね、お末」

膝の上にそろえたお末の両手を、母の手がやさしく握った。

両親と一緒に、お末がその席に連なったのは、奉公話が持ち上がっていたためだ。山をふたつ越えた村に母親の実家があり、お末より四つ上になる従姉のお軽が、江戸の料理茶屋に奉公に出た。それが「鱗や」だった。従姉は三年も経たぬうち良縁に恵まれて、店を辞めることとなったが、働きぶりを認められていたようだ。同じような働き者の娘をひとり、世話してもらえまいかと、母の兄にあたる伯父は店の主から便りをもらった。

お末は、次の正月で十四になる。歳頃も良く、ちょうど奉公先を探していた矢先でもあったが、父親は良い顔をしなかった。というのも、女房の兄を信用していなかったからだ。

「おれは正直、あの義兄さんはどうも好かねえ。腹の内で、何を考えているのか読めやしねえからな」

父親は村から少しでも近い、秩父大宮の辺りで奉公先を見つけるつもりでいたのだが、給金も比べものにならないほど高いと、伯父は手紙で熱心に勧めてきた。

「もらいの違いはもちろんですが、料理茶屋なら何より仕事が楽ですからね。きれいな着物を着て、料理を運ぶだけでいい。決して悪い話じゃあ、ないと思いやすよ」

小間物売りが太鼓判を押し、父親もようやく納得したようだ。庄屋さんは喜んで、男から煙管や煙草入れを気前よく買った。

けれど本当のところは、商人の話も、伯父の手紙も、半分以上がでたらめだった。

それを知ったのは、お末が鱗やに雇われてからのことだった。

「まだ、こんなところにいたのかい。座敷の掃除くらい、さっさと終わらせな！」

お継の金切り声には、ひと月経っても未だに慣れない。怒鳴られるたびに、びくんと身がすくむ。お末は窓の桟を拭いていた手を止めて、おそるおそるふり向いた。

「すんません……ここで終わりですから」

「障子の骨なんぞ、誰も見やしない。いちいち拭かなくっていいんだよ。まったく、何をやらせてもとろいんだから」

痩せぎすのお継ににらまれると、まるで爪楊枝の先で突かれたような気分になる。

「でも……食べ物をあつかう店だから、埃は良くないと……」

「はあ？　何言ってんだい。ここに来る客は、誰も料理なんぞ見向きもしない。いくらおぼこい娘だって、そのくらいはわかってんだろ」

わかってはいても、はっきりと口にされると、ひどく悲しい気持ちになる。お末は、しょんぼりとうつむいた。

鱗やは、料理茶屋とは名ばかりの、いわば連れ込み宿だった。

客のほとんどは男女のふたり連れで、どこか人目を忍ぶような風情の者も多い。

「番付の前頭だってえ？　いったいどこから、そんなでまかせを」

小間物売りからきいた話をしたときは、女中部屋が嘲笑の渦となった。

「まともな会席さえ出せない店が、番付の端っこにだって載るものかい。いいかい、うちみたいのは、即席っていうんだよ」

そのとき偉そうに説いたのは、お継だった。

昨今、格の高い料理屋では、会席料理というものを出す。もともとは連歌や俳諧(はいかい)の会席に出された、三の膳(ぜん)、あるいは五の膳まである本膳料理を、もっと簡素な二膳としたことからこの名がついた。茶の湯で出される懐石料理にも繋(つな)がり、懐石が茶のためなら、会席は酒のための料理だった。酒と簡単な肴(さかな)を先に出し、それから碗(わん)、膾(なます)と附合(つけあわせ)に、平皿、大猪口(ちょく)、飯と汁に香物(こうのもの)と、八皿が供される。

これに対して即席料理は、その日に得た材により、その場で趣向して客に供することからその名がついた。江戸なら江戸前の魚を用い、潮煮(うしおに)や塩焼き、刺身など、さまざまな皿となる。

けれどもお継の口ぶりでは、鱗やは即席料理屋の中でも、もっとも格下の位にある。

「いわばうちみたいのは、鰻屋(うなぎや)の二階と一緒なのさ」

鰻が焼き上がるには、半刻(はんとき)ばかりかかる。その間がちょうどいいということで、鰻屋は男女の逢引(あいびき)の場所としても重宝がられていた。出す料理が違うだけで、鱗やもその手の客をもっぱらとしており、不忍池(しのばずのいけ)の南側を占める池之端仲町(なかちょう)は、名のある料理屋も点在する中に、同様の連れ込みまがいの店が、多く軒を並べていた。

「掃除なんぞさっさと終わらせて、行燈の芯を替えて油を足すんだよ。それが済んだら階下で、膳の仕度だ。忙しいんだから、いちいち言われる前に動いて欲しいもんだね」

お末のやることなすことが、お継には気に入らぬようで、必ず途中で横槍を入れられて、違う用事を言いつけられる。その用が済まないうちにまた次の仕事を指図して、愚図だの役立たずだの、たっぷりと文句をたれていく。

名のとおり、末娘としてのんびり育てられたお末には、甲高い声でがみがみとやられるだけで、半鐘を頭からかぶせられ、金づちでたたかれたような具合になる。火事場で右往左往するごとく、身動きすることも考えることもできなくなるのだ。

あわてて雑巾を桶に放り込み、行燈へ走ろうとして桶に蹴つまずいた。ひっくり返った桶から汚れ水が畳にぶちまけられて、お末はその真ん中に倒れ込んだ。

「何やってんだい、この子は！　どれだけ面倒を増やせば気が済むんだ！」

癇癪を起こしたお継の怒鳴り声が、二階中に響いた。

「すんません、すんません」

身を起こすと、濡れた着物から雑巾の嫌な臭いが立ち上る。両の目にこんもりと涙が盛り上がったのは、臭いのせいでも叱られたためでもない。己の手際の悪さが、ただ情けなかった。

「何をぼんやりしてるんだい。畳に吸い込まれる前に、さっさと……」

そのとき折よく廊下から、別の女中がお継を呼ぶ声がした。

「まったく、この店は怠け者ぞろいなものだから、みんなあたしに降っかかってくる。この上、とろい新参の面倒なんて見きれやしない」

嫌味のまさった愚痴をこぼすと、早くするようお末にもう一度念を押し、忙しそうにお継は座敷を出ていった。

湿った着物が肌に冷たく張りついて、からだの芯まで冷えてくる。開いた窓から、降りはじめた雪が見えた。

お末が鱗やに辿り着いたのも、やはりひどい雪の日だった。

山や田畑を見慣れたお末には、江戸はどこもかしこも、ひどく窮屈に映った。垣を巡らせた鱗やの敷地も、やっぱり猫の額くらいに思え、座敷が十もある大きな二階屋さえ、不忍池から吹きつける寒風にさらされて、凍えるように縮こまって見えた。

小間物売りの話にあった、きらびやかさは微塵もなく、わびしい風情ばかりが際立っている。背景の曇り空のせいかとも思えたが、庭も建物も手入れがなされていないためだと、後になって気がついた。

鱗やに着いたときは、雪がいちばん盛んな時分だった。身動きがとれなくなる前にと、同行してくれた男は、お末を女中頭に託して、すぐに己の落ち着き先に向かった。

店とは渡り廊下で繋がった母屋に案内されて、お末は主人夫婦に挨拶した。

「おまえが、お末かい。お軽にくらべて、あまりぱっとしないねえ」

鱗やの主人、宗兵衛が、絹物に包まれた小太りのからだを揺すると、隣に控えた内儀のお日出がすかさず言った。

「器量が冴えない分、男をつくる心配も少ないんじゃありませんか」

「そりゃあ、そうだが……」と、旦那は少し残念そうだ。

やはり高価そうな着物をまとった内儀は、主人にくらべ、ずいぶんと若く見える。宗兵衛は五十一だが、内儀は十ほど歳下だった。夫には構わず、内儀はぴしりと告げた。

「いいかい、お軽がしでかした不始末は、きっちり尻拭いしてもらうからね」

「あの、不始末って……？」

「きいてないのかい？」

内儀に上から睨まれて、思わず上げた顔をまた伏せた。

「あの子はね、出入りしていた振り売りとできちまって、ふたりで逃げたんだよ。店の金を、しっかりとちょろまかしてね」

「そんな……あのお軽ちゃんが……」

従姉のお軽とは、幼い頃に三度ほど会ったきりだ。見目もよく華やかな雰囲気の娘で、お末たち小さい者の面倒もよく見てくれた。お末の父親が伯父をけむたがっているために、ここ数年は行き来が途絶えていたが、お軽がそんな恐ろしいことをしたなんて、お末にはとても信じられない。

本当なら役人に訴えるところを、お軽の親が金を弁済し、代わりの働き手をすぐに寄越すというから、今回ばかりは情けをかけてやった。内儀は恩着せがましくそう語った。

「手癖の悪い娘の縁続きなぞ、わざわざ雇いたくはないんだ。あの子の親が泣いて頼むから、仕方なく承知したんだよ」

伯父がここに来て、主人夫婦に詫びを入れたことも、お末ははじめて知った。

あまりの情けなさにたちまち涙があふれ、膝上に握り締めた両手にぽたぽたと落ちた。

「もう、そのくらいでいいだろう。そろそろあたしも、寄合に出る頃合だし」

泣かれるのは面倒だと言いたげに、主人が止めに入った。お軽の件を訴え出なかったのは、やはりこの主人が後の煩雑さを嫌ったためだったが、大人の事情などお末にわかる筈もない。いつまでもしゃくりあげる姿は、かえって内儀の癇にさわったようだ。

「泣いてる暇があったら、仕事に精を出しておくれ。従姉の分は、おまえに返してもらうんだから。少なくとも二年は、給金なんてもらえないよ」

お末は結局、お軽のことにはひと言もふれず、両親には無事に着いたとだけしたためた便りを送った。ただでさえ父は、伯父をよく思っていない。妹である母が、肩身の狭い思いをするのは避けたかったからだ。

その後、若旦那夫婦にも引き合わされたが、涙を堪えるのが精一杯で、お末はどうしても顔が上げられなかった。座敷を出しな、ぼやけた視界に、三方に載せられた鏡餅が映った。

年が明けて早々、まだ正月気分も抜けきらない頃だった。

「それは山吹の間に運んどくれ。銚子を倒したりしたら、承知しないからね」

濡れた着物を替える間もなく、その後もお継に追い回されながら、言われるままにただ動いた。

下っ端の女中はお末の他に、ここへ来て二年という十七と十八の娘がいた。どちらも小うるさい年増女のあつかいをよく心得ているらしく、お継の前でだけはてきぱきと動いてみせて、後は日がな一日おしゃべりに興じている。ふたりとも江戸育ちで、田舎者のお末のことは、まったく相手にしてくれない。

下がその調子なのは、使用人のしつけが行き届いていない証拠だった。

鱗やの使用人は、怠け者ぞろいだ。

お継の言い分はそれなりにもっともで、上にいる三人の中で、絶えず口と手を動かしているのはお継だけだった。女中頭のおくまと、その下のお甲は、怠けているときの方が明らかに長い。

おくまはでっぷりと太った中年女で、何をするにも大儀なようすだ。板場の横に長っ尻を据えては、余った料理やら菓子やらを始終食べている。食べ物と噂話よりほかはあまり興味がないようで、仕事の采配は、お甲とお継に任せきりにしていた。ただ、その分、下っ端女中たちにも大らかで、ここに来た日も、

「旦那やおかみさんに、きつく当たられたのかい？　あんたが悪いわけじゃないから、そんなにしょげることはないさね」

　泣きながら母屋から連れてこられたお末に、やさしい言葉をかけてくれた。

　それとは逆に、お甲はまったく愛想がない。余計な口はきかず、いつもこの世に退屈しきっているような顔をしている。おくまほどではないにせよ、やはり仕事に身を入れる気はないようで、女中部屋で黄表紙を読みふけったり、煙管を片手にぼんやりと窓の外をながめていることが多い。歳はお継と同年配、三十前くらいだが、くっきりとした顔立ちで、器量はそう悪くない。

　そして頼りにならぬふたりに代わり、存分に采配をふるっているのがお継だった。

「まだ、片手で膳を持てないのかい。本当にいつまで経っても使えない子だね」

「まあまあ、お継さん、無理して膳を落とされたりしたら、それこそ一大事じゃないか」

　板場の隅に大きな尻を据えたおくまが、のんびりと口を添えた。

「たまには無理をしてもらわないと、こっちの身が保ちゃしませんよ」

　当てこすりを返すと、左右の手に膳をふたつ捧げ、お継は急ぎ足で板場を出ていった。

お末は両手で用心深く膳をもち上げ、皿や鉢が膳の上をすべらぬように気をつけながら、そろそろと足を運んだ。

鱗やに来る客のほとんどは、料理は適当に見つくろうよう頼んでくる。そういうときは「お任せ」といって、煮物と焼物、和え物に煮豆と香物、五品が並んだ膳をひとつ運ぶことになっていた。

お末がきてからのひと月、膳の上は毎日同じ景色だった。煮物は椎茸とこんにゃくと豆腐、焼物はサワラかブリ、蛤とネギの和え物に黒豆と香物。客が乞えば、さらに飯と汁がつく。

もちろんお末たちの食事はまったくの別物で、朝昼はご飯と汁、夜は漬物で湯漬けという質素なものだが、田舎にいた頃は、米の飯さえ祝の席でしか口にできなかった。真っ白い米をたらふく食べられるだけで十分に満足だが、そんなお末でさえ毎日見慣れるうちに「お任せ膳」の料理は、あまり美味しそうに見えなくなっていた。

寒い時期だというのに、湯気のたつ料理がひとつもないからだ。料理はあらかじめ、まとめて拵えてしまうから、客に出す頃にはすっかり冷めていた。

「何だい、からだの温まりそうなものが、ひとつもねえじゃねえか」

山吹の間に膳を運ぶと、盃を手にした若い男は、不満そうに口を尖らせた。

「すんません」

思わず小声であやまると、隣の女はお末に微笑んで、男に銚子をさし出した。

「こんな小さな子、苛めるもんじゃないよ。一、二本あければ、温まってくるさ」

水茶屋勤めでもしていそうな、垢抜けた女だった。男の方は、おそらく職人だろう。

「……あの、燗をもう少し熱くしましょうか」

「それよりよ、鍋でも拵えてくれねえか。何がいいかな……」

と、男は、膳にある蛤とネギの和え物に目をやった。

「そうだ、蛤なんぞどうだい。熱々の蛤鍋なら、きっとからだも温まるぜ」

「蛤鍋か……美味しそうだね。すまないけど、板場に頼んでもらえるかい？」

お末は急いで板場に引き返し、客の注文を伝えた。

「蛤を鍋にしろだと？」

包丁を握ったまま、板長の軍平が、じろりとお末をふり向いた。

四十半ばのこの板長が、お末は恐くて仕方がない。眉間には常に縦皺が刻まれていて、不機嫌そうに押し黙っているが、板場の若い者が気に入らぬことをすると、いきなり破鐘のような声で怒鳴りつける。発火点のわからぬ火薬のようで、軍平を前にするだけで、お末はからだがしゃちこばる。

「難しい、ですか？」

おそるおそるたずねると、軍平はむっつりとしたままこたえた。

「蛤鍋に、難しいことなんて何もねえ。水と蛤に、酒を落とすだけだ」

「そうですか。じゃあ……」

「難しいのはむしろ、客に出す頃合だ。煮立つといっせいに口が開く。余計に煮れば、あっという間に身が硬くなる。のんびりと運んでる暇はないんだぜ」

「大丈夫です、できます！」

己でもびっくりするほど大きな声が出た。軍平はたしかめるようにお末をじっとながめ、

「おい、蛤と土鍋もってこい」

若い板前に声をかけ、また、まな板に顔をもどした。

お客さんに、あったかい料理を食べてもらえる。

そう思うと、お末の胸の中もほっこりと温（ぬく）もってきた。

「熱いから、気をつけるんだぜ」

若い板前が、土鍋の載った盆をさし出した。小ぶりの土鍋は、まだぐつぐつ言っていて、蛤はいまにも口をあけそうだ。お末は盆を水平に保ちながら、足だけはできる

だけ急いで階段まで辿り着いた。一段目に足をかけたとき、

「お末、楓の間の片付けは済んだのかい！」

いきなり背中から、お継の声がとんだ。

「あ、いえ、まだ……これを運んだら、すぐに……」

ふり向いた拍子に、盆が左に傾いた。底がすべりにくいおかげで、土鍋は辛うじて盆の上にとどまってくれたが、

「熱っ！」

盆を持った左手の親指に、鍋がぺたりと張り着いた。盆をとり落としそうになるのを堪え、肌の焼ける痛みに耐えながら、右手を加減して盆の上で鍋の位置をもどす。どうにか鍋が離れてくれたときには、親指の外側は真っ赤になっていた。

早く、早く、鍋を運ばないと。

焦っていたためか痛みはあまり感じず、お末は山吹の間に無事に辿り着いた。

「お客さん、蛤鍋、お持ちしました」

女の声が応じて、お末は障子をあけた。女の前に盆を降ろし、土鍋のふたをあけたところで、ぱくん、と最初の貝が開いた。それが合図のように、うっすらと白い汁の中で、次々と蛤が口をあける。

「へえ、清ましの蛤鍋なんて初めてだ。おいしそうじゃないか」

蛤鍋は味噌仕立てが多く、豆腐や青菜を入れるものもあるが、軍平の鍋は蛤だけだ。

「あの、お連れさんは……」

見渡した座敷には、男の姿がなかった。

「ちょいと厠へね。そういや、やけに遅いねえ」

「あたし、見てきましょうか。あまり置くと、身が締まって不味くなるって……」

「それなら、あたしが行ってくるよ。男のくせに寒がりでね、すきっ腹に何杯も入れてたから、ひょっとして加減が悪くなったのかもしれない」

女は身軽に立ち上がり、申し訳なさそうにお末に言った。

「すまないけど、もどってくるまでここにいて、荷物番をしてくれないかい？　大事なものが入っててさ、目を離すのは案じられてね」

傍らに置いてある、桜色の風呂敷包みを示した。お末が承知すると、お願いね、と微笑んで、女は廊下に出て後手に障子を閉めた。

雪はやんだようだが、外は曇っている。昼を過ぎたばかりでも、座敷の内は薄暗かった。

やけどした親指が思い出したように疼きはじめたが、お末は鍋の中の蛤の具合だけを、ひたすら気にかけていた。客はなかなかもどってこない。ぐつぐつ言っていた鍋のつぶやきが絶え、我慢が切れそうになったとき、ようやく障子があいた。

「待たせちまったみてえだな。ちょいと腹が冷えちまってな」

男の後ろから女も顔を出し、お末に礼を言った。

「助かったよ。これは荷物番の駄賃だよ」

「いえ、こんなもの、受けとるわけには……」

お末は断ったが、ほんの気持ちだからと、女は数枚の文銭をお末の右手に握らせた。

「お、こいつは旨えじゃねえか！」

手の中の銭よりも、障子越しに廊下に届いた男の声が、何よりもお末には嬉しかった。

ほっとした途端、左手の親指が、かっかと熱を持ってきた。見ると、赤くなっていたところが、火ぶくれになりかかっている。

あまりの痛みに耐えかねて、お末は階段を下りると外に出た。雪はうっすらと地面を覆っているだけだが、軒下には数日前に降った白いかたまりがまだ残っている。お末は玄関脇の軒下にしゃがんで、左手を雪に当てた。冷たさが心地よく、痛みが少しやわらいだ。だが、雪から手を離すと、たちまちずきずきがぶり返す。

雪に指を当て、また離しと、何度もくり返していると、ふいに背中で声がした。

「そんなところで、何をしているんだ？」

「あ、若旦那さん」

主人夫婦の娘婿（むすめむこ）にあたる、八十八朗（やそはちろう）が立っていた。

出先からもどったところのようだが、やけどに気をとられ、足音さえ気づかなかった。

「ひょっとして、具合が悪いのか？」

細面のやさしい顔が、心配そうに見下ろしている。あわてて立ち上がり、頭を下げた。

「すんません、すぐ仕事にもどります」

「お待ち、その手はどうしたんだ？」

若旦那は、お末の左手をとった。親指の片側から手首にかけて、真っ赤なみみずのような跡が走っている。

「これはひどい。火鉢にでも当てたのかい？」

「料理を運んだとき、土鍋にくっつけてしまって」

「一緒においで。奥にやけどに効く、良い薬がある」

「いえ、ちゃんと冷やしましたし、もう大丈夫です」

「そんなに火ぶくれになって、大丈夫なものか。きちんと手当てをしておかないと、膿を持ったり、跡が消えなくなってしまう。さ、早く来なさい」

ききわけのない幼児を叱るように、八十八朗は少しだけ恐い顔をした。

「でも、あたし、もう行かないと。楓の間の片付けも済んでないし、お継さんに怒られちまいます」

お継の怒った顔が浮かび、お末は必死に固辞したが、

「それなら案じることはない。お継には、私から言ってあげるよ」

若旦那ににっこりされると、頭からお継の顔が消え、何故だかすうっと落ち着いた。

やっぱり皆の言うとおり、菩薩さまに似ている。

八十八朗は女中たちのあいだで、菩薩旦那と呼ばれていた。

「旦那さまはいつもの寄合で、おかみさんと若おかみは、さっき買物に出かけました」

後ろで小さくなっているお末を怪訝そうにながめ、母屋にいた女中はそう告げた。

居間にお末を通すと、八十八朗は奥から油紙にくるんだ軟膏を出してきた。

「この薬は、やけどの熱をとり去ってくれるんだ。塗るときは痛いだろうが、すぐに楽になるから、我慢するんだよ」

どろりとした茶色の軟膏は気味が悪かったが、効き目は本当にすぐに現れた。雪とはまた違うひんやりとした感じがして、薬を塗られたところがすうすうする。焼けるようだった痛みが、ずっと凌ぎやすくなった。

「本当は、上から布を巻いておいた方がいいんだが」

それでは雑巾も絞れないと、お末がていねいに断ると、しばらくのあいだ日に三度は塗りなさいと、若旦那は油紙ごと薬をお末に寄越した。

「たしか、お末と言ったね。ひと月ほど経ったけれど、店にはもう慣れたかい？」

己の名を覚えていたことが、お末には何よりも意外だった。ここへ来た日は、お軽の一件に動顚して若旦那の顔すらろくに見ていない。その後、店でたびたび見かけても、挨拶をするだけだった。

「いえ、しくじりばかりやらかして、お継さんや皆に迷惑をかけてます」

正直に告げると、若旦那はきれいな歯を見せた。

「私も同じだよ。三月前に、ここへ来たばかりだからね。勝手がわからず、いまだに番頭から毎日教わるばかりだ」

姿形が上品で立居がやわらかい。客であれ使用人であれ、誰にでもへだたりなくやさしく接してくれる。

八十八朗は、女中たちのあいだですこぶる評判が良かった。他人をけなすばかりのお継でさえ、若旦那のことだけは決して悪く言わない。

八十八朗は入婿で、去年の十一月に、主人夫婦のひとり娘、お鶴と祝言をあげたばかりだ。中でも女中頭のおくまは、ふたりの馴れ初めを、やけに詳しく語った。

「見合いに行った芝居小屋で、隣の枡にいた若旦那を、お嬢さんは気に入っちまったそうなんだ。もっとも、見合い相手もお嬢さんを袖にしたそうだから、お互いさまだけどね」

母屋には店とは別に数人の女中がいて、やはり女中頭がいる。おくまはその女中頭から、仔細を仕入れたようだ。お日出とお鶴は、母娘そろって芝居見物が道楽だった。

「なにせおかみさんが、あのとおり見栄っぱりだろ。大店かお旗本から婿をとるつもりでいたんだよ。だけど若旦那は、さして大きくない乾物屋の三男だから、初めはいい顔をしなかったんだけどね」

「そこは若旦那の、人徳ってやつかい？」

お継が相の手を入れると、女中頭は肉に埋もれた首を横にふった。

「そうじゃないんだ。高望みをし過ぎたせいで、お嬢さんの相手探しが難しくなっちまってね。これを逃せば、行き遅れになると気がついたのさ」

祝言は、お鶴が二十一になるひと月前にあげられた。一方の八十八朗は、二十九になる。

「なにせ若旦那には、お嬢さんがぞっこんで。また言い出したら、きかない性分だろ。まあ、いまじゃおかみさんも、いい婿をもらったと方々に触れ歩いているけどね」

いつか女中部屋で、おくまは長々と語っていた。

「そういえば、土鍋にくっつけてしまったと言っていたね」

手当てが済むと、八十八朗が言った。

「やけどをするほどの熱い料理など、うちでは滅多に見ない。どんな料理を出したんだい？」

「蛤鍋です。清ましの……味つけは酒と塩だけだと、板長さんが」

「そうか……清ましの蛤鍋か」

八十八朗が、深く笑んだ。心の底にあった水を、すくいとって見せられたような、気持ちのこもった笑みだった。

「蛤鍋は味噌仕立てや、昆布で出汁（だし）をとるものも多い。だがそれでは、蛤の旨味（うまみ）が出た汁の味を損なってしまうからね。やはり水だけで炊いた蛤に、ほんの少し酒を落としたものが、いちばん美味しいと私も思うよ」

「お客さんも珍しがって、でも美味しいと喜んでました」

知らずに、顔がほころんでいた。

「そうか。お末はお客さんに、喜んでもらいたいんだね？」

はい、と頷くと、若旦那はとても嬉しそうな顔になった。

「私も、そう思っているんだ。この鱗やを、もっと良い店に、お客が本当に料理を楽しめる店にしたいと、それが私の願いなんだ」

熱心に語られて、お末は少なからず驚いた。というのも、内儀と若おかみはもちろん、主人の宗兵衛でさえ、滅多に店には顔を出さないからだ。商売に身を入れているようすはなく、それでも場所の良さが幸いし、そこそこ客は訪れる。板場や女中たちのやる気のなさも、主人の無関心が大本にあるからだ。

「まずは即席の注文を、もっと増やしてみたい。ちょうど蛤鍋のようなね」

「会席ではなく、即席ですか？」

大小を問わず昨今の料理屋は、会席・即席と銘打っている。即席よりも、会席に力を入れる方が店の格は上がるように思える。

「どうやらおまえは、即席を勘違いしているようだね。即席料理は決して、会席の格下ではないんだよ。むしろ、会席の上を行きたいと、その思いから生まれたものだ」

ふしぎそうなお末に、八十八朗はそう説いた。

お決まりの品に陥りがちな会席料理に飽き足らない、もともとはそのような粋人たちが即席料理の産みの親だった。形式にとらわれず、自由な発想を重んじて、もっと趣向のまさったひと皿を、もっと面白い取合わせをと試行錯誤する中で、即席は発達した。

「まず魚を得て、その魚によって趣向する。それが即席の心だと、『料理早指南』にもある。つまりは得た材が、どうすればもっとも美味しく食せるか、何より味を重んじるということだよ」

若旦那は、十数年前に世に出された料理本の名を出した。

「うちの板長の腕は、決して悪くない。よく吟味した材を仕入れて、客の注文に、客の当てより上回る料理で応じれば、きっとまた足を運んでくれる。そう思わないかい？」

「はい、そう思います！」

思わず大きな声でこたえると、八十八朗は満足そうにうなずいた。

「良い店にするためには、板場はもちろん、おまえたち女中の働きも欠かせない。何でもいい。こうしたらどうかと思うような思案や、気づいたことはないかい？」

少しのあいだ考えて、お末は申し訳なさそうに切り出した。

「掃除をもっとていねいにとか、庭木の枝を払った方がすっきりするとか、あたしにはそんなことしか……」

「それでいい。良い店をつくるには、そういう細かなところをおろそかにしないことが大事なんだ」

それから若旦那とお末は、鱗やをどんな店にしたいかと、あれこれと相談し合った。できるできないはまた別の話で、いまは勝手気ままな絵空事のようなものだが、他人と話してこんなにわくわくしたのは、お末には初めてのことだった。

お末はすっかり夢中になって、仕事のこともお継の顔も、すっかり失念していた。またたく間に時は過ぎ、それに気がついたのは、縁に面した障子戸が、いきなりあいたときだった。相手が外を背にして立っているから、顔を判じるのに暇がかかった。

「おや、お帰り。買物は楽しかったかい？」と、若旦那はにこやかに声をかけた。

若おかみの、お鶴だった。だが、夫に返事もせず、冷たい目でお末を見下ろしている。

「何をしているの？」

問うた声は、湿り気を帯びていた。

「あたしの居ぬ間にこの人とふたりきりで、何をしているの？」

お鶴が何を言いたいのか、お末にはよくわからない。ただ、己を見据える顔が、般若のように凄みを増して、思わずごくりと唾をのんだ。お継や板長を前にするより、ずっとずっと恐い。背中の芯につららを突っ込まれたように、冷たいものが走った。

「まさかおまえは、こんな子供にまで悋気を起こすのかい？」

ふいに若旦那が、くくっと笑った。

「この子がひどいやけどをしたから、手当てをしていただけだよ」

「手当てって、どうして八十さんがそんなことを」

「使用人の世話をするのは、雇う側の務めだよ」

お鶴の表情がやわらいで、八十八朗の隣に腰を降ろした。

「……本当に、それだけなのね」

「あたりまえだろう。この子が、いくつだと思っているんだ。それに、祝言からたった三月で浮気をするほど、情けない男ではないつもりだよ」

「だって、うちのおとっつぁんは……」

お鶴はそこで言葉を切ると、もう一度お末をふり向いた。もう恐い顔はしていなかったが、疑り深い鼠のような小さな黒い目が、まるで品物を見定めるように、じろじろとお末をながめまわす。

「そうね。前にいた盗人娘と違って、冴えない子だものね」

冷えていたからだがかっと熱くなり、目の奥がちかちかした。

鱗やに来た日、同じことを主人夫婦に言われたが、蔑みとも憐れみともとれるお鶴の口調が、あの日よりも重く、お末を打ちのめした。何よりも若旦那にきかれたことが、恥ずかしくてならない。その場から一刻も早く逃げ出したくて、お末は腰を浮かせた。

「お鶴、そんなことを言うもんじゃない。この子は何もしていないんだ。盗人呼ばわりなど、してはいけない」

「だって……」

「いまのはおまえが悪い。もう二度と、この子の前で口にするのはやめなさい」

静かだが、断固とした物言いだった。よほど八十八朗に惚れているのだろう。我が強いと評判のお鶴だが、はい、と大人しくうなずいた。

母屋を出て、また庭伝いに店へ向かいながら、お末は胸の前できゅっと手を握った。

楽しいことや悲しいことがいっぺんにあり過ぎて、胸の中がいつになく騒がしい。だが、店へ戻ったとたん、もやもやとしていたものすらひと息に吹きとんでしまった。

待っていたのは、いつものお継の叱責（しっせき）ではなかった。

「お末！　いままでいったい、どこにいたんだい！」

血相を変えてお末にとびついたのは、お継ではなく、女中頭のおくまだった。階段下にあたる玄関の広敷には、他の女中たちや板場の者までが、剣呑（けんのん）なようすで集まっている。

「……何か、あったんですか？」

おくまは返事の代わりに、厚ぼったい両手で、お末の肩をぎゅっとつかんだ。

「お末、もし煙草入れをもっているなら、いますぐお出し」

「え？」

「山吹の間の客の荷物から、煙草入れを抜いたんだろ？　いまならまだ、出来心でしたとあやまれば、許してもらえるかもしれない」

「あたし、そんなことしてません！」

真っ青になって、お末は叫んだ。

「山吹の間って、蛤鍋のお客さんですよね？」

「ああ、そうさ」

帰りがけに風呂敷包みを検めて、山吹の間にいた客は、失せ物に気がついた。荷物から目を離したのは、男が厠からもどらず、女が探しにいったときだけだ。

「そのときおまえが、荷物の番をしていたんだろ？」

「そうです。でも、あたし、あの風呂敷包みには、指一本だって触れてません！」

「だったら、どうして、半刻も姿をくらましていたんだい！」

お末のからだを、おくまががくがくと揺さぶった。

広敷にある目という目が、お末のからだを射抜いている。盗人の縁続きはやはり盗人だと、その目が言っている。

からだ中の血が一気に下がり、足許から抜けていくようだ。お末はぐらりとよろめいたが、おくまのたくましい腕が、がっしりと支えた。

「お末、頼むから本当のことをお言い。盗んだものを返して、心を込めて詫びれば、あとはあたしがどうにかしてあげるからさ」

だめだ。何を言っても、信じてもらえない。

従姉のお軽の罪が、己を雁字がらめにしている。

おくまは未だに懸命に説得を試みているが、それさえよくきこえない。霧がかかったように頭がぼんやりとして、意識が遠のいた。

お末を現実に引きもどしたのは、涼やかな声だった。

「こんなところに集まって、いったいどうしたんだ？」

「若旦那さん」

おくまが言って、重い両手をお末から降ろした。

「まさか、お末がしばらく抜けていたのを、寄ってたかって責めていたのではあるまいね」

と、八十八朗は、お末の顔をのぞき込んだ。

からからになったお末の喉から、かすれた声がもれた。

「若旦那さんこそ、どうしてここに……」

「おまえが怠けていたわけではないと、証し立てをしてやると約束したろう？　うっかり忘れていたことに気がついてね、こうして追いかけてきたんだよ」

「あたしの……ために……？」

とたんにぼろぼろっと、両の目から大粒の涙がこぼれ出た。

「お末、どうし……」

「あたしは、泥棒なんてしていない！　お客さんのものに、手をつけるなんて、そんな、そんなこと、あたしは！」

一度流れ出した言葉は、止まらなかった。ひと月のあいだ溜め込んでいた鬱憤を晴らすように、若旦那に向かって、お末はただ叫び続けた。

「あたしじゃない！　あたしじゃ……お軽ちゃんだって、そんな人じゃない。きっと何かわけがあって……お金のことも、いまのあたしみたいに、きっと濡れ衣で……」

何を言っているのか、己でもよくわからなかったが、八十八朗は、はっと目を見張った。

「煙草入れなんて知らないっ！　包みにも手をかけてないっ！　あたしはただ、蛤鍋を……蛤鍋を……美味しいうちに食べて欲しくて……」

「もういい、もういいよ、お末。よく、わかったから」

さがない周りの非難から守るように、八十八朗はお末を胸の中に抱え込んだ。

粗い木綿をとおして、ぬくもりが伝わってくる。またどっと涙があふれ、お末は濃緑の着物にしがみつき、声を放って泣いた。

「何があったか知らないが、この子を疑うのはやめなさい」

「すみません……でも……」

「おくま、仔細を話してくれるかい」

　女中頭が事情を語るあいだ、お末はずっと泣き続けていた。

「煙草入れなんて、こんな子供が欲しがる道理がないだろう」

「ですが、その煙草入れには、珊瑚玉（さんごだま）の根付（ねつけ）がついていたそうなんです。とても大きくて値の張るものだと」

　おくまが話し終えたときには、お末の涙も止まっていた。

　そのときちょうど、階段を降りてくる足音がした。

「山吹の間のお客さんが、いつまで待たせるつもりだと、怒っていなさるんですが」

　どこかふてぶてしくきこえる素っ気ない声は、二番女中のお甲のものだ。いままで山吹の間で、件（くだん）の男女の相手をしていたのだった。

「私が行こう。お客さまには、そう伝えておくれ」

　お甲が応じて、また階段を上がっていく。若旦那が、そっとお末のからだを剝（は）がした。

「おまえは何も気にすることはない。私がきちんと、始末してくるからね」

　涙と鼻水で汚れた顔に向かって、若旦那は穏やかに告げた。

お末をおくまに託すと、若旦那は落ち着いた足取りで、二階へと消えた。

入れ替わりにお甲が降りてくると、女中頭が心配そうにたずねた。

「どんなようすだい？　若旦那さんひとりで、大丈夫かねえ」

「どうですかね。男の方は待たされるうち気が立ってきたようで、物騒なことも口走ってましたが」と、ちらりと階上を仰ぎ見た。

「あの若旦那は、どう見ても腕っぷしが強そうには見えねえからな、ひとつ加勢に行くとするか」

ずい、と一歩前へ出たのは、板長の軍平だった。板場の若い衆が、その後にぞろぞろ続く。すかさずおくまが次の名乗りをあげた。

「それなら、あたしも行くよ。気になってたまらなくてさ、とてもこんなところでじっとしてなどいられないよ」

他の女中たちも、やはりうずうずしていたようだ。おくまの尻にお継が張りつき、数珠繋ぎで階段を上がる。着物の袖で顔を拭い、お末もあわてて列の最後に従った。

「おい、押すんじゃねえよ」

「荒い声を立てないどくれ。見つかっちまうだろ」

山吹の間の前は、板前と女中が団子になって張りついている。お末はそのいちばん端、お甲の隣にしゃがみ込んだ。

「だからよ、言ってんだろ！　こっちは泣き寝入りするつもりなんざ、ねえんだよ！煙草入れが返ってこねえなら、出るとこへ出るまでだ！」

客の男の声が、廊下にまで響いた。思わず障子戸に顔を寄せたが、中が見通せるわけもない。隣のお甲が、お末の脇をつついた。ぺろりと人差し指を舐め、目の高さにある障子に穴をあける。お末に向かって頷いて、やってみろと促す。お末はちょっと躊躇したが、見れば板前も女中も、お甲にならって次々と障子に穴を増やしてゆく。

お末は半ばあきれながら、やっぱり中のようすが気になって、右手の指をひと舐めし、いちばん小さな穴をあけた。

火鉢に張りついているのは客の男女で、そこから少し離れた右手に、若旦那の横顔が見えた。

「お話はよくわかりましたが、ひとつふたつ、腑に落ちぬところがございます」

「何でぇ、この上いちゃもんをつけようってのか？」

片膝を立てた男は、だらしなく着物の裾をはだけている。その肩に、女がしなだれかかっていた。長いこと待たされて、疲れもあるのだろうが、料理を運んだときとは別人みたいに思える。まるでやくざ者と、その情婦のようだ。

「文句など、滅相もない。少しばかり、ふしぎに思えたものですから」

一方の若旦那は、着物よりわずかに薄い、松葉色の羽織の背をしゃんと伸ばし、常と変わらぬ落ち着いた風情だ。客のふたりとくらべると、品の良さがいっそう際立つ。

「まず、どうして煙草入れを、風呂敷包みなどに入れていたのですか？」

「あん？　そんなのこっちの勝手だろうが」

「根付のついた煙草入れなら、帯に挟むのが道理でしょう。大事なものならなおさら、帯に挟んで厠に行く筈ではありませんか？」

「それもそうだな」

小声で呟いたのは、障子に張りついた板長だった。

「だから、万が一にでも肥壺に落としちゃならねえと……」

「憚りの最中に、帯がゆるんじまっちゃいけないと、あたしが預かったんだよ。それで包みの中に入れといたのさ」

いきり立つ男を押しとどめるように、女が脇から口を添えた。

「さようでしたか、よくわかりました。もうひとつ、伺ってもよろしいですか」

若旦那はあっさりと引き下がり、すぐに次の問いを投げた。

「根付に使われていた珊瑚玉は、いかほどの値になりましょう？」

「そりゃ、十両や二十両はする代物よ。盗んだ女中が返さねえってんなら、きっちり弁済してもらわねえと……」

「十両や二十両とは、またずいぶんと開きがありますね」

話の腰を折られた男が、ぎろりと睨みつけた。

「どちらかの小間物屋でお買いになったものなら、値を覚えているものではありませんか？　札差やご大身ならともかく、私どものような小商人には十両は大金です。憚りながらお客さまも、お金があり余っているようにはとても……」

「てめえらは、身なりで客の懐具合を判じるのかよ！」

男がぐいと腰を上げ、片膝立ちになって凄んだ。

「四の五の言ってねえで、さっさと煙草入れを返せっつってんだよ！　返せねえなら、それなりの詫びを入れてもらうまでだ。もちろん詫び料は、高くつくがな」

「これは、騙りだね」

お末の耳許で、お甲がぼそりともらした。

「騙りって……はなから嘘をついて、お金を騙しとろうとしてたんですか？」

しっ、とお甲が、ぽってりとした唇に指を立て、低く言った。

「あとはあの旦那の、お手並み拝見だ」

いまにも男が若旦那に摑みかかりそうで、お末ははらはらしたが、

「まあまあ、おまえさん、少しは落ち着きなよ」

やんわりと止めに入ったのは、またもや女の方だった。

「実はあの珊瑚玉は、この人の父親の形見でしてね。達者だった頃は、大きなお屋敷で中間奉公をしてたんですよ」

さる働きが認められ、褒美として殿さまからいただいた。だから本当の値はわからぬが、たいそうな代物であることは間違いがないと、女はなめらかな口調でそう語った。

「そのような仔細なら、価がわからないのも頷けます。ですが、珊瑚玉ひとつでは十両はしますまい。せいぜい一分、ものによってはもっと値が薄いかと」

「一分だと？」

十両の四十分の一にしかならぬと言われ、男が目をむいた。

「馬鹿を言え、なにせ殿さまからの賜わりものだ。そんじょそこらにある代物とはわけが違う。うんと大きな珊瑚玉なんだ！」

「ほう、いったいどれくらいの大きさですか？」

「こんくらいは、楽にある」

　男は己の親指と人差し指で、うずらの卵ふたつ分ほどの輪をつくった。若旦那が、目を見張る。

「たしかに、そんな大きな珊瑚は見たことがありません。それならさぞかし値も張りましょうが……」

　それ見たことかと男は、少しばかり得意そうな顔になった。

「ですが、本当にそのような珊瑚があるのですか？　正直、この目で見てみぬことには、とても信じられません」

「おれたちが、きっちりこの目で見てんだよ！」

「本当に、本当ですか？」

　若旦那は、女に向かってもう一度念を押した。

「ああ、それだけは間違いのないところさ」

　女が証し立てをしたときだった。若旦那が、に、と笑った。

「それほどの品では、とても詫び料が追いつきません。ここは大人しく、お上の差配に任せるしかありますまい」

「町方に訴えるだと？　そんなことをすりゃ、あの小娘はもちろん、主のてめえだってただでは……」

「それも詮無いことです。ですが、ただで済まないのは、あなた方も同じです」

若旦那の顔から笑みが消え、それまでおっとりとしていた風情が、がらりと変わった。

「それほど大きな珊瑚玉とあれば、ご禁制の唐物に相違ありません。そんな品を持っていたというだけで、罪は重うございますよ。良くて遠島、悪くすれば死罪も……」

客のふたりの顔が、たちまち引きつった。

「て、てめえ……おれたちを脅す気か」

「いいえ、脅しなどではございません。すぐに店の者に、お役人を呼びにやらせます」

と、若旦那は、大きな声で女中頭を呼ばわった。

「おくま、おくまはいないか！」

障子に張りついていたおくまが、あわてて顔を離し、残りの者もあたふたと部屋の前からとび退る。皆がどうにか隠れ終わると、おくまは廊下に膝をととのえ、穴だらけの障子戸をあけた。

「お呼びにございますか」

「誰か人をやって、となり町の親分を連れてきておくれ」

かしこまりました、とおくまが清まして応じると、男が色をなした。

「ふざけるのも、たいがいにしろ！　難癖つけて追い払おうってんなら、こっちにも考えがある。ここでひと暴れしてやってもいいんだぜ」

「それなら相手は、おれたちがやらせてもらうぜ」

軍平を先頭に、板前衆がずかずかと座敷に乗り込んだ。男がたちまち及び腰になり、一歩二歩と後退る。逆に女が前に出て、啖呵を切った。

「もとはと言えば、てめえらの雇い人の不始末なんだ。役人なんて呼べるわけがない。あの小娘が、縛り首になってもいいのかい！」

「うちの雇い人は、人様の金品に手をつけるような真似は決してしません。まして年端のいかない娘にあらぬ罪をかぶせて、金を騙しとるような行いを、だまって見過ごすつもりもありません」

若旦那の凜とした声は、廊下の隅にいたお末の許までくっきりと届いた。

「金を騙しとるだとぉ！　あらぬ罪を着せようとしてるのは、てめえらじゃねえかっ！」

いきり立った男は、さらに声高に喚き散らしているが、八十八朗は一歩も引かない。

毅然とした声で、お末は何もしていないと相手にくり返す。

若旦那は、あたしを信じてくれている。

胸いっぱいに熱いものが込み上げて、それに背中を押されるように、お末は座敷に足を踏み入れた。女の客が気がついて、ふり返った。

女とお末の視線が、絡み合った。決して睨んでいたわけではない。ただ、目を逸らさず真っ直ぐに、お末は相手と視線を合わせた。先に目を伏せたのは、女の方だった。

「おまえさん、もう行こう。これじゃ、いつまで経っても埒が明かない」

「何言ってやがる。このままで引っ込みがつくものか！」

男はなおも抗う素振りを見せたが、若旦那の背後を固めていた板前衆が、ずいと前に出た。

「まだ続けようってんなら、こっから先はおれたちが相手だ。力ずくでも番屋にしょっぴいてやる！」

強面の軍平に凄まれて、男の顔に初めて怯えが走った。しきりに毒突きながらも、女に促されてしぶしぶ腰を上げる。

「お待ちください、お客さま。お帰りの前に、ぜひご覧いただきたいものがございます」

わざとらしいほど丁寧な口ぶりで引き止めて、若旦那はお末を呼んだ。お末がおずおずと傍へ行くと、若旦那はお末の左手をとって、ふたりの前にさし出した。

「このやけどをご覧なさい。あなた方が頼んだ蛤鍋のために、この子は手を焦がしました」

客の男女のみならず座敷中の者が、親指を縦に裂くように走る跡に、目を見開いた。

「蛤が硬くなる前に、美味しいうちに食べてもらいたいと、それだけを念じて、やけどの痛みを我慢して、熱い土鍋を運んだんです。あなた方には、この子に言うべき言葉がある筈です」

若旦那の強い瞳に気圧されたように、ふたりがそろってうつむいた。女は唇をかみしめたままで、男はいったん開いた口を、また閉じた。

「お末、おまえにも言いたいことがあるだろう。がまんせずに、言ってごらん」

そっと仰ぐと、若旦那は励ますように、小さくひとつ頷いた。

「あの……お客さん、蛤、美味しかったですか？」

女の目が大きく広がり、その顔がふいにゆがんだ。

「ああ、美味かったよ」

小さな声で、そう告げた。

「若旦那さん、本当に番屋につき出さなくていいんですか？」

騙りをし損ねたふたりをそのまま帰し、板前たちも階下に引き上げていくと、お継が遠慮のない調子で言った。

「お代をいただいた以上、お客さまだからね。そう、無慈悲なこともできないさ」

「宗兵衛の旦那は、悶着を嫌うからね。町方なんぞに関わったら、こっちが逆に叱られちまうよ」

おくまがそう応じると、若旦那は気がかりなようすでたずねた。

「ひょっとして、これまでも似たようなことはあったのかい？」

「はい。十両もふっかけられたのは初めてですが、難癖をつけて強請をしようという輩はけっこう多くて」

主人の言いつけでいくらかの金を包み、丁重にお引きとり願っていたと、おくまは明かした。

「さっきは金高の大きさに驚いた上に、話の辻褄が合っていたものですから、うっかりと信じ込んじまって……」

と、おくまは大きなからだを、精一杯すぼませた。

「疑ったりして悪かったね、お末。許しておくれね」

「もう、いいんです」

ひと月のあいだに溜め込んだ塵芥(ちりあくた)は、きれいにとり払われて、お末の胸は冬晴れの朝のように、すっきりと晴れていた。

「おくま、この先同じことがあれば、真っ先に私に言いなさい。いいね」

よろしくお願いしますと、おくまが頭を下げる。

「それと、お継、どうも座敷の掃除が、行き届いていないようだ。特に窓の桟に、埃(ほこり)が溜まっているようではいけない」

「は、はい、申し訳ありません」

「これからはおまえが気をつけて、目を配っておきなさい。それから、お甲、障子紙を張り替えておくように」

女中たちにてきぱきと仕事を言いつけて、若旦那は座敷を出ていった。

「頭の横に、もうひとつ目があるのかね」

後姿を見送って、お甲は小さく首をすくめた。

桜楼(さくらろう)の女将(おかみ)

「畳に両手をつくときは、親指とのあいだに山をつくるときれいに見えます」

二階座敷にずらりと居並んだ「鱗(うろこ)や」の女中衆が、いっせいに己の手許(てもと)をたしかめる。

「頭は上げて。ただし、お客さまと無闇(むやみ)に目を合わせてはなりません。常にお客さまの胸元のあたりを見るつもりで、ゆっくりと頭を下げて、いらっしゃいませ」

言われた動作を試みるが、頭の上げ下ろしがてんでんばらばらで、おまけにぎこちない。

「それでは浄瑠璃(じょうるり)人形にも劣りますよ。あわてずに、もっとゆっくりと。声はもっと大きくそろえて……」

指南役は根気よく、至らぬ点をひとつひとつ上げて直させた。

「お継さん、動きが総じてせっかちに過ぎますよ。ひとつひとつをもっとていねいに。

隣のお甲さんと合わせてみて下さい。お甲さんのお辞儀はよろしいですね。大変きれいです」

名指しで注意された上、お甲ばかりが褒められてはおもしろい筈もない。お継が不満そうに、口を尖らせる。

「ですが……あたしは皆の中でいちばん仕事が多くて、とにかく忙しくてならないんです。挨拶ばかりにかかずらわっている暇なぞありません」

「いいですか。挨拶こそが、おもてなしの要です。ぞんざいに扱われたとお客さまが感じるようでは、どんなに美味しい料理も値打が下がります。お客さまをいかに大事にもてなすことができるか、料理屋の身上はそこにあります」

こんこんと諭されて、なおもお継は文句を言いたそうにしていたが、座敷の隅に目をやって不承不承ながら矛を納めた。そこには若旦那の八十八朗が端座して、接客の行儀作法を教わる女中たちを、最前からながめている。

鱗やの女中たちに、行儀のいろはを教え込むことにしたのは若旦那だ。

指南役は、浅草今戸の料亭「桜楼」の女将、お里久だった。

八十八朗とは旧知の間柄のようで、月に一、二度、鱗やの女中のしつけを、と頼んだところ、女将は快く引き受けてくれた。今日がその初日にあたり、お継をはじめほとんどの者は、何をいまさらと面倒がっていたが、お末は内心でわくわくしていた。

「お末さんもいいですね。頭の下げ方に心がこもっていて、おもてなしの気持ちが伝わるようです」

「ありがとうございます！」

ここへ来て以来、褒められることなどほとんどない。お末はうれしくて、つい大きな声を出した。

今日、初めて会ったばかりなのに、お末は桜楼の女将に強く惹かれた。江戸にはきれいな女衆はいくらもいるが、三十半ばにもかかわらず年齢に培われた臈たけた美しさは、お末が初めて目にするものだった。いつかこんな人になりたいと、あこがれのような気持ちがわいた。

「では、本日はこれで仕舞いとします」

ひととおりの指南が済んで、そう告げられたとき、お末はたずねていた。

「あの、ひとつよろしいですか」

「構いませんよ」

「女将さんの所作は、ひとつひとつがとてもきれいです。何というか、こう、指の先まで行き届いているような……どうしたらそんなふうになれますか？」

「私は小さい頃から舞を習っておりましたから、おそらくはそのためでしょう」

お末に向かってにっこりと、親しげな笑みを浮かべた。

「ですが、何事も習うより慣れろと言います。踊りの指南を受けずとも、日々の所作や振舞に気を配っていれば、その積み重ねはかならず形になって現れてきます。大切なのは心掛けです」

励ますように微笑(ほほえ)まれ、お末は大きな声で、はい、と返事をした。

そのようすを見守っていた若旦那が、桜楼の女将にていねいに礼を述べ、女中たちには仕事にもどるよう言いわたした。

「何が女将さんの所作はきれいです、だ。わざわざ胡麻(ごま)をするなんて、ちょっと褒められたからって、いい気になるんじゃないよ」

玄関の掃除をはじめたとたん、お継はきこえよがしにお末に嫌味をぶつけた。

「そんなつもりじゃ……あたしはただ、あんなふうになれたらいいなって……」

「なれるわけがないじゃないか。鏡をよく見てから、ものを言いな」

たしかに桜楼の女将は、顔も姿もきれいだけれど、それを真似(まね)たいわけではない。お継に言っても無駄だとわかっているから、お末は何も言い返さなかった。女将に注意を受けたのが気に入らないのか、まるで八つ当たりのようなお継の愚痴はいつまでたっても終わりが見えない。

「それにしても、わざわざ商売敵の女中を指南に来るとは、あの女将さんの物好きにも呆れたもんだ。いったい何を企んでいることやら」

「商売敵と言ったって、あっちは料理屋の番付で、常に幕内に入るような店じゃないか。鱗やとは格が違うよ」

階段の途中から、お甲がにべもなく返した。

「だったらなおさら、おかしいじゃないか。こんな箸にも棒にもかからない店に、足を運ぶなんてさ」と、お継はやはり納得がいかないようすだ。

「それなんだけどさ、どうやらうちの若旦那とあの女将さんは、昔からよく知った仲らしいんだよ。相応に色っぽい話も、あったのかもしれないよ」

当て推量を引っさげて、すかさず割り込んできたのは、女中頭のおくまだった。掃除にはまったく手をつけぬくせに、女中同士の話には欠かさず混じろうとする。

「そんないわくあり気な仲なのかい？」

たいして興味がなさそうにお甲がたずね、

「まさか。だってあの女将は、若旦那より七つ八つ上だろう？」と、お継が返す。

八十八朗は、日本橋芳町の乾物屋の息子で、桜楼の女将の実家は、やはり同じ町内で料理屋を営んでいた。家が近い上に、乾物商いのお客だったこともあり、八十八朗はお里久の家にたびたび出入りしていたという。

「なんだ、ただのご近所さんじゃないか」

お甲は鼻白んだが、おくまは嬉々として仕入れた話を披露する。

「そりゃあね、あの女将さんが十九で桜楼に嫁いだときは、若旦那はまだ子供だったろうけどさ、なにせあれだけの器量良しだもの。きっと子供ながらにあこがれていたに違いないよ」

日がな一日、板場の衆や出入り業者との雑談に、余念のないおくまだ。噂話には事欠かないが、余計な憶測が入るのが、この女中頭の悪い癖だ。

「それにさ、桜楼の旦那は生まれつき病持ちでね、ほとんど寝たり起きたりの暮らしぶりなんだ。桜楼も、あの女将さんがひとりで仕切ってなさるんだよ」

「病って……相当加減が悪いんですか？」と、お末がたずねた。

「ふとした拍子に、咳が止まらなくなるそうなんだ。だから決して無理はさせられなくて、でもひとり息子だから店は継がなきゃいけないだろ。それで女将をやれそうな料理屋の娘を、嫁に迎えたというわけさ」

主人の仙一朗は、お里久より三つ上になるが、ほとんど奥に籠もりきりで、滅多に人前に姿を見せないという。桜楼の先代夫婦は、息子には店をまわしてゆく体力はないと判断し、主人同士が親しくしていた料理屋の娘を嫁に迎えて女将に据えた。お里久の女将としての才覚は申し分なく、桜楼の評判はますます高まった。

先代夫婦も大いに満足していたが、ただひとつの誤算は、息子夫婦のあいだに子が授からないことだった。それだけを心残りに、先代夫婦は数年前に相次いでこの世を去ったが、その前後から、女将のお里久には、浮いた噂がちらほらと出はじめた。

そのくだりにさしかかると、おくまの調子はさらに上がった。

「大年増（おおどしま）とはいえ、あの器量だ。おまけに旦那の影が薄いとくれば、男が放っとく筈がないよ。お客の大商人（おおあきんど）やお旗本、あげくに役者まで、噂には事欠かないそうだ」

「でも、あくまでただの噂ですよね」

あんなに凛（りん）とした人が、後ろ暗い真似をする筈がない。お末はついつい、肩を持ちたくなる。お甲はすっかり興が失（う）せたらしく、階段を億劫（おっくう）そうに拭（ふ）いているが、その倍の速さで床を磨き上げながら、お継はそれ見たことかという顔をした。

「火のないところに煙は立たないって言うだろ。気をつけないと、うちの若旦那も頭からぱっくり食われちまうかもしれないよ」

「そういや、あのふたり、さっきから座敷に籠もりっ放しじゃないか」

おくまは肥えたからだを階段に寄せて、上をのぞき込んだ。

「けど、どうせ浮名を流すなら、若旦那にすりゃあいいのにね。あのふたりを並べると、まるでお雛さまのように似合いだもの」

「たしかに若おかみを隣に置くよりは、数段見栄えはいいけどね」

すかさずお継が意地悪く受けたとき、当の若おかみが奥から姿を見せた。

「八十さんはどこ？　帳場にはいないようだけど」

背後から声をかけられて、お継がとび上がらんばかりに驚いて、おくまもあたふたと階段から離れる。幸い若おかみのお鶴には、いまの話は耳に届かなかったようだが、

「桜楼の女将さんがいらしてて、いま二階座敷で話をなすってますよ」

お甲が告げると、若おかみの目尻は、きりきりと音がしそうなほどに鋭くなった。

「そう。それならあたしもご挨拶に伺わないとね」

髪をなでつけ、襟元を直してから、気取ったふうに頭を上げる。お末とふと目が合って、お鶴の顔がまた険しくなった。

「ぼんやりしてないで、お客さまに新しいお茶をお出ししなさい。まったく、気が利かないったら……ちょっと、そこをどきなさいよ、通れないでしょ」

お末に茶を言いつけて、階段にいたお甲をどかし、お鶴は二階へと上がっていった。

やがて若おかみの気配が消えると、おくまが大きなため息をつく。

「お甲さんにきついのはわかるとして、こんな子供にまでねえ……」

と、おくまの大きなからだが、お末を見下ろす。

「若おかみの悋気は、それこそ病じみているけれど、よりによってあんたにまで焼餅とはね」

ご愁傷さま、とお継が鼻で笑う。鱗やの女中の中では、お甲はいちばん顔立ちがきれいだ。だから若旦那とお甲がふたりでいようものなら、若おかみはたちまち悋気を起こす。

「そういや、前はあんたの従姉が、いちばん的にされていたね。坊主憎けりゃなんとやらで、そのせいなんじゃないのかい」

思い出したようにお継に言われ、お末はぎくりとした。店の金をくすねて男と逃げた、従姉の話をされるのが、お末には何より堪える。

「あたし、お茶をお持ちしないと」

雑巾を置いて、お末は急いでその場を離れた。

茶碗を三つのせた盆を手に、二階へ上がってみると、客はすでに帰り仕度をしていた。

「何をぐずしていたの。本当に役に立たない子ね」

お末の顔を見るなり、若おかみは尖った声を出したが、一方の桜楼の女将は、嫌な霧をすっきりと吹きとばすような、極上の笑みをお末に向けた。

「先ほど若旦那にお話ししましたが、あなたとお甲さんには、一度桜楼に来ていただくことにしました」

「え、あたしが、女将さんのお店にですか？」

女将と若旦那を、交互に見くらべる。八十八朗は、にっこりとうなずいた。

「おまえとお甲は筋がいいと仰ってね、手伝いがてら二日ほど、行儀見習いにお預けすることにしたんだ。お客への接し方を学ばせていただきなさい」

「はい、よろしくお願いします！」

「こちらこそ。また会えるのを、楽しみにしていますよ」

若旦那夫婦とともに玄関の外まで見送って、お末はふと気づいた。女将が立ち去った後も、いいにおいが残っているように思える。それは鼻で感じるのではなく、胸の中でふくふくと香るような、良い心地がいつまでも続く。

「桜楼の女将さんが仰っていた、おもてなしの心って、そういうことじゃないですか？」

思ったままを口にすると、八十八朗は、ほう、という顔をした。

「そのとおりだよ、お末。たった一度でそこまで考えが及ぶとは、たいしたものだ。やはり女将さんの言ったとおり、おまえは見所がある」

手放しで褒められて、お末の頬が上気した。だが、さっきよりいっそう棘を含んだお鶴の声が、冷水のように浴びせられた。

「よりによって、この子とお甲を気に入るなんてね」

「ふたりならきっと、良い仲居になるだろうと仰っていたよ。いつまでも仲居がいないままでは、料理屋なぞと威張れぬからね」

客に応接し、細かな用を承るのが仲居というものだ。鱗やにはこれを専業とする者がおらず、各々の女中が客の用をこなしていた。当然、客への接し方にもばらつきが出て、責任もないから自ずとぞんざいになる。これではいけないと八十八朗は、まずは礼儀作法の初歩からはじめ、ゆくゆくは接客だけに従事する仲居を育てようとしていた。

「桜楼は毎年、隅田堤に紅白の幕を張り、馴染客を呼んで大がかりな花見の宴をひらくんだ。その仕度のために、いまは猫の手も借りたいほどの忙しさでね。手伝いがてら、桜楼の仲居や女中の仕事ぶりを、学ばせることにしたんだよ」

若旦那はお末ではなく、妻のお鶴に向かって語った。

「行儀指南なんぞと言って、ただ手伝人が欲しかったんじゃないのかしら」

「ご指南は、こちらがお願いしたんだよ。あんな立派な料亭が店内を見せてくれるなんて、滅多にないことだ。むしろ有難いと思わないと」

「お末やお甲が行ったところで、どうせ別の作法を覚えてくるのが落ちだわよ。きれいな顔をしてあの女将さんときたら、裏では男をたらし込んでいるともっぱらの評判だもの」

「あの人は、そんな真似をするような人ではないよ。口さがない噂を、真に受けるのは感心しないね」

それまで機嫌をとるように、にこやかに妻に話しかけていた八十八朗が、急に調子を変えた。お鶴がはっとして、口をつぐむ。とたんに攻守が逆転し、お鶴は肩をすぼめた。

「ごめんなさい。もう言わないから、堪忍して」

思いのほか、お鶴は素直にあやまった。決して本心から己の非を認めているようには見えないが、八十八朗の気を損じたことだけは後悔しているようだ。

お鶴はこの家のひとり娘として、甘やかされて育った。そのためか、歳のわりに子供じみた言動が多く、感情を抑えることができず思ったままを口にする。だが、その分、ひどく単純なところがあって、ことに惚れた亭主の言いつけにはことのほか従順だった。

「わかればいいんだ。お鶴は本当にききわけがいいね」

八十八朗もすぐに機嫌をなおし、ご褒美のような笑顔を返す。

お末はふたりをじっと見ていた。

こうしていると夫婦というより、まるで大人と子供のようだ。

「ねえ、八十さん、あたしも何か手伝えることはない？　あたしだって鱗やの娘だもの。きっと役に立ってみせるわ」

「おまえは、店のことは構わなくていい。何もしなくていいんだよ」

あれ、とお末は、思った。

大事な妻に、余計な苦労はさせられない。若旦那はそう言っているだけなのに、お末は妙な心地がした。

もしも自分が言われたら、すごく悲しい気持ちになる――。

どうしてだろう……。こたえは出なかったが、少なくとも若おかみも、同じように感じたのかもしれない。すがるように、八十八朗の手をとった。

「でも、あたしもゆくゆくは女将になるのだから、店のことを何も知らないままじゃいけないでしょ？」

「ちっともいけないことはないよ。お姑さんを見てごらん。店にかかずらわることもなく、芝居に買物にと、日々を楽しく過ごしてらっしゃるだろう？」

「え……ええ、まあ、そうね」

母親の話になると、お鶴の顔がかすかにこわばった。

「私はおまえにも、あんなふうに心安く暮らしてもらいたいんだ。それともなにかい？　お鶴は私を、甲斐性なしの男と呼ばせたいのかい？」

そこでお継に名を呼ばれ、お末はふたりに頭を下げて仕事にもどった。

若旦那は、本当に若おかみを大事になさっているんだろう。それはよくわかったが、大事にされ過ぎるのも、あまり嬉しいものではないのかもしれない。

お継にがみがみとやられながら、お末はそんなことを考えていた。

「さすがに幕内ともなると、たいしたものだね。何から何まで、鱗やとは大違いだ」

桜楼の女中について奥へ通りながら、お甲は首をめぐらせて呟いた。

女将の行儀指南を受けてから数日が経ち、お末はお甲とともに桜楼へ赴いた。

玄関に入っただけで、お末にも格の違いがはっきりとわかった。式台も廊下も顔が映りそうなほどぴかぴかに磨き抜かれ、壺に盛られた辛夷と黄色いレンギョウが目にも鮮やかだ。どの座敷も畳は青々として良いにおいを放ち、床の間には趣のある掛軸とともに、やはり花が活けられているが、ひとつとして同じものがなく、花器と活け方を違えてさまざまに配している。

「お花はすべて、毎日女将さんが活けてるんですよ」

お末がしきりに感心すると、案内をしてくれた女中が朗らかに言った。ふたりに対してさえ応対が丁寧で、それでいて堅苦しいところがない。

仲居ともなるとさらに行き届いていて、どんな注文にも落ち着いて対応しながらも、客をほっと安堵させる親しみを感じさせる。

桜楼と鱗やの、もっとも大きな違いは人にある。お末はすぐにそうと察した。

「花見の宴は五日後ですから、たしかに慌ただしくはありますが、毎年のことでうちの者たちは慣れています。あなた方が気を使うことはありません」

座敷に挨拶に赴くと、女将はまず、そう断りを入れた。

「それよりも二日のあいだ、うちの仲居からひとつでも多くのことを盗む。その心積もりでいて下さい。それが若旦那の願いですからね」

ふたりにはそれぞれ仲居がつけられて、どちらもお甲と同じくらいの年恰好だ。

その指示に従うようにと言われたが、実際に手伝えることなどほんのわずかで、終日、金魚の糞のごとく後ろについて、客への応対ぶりをながめることしかできない。

「今日はどうでしたか。何か得られるものがありましたか？」

一日目が終わると、ふたりはまた女将に呼ばれた。

「皆さんにはよくしてもらいましたが、何の役にも立てなくて、申し訳なかったです」

「今日初めてここに来たのだから、それはあたりまえです。ひとつでも多く盗めと言ったでしょう。お末さんがしなければいけないのは、見ることですよ」

「見ること？」

「そう、私や仲居、女中はもちろん、板前、番頭、手代から下足番まで、ここの者がどう動いているか、見て覚えることがいまの仕事です。ことにお客さまへの接し方は、細かなところまで気に留めてください」

てきぱきと動けない代わりに、見ることなら得意だ。お末は口許を引きしめて、はい、と返事をしたが、ひとつだけ不思議に思えたことをたずねた。

「あの、どうしてそんなに親切にして下さるんですか？　こちらのお店にとっては、何の利にもならないのに」

　桜楼と鱗やの格の違いをまのあたりにすると、お継たちとの会話が思い出されて、お末はきいてみずにはいられなくなった。

　あらあらと、女将はちょっと笑い、そして事もなげに言った。

「鱗やの若旦那さんにはね、借りがあるのですよ」

「借り、ですか？」

「主人との縁談が持ち上がったとき、ここへお嫁に来るのを迷っていたときがあったの」

　女将はそれまでよりくだけた調子で、当時の話をした。

　お里久の実家も料理屋だが、桜楼はその何倍も構えが大きい。夫となる仙一朗が病弱なこともきいており、女将としての働きを期待されていることも重荷となった。まだ十九の己に、果して女将が務まるものかと自信がもてなかったという。

　そのときに大丈夫だと請け合ってくれたのが、まだ十二の八十八朗だった。いまのお末より小さい頃だ。気の利いた台詞（せりふ）が言える年ではないが、飾りのない励ましは、かえってお里久の胸にまっすぐ届いた。お里久は婚礼が決まると、改めて八十八朗にその礼を述べた。

「そのときにね、約束したんです。いつか八十八朗さんが料理屋をやるときには、きっと力になるからって」

え、とお末が驚いて、隣のお甲も意外そうな顔でたずねた。

「若旦那は、その頃から料理屋をやりたいと仰ってたんですか？」

「ええ、だから私の実家（さと）の料理屋にもよく遊びにきて、板場や帳場に出入りしては、雇い人の仕事ぶりをながめていましたよ」

「若旦那にとって、料理屋を営むのは夢だったんですね」と、お末は応じた。

「ええ、きっとそうね。だから遠慮なく、桜楼のあれこれを存分に盗んでいってちょうだいな」

女将の冗談めかした口ぶりに、めずらしくお甲も顔をほころばせた。

「わあ、きれい。食べるのがもったいないみたい」

翌日の昼餉（ひるげ）の膳（ぜん）に、お末は歓声をあげた。

銘々の茶碗には、白いご飯の代わりに、彩（いろど）りの鮮やかな混ぜご飯が盛られている。

「桜楼名物の桜めしだそうだよ。毎年、花見の宴に出す前に、試しも兼ねて雇い人にもふるまわれるんだってさ。相伴できるのは運がいいね」

隣の膳についたお甲は、仲居からきき知ったようだ。

飯に混ぜられているのは、いまが旬の桜鯛だった。その上を錦糸卵が覆い、真ん中に桜の花の塩漬けが添えられている。

ひと口食べて、お末の目がまあるく広がった。

「おいしい……それに、桜の味がする」

「本当にこれは、びっくりだ。ご飯にも、桜の葉の塩漬けが混ぜてあるみたいだね」

お甲に言われて、お末は錦糸卵を箸でどけてみた。ごくわずかだが褐色の砕片が見え、食べてみると、たしかに桜餅の葉の香りがする。お末は飯だけを口に含み、ゆっくりと噛んだ。出汁は昆布。みりんと醤油で薄目に仕上げ、桜の葉の塩気と生姜が味を引きしめている。ゆがいた鯛は飯よりもわずかに濃い味がつけられて、錦糸卵と一緒に頬張ると、なんとも複雑な深みのある味わいが広がる。

お末もお甲も、米のひと粒ひと粒を惜しむようにして大事に食べた。

「さすがに幕内に名を連ねることはある。板前の腕がどうこうというよりも、何というか気合が違うよ。こんな料理を食べたら誰だって、また足を運びたくなるってものだ」

お甲にも、鮮烈な衝撃だったようだ。いつも斜に構えているようなこの女中にはめずらしく、真剣な面持ちになった。お末も焦(あせ)りのような悔しさのような、妙な焦燥を感じながら、食べ終えた膳を流し場に運んだ。

「おや、女将さんは、まだお戻りじゃないのかい？」

台所に顔を出したのは、桜楼の帳場を預かる一の番頭だった。この店きっての古株で、先代の頃から桜楼に仕えている。お末の世話係の仲居が、番頭に向かってこたえた。

「旦那さまに昼餉を運んだきりです。そういえば、遅いですね」

主人の仙一朗はほとんど店に顔を出すことはないが、朝昼晩の膳だけは、必ず女将が手ずから運んで給仕をしていた。

「旦那さまのお好きな焼饅頭(やきまんじゅう)をいただいたから、お昼の後に召し上がっていただこうと思ってね。女将さんがまだ奥にいらっしゃるなら、持っていってもらえまいか」

「あの、良ければ私がお運びしましょうか」

仲居はお末より遅く昼餉の席についた。仲居の食事が済むまでは、どのみちやることがない。お末はそう申し出た。

「じゃあ、お願いしようかね。お茶と一緒にお持ちしておくれ」

鬢（びん）が真っ白な番頭は、孫を見るようにお末に目を細め、焼饅頭の包みを渡した。

板場の脇（わき）から母屋（おもや）へはいり、南に面した廊下をいちばん奥まで進む。茶と饅頭を載せた盆を手に、お末は仲居にきいた通りに廊下を行った。

三つ目の廊下の曲がりを折れようとしたとき、その先から鋭い声がした。

「この着物が、あたしに似合う筈がありません！」

思わずびくりと足を止め、顔だけを突き出してようすをうかがう。曲がった廊下の先は、行き止まりになっている。その手前の座敷から、なじるような責めるような女の声がきこえ、それが女将のものだと気づくのに暇がかかった。

調子は荒いものの、それでも精一杯抑えているようで、話の内容はわからない。その声の合間に、かすかに男の声もするが、こちらはほとんど耳に届かない。

このまま台所へ戻ろうか――。

首を引っ込めて盆の上の焼饅頭に目を落としたとき、いきなり障子の開く音がした。あ、と思う間もなく、春らしい色柄の着物が廊下を曲がって現れた。ごく淡い菜の花色に、桃色の桜の花びらが散っている。きれいな着物だと、今朝仲居に向かってほめたばかりだ。女将のお里久だと、すぐにわかった。

廊下をふさいでいるお末に、女将もびっくりしたようだ。互いにたたらを踏みながらも、どうにかぶつからずに済んだ。お末だとわかると、女将はあわてて淡い黄の袖を顔に当てる。お里久が泣いていることに、お末はようやく気がついた。

「番頭さんから言いつかって、旦那さまに焼饅頭をお持ちしたんですけど……」

女将と目が合わせられなくて、お末は下を向いて言い訳のように呟いた。

すん、と鼻をすする音がして、いつもより枯れた声がこたえた。

「そう……じゃあ、旦那さまにお出ししてちょうだい」

そうっと顔を上げてみると、目許は赤らんでいたけれど、女将はいつもの落ち着きをとり戻していた。ついでに昼餉の膳も下げてくるようたのみ、女将は廊下をもどっていった。

その後ろ姿を見送って、お末は障子があいたままの座敷にそろそろと近づいた。

主人の仙一朗は、夜具の上に半身を起こし、うつむき加減に手許に目を落としていた。

「あのう……よろしいですか。お茶とお菓子をお持ちしたんですけど……」

声をかけると、青白い面がゆっくりとふり向いた。縁に当たる陽射しのために、お末の顔が判じられないようで、まぶしそうに目を細める。相手がまだ子供に近い娘だとわかると、弱々しいが思いのほかあたたかな笑みを浮かべた。

「新しくきた女中かい？」

「いえ、鱗やという店から、行儀見習いに来ました」

お末は名を告げて、丁寧に挨拶した。そう広くない座敷に床がのべられて、枕元には黄表紙と難しそうな本が数冊ずつ積まれている。その横に盆が置かれ、水差しと茶碗を添えて薬が置かれていた。茶色い紙に包まれた粉薬のようで、五包ほどあった。

寝付いているにもかかわらず、髷や髭は手入れされ、病人にしてはこざっぱりとして見える。決して美男というわけではないが、色白の細面とやさしい風情のためだろう、八十八朗と同様の好ましさが感じられた。

おはいり、と言いながら、主人は手にしていた紙を脇に置いた。

それは一枚の錦絵だった。春を題材にした美人画のようで、桜を背景にして、ひとりの女が床几に腰かけている。その傍ら、床几の上には弁当が開かれて、花見を描いたものだとわかる。目にしたお末は、思わず叫んでいた。

「わあっ、かわいい！」

え、と主人が意外そうな顔をして、錦絵に目をやった。

「あたし、猫が大好きで。田舎の家には、三匹もいたんです」

ああ、と納得がいったように主人がうなずいた。錦絵の女の膝には三毛猫がいて、弁当の中の尾頭つきの鯛を狙っている。女の両手がやさしくそれを押さえ、その足許にも、白と茶の子猫がじゃれ合っていた。

「そうか、おまえも猫が好きなんだね」と、主人の目が嬉しそうに細められた。

「旦那さんも、お好きなんですか？」

「ああ、この焼饅頭と同じに、子供の頃からね」

と、お末が運んだ皿に目をやった。

「けれどうちは料理屋だから、飼うことができなくてね。その代わり、はす向かいの家までよく行った。その家にもやっぱり三匹いてね、抱かせてもらうのがうれしくてならなかったが、そのうちそれも止められてしまった……私の病には、獣の毛は良くないんだ」

主人はやるせなさそうに、やせた肩を落とした。猫の話は余計だったろうかと、お末は話の継穂をさがした。錦絵にまた目を落とし、あ、と気がついた。

「この女の人、女将さんなんですね」

「え」

「だって、この着物、今日女将さんが着ていたものと同じ色柄です」

ふり向くと、憂(うれ)いに満ちた主人の顔が、そこにあった。

「あの、旦那さん……」

何かおかしなことを言ったのだろうか。お末が心配になったとき、主人の顔が泣き笑いのようにゆがんだ。お末の目から遠ざけるように、錦絵を己の手にとった。

「そうだな……それがいちばんいいんだろうな」

まるで絵に語りかけるように呟いた。

その横顔を、お末は後になってくり返し思い出した。

主人の仙一朗が亡(な)くなったのは、それからわずか四日後のことだった。

桜楼の主人の訃報(ふほう)をお末に告げたのは、八十八朗だった。

「そんな……たしかに伏せっていらしたけれど、まだしっかりとしたごようすで……」

主人のやさしげな顔と、女将の華やかな面立ちが、交互に頭をよぎる。鼻の奥がしびれたみたいになって、目にこんもりと涙がたまった。

「あたしは旦那さまにはご挨拶せずじまいでしたが、まさかこんな急に……」

一緒に呼ばれたお甲もまた、言葉を失っている。

「昨日はちょうど、桜楼の花見の宴で……女将をはじめ使用人のほとんどが、隅田堤に出かけていた。そのあいだに咳が出て止まらなくなり、やがては息ができなくなって、そのまま亡くなられたそうだ」

　もちろん女中や板前は、何人か店に残っていた。朝と昼の食事も女将の代わりに女中たちがはこび、だが昼の膳は、ほとんど手つかずのまま下げられた。もともと食が細い方で、気分がすぐれないときには同じことがよくあった。それでも念のため、女中は八つ刻（どき）にようすを見に行ったが、そのときは静かに寝ていたという。

「店の者が気づいたのは夕刻でね。晩の膳をどうするか、ききに行った。だが、そのときはもう、ご主人は冷たくなっていたそうだ」

　仙一朗は死ぬ間際（まぎわ）たいそう苦しんだらしく、夜具はしわくちゃになり、着ていた夜着も乱れていた。

「伏せっているなら世話をする女中をつけるものですが、あの旦那さんはそれを嫌って、女将さんよりほかは、あまり人を寄せなかったというから……」

　仲居からきいた話をお甲が語り、無念だというように唇を嚙んだ。

「そういえば、薬は！　旦那さんの枕元には、薬がありました。あれは咳止めだと、仲居さんからそうきいて……」

お末が思い出して叫ぶと、若旦那は辛そうに顔を伏せた。

「薬を飲もうとしたようだが、間に合わなかったのだろう。薬の包みを握りしめたまま、亡くなっていたそうだ」

「そんな……」

あれほど大きな料亭の主が、誰にも看取られず、苦しみながらこの世を去った。

いたたまれないほどに切なくて、お末の目から堪えていた涙がこぼれた。たった一度会っただけだが、ほんの数日前のことだ。あのやさしい人が、ひとりぼっちで逝ったと思うと可哀相でならなくて、胸がふさがるくらい悲しかった。

「私は通夜に行ってくるよ。おまえたちの分も、ちゃんとお参りしてくるからね」

懐から出した手拭をお末にさし出して、八十八朗が告げたとき、重そうな足音がどたどたと廊下から響いた。

「若旦那、大変です！」

挨拶もなしに座敷にとび込んできたのは、女中頭のおくまだった。

「どうしたんだ、騒々しい。女中頭が廊下を走るなんて、下の者に示しがつかないだろう」

八十八朗に咎められ、おくまは大きなからだを精一杯すぼませる。

「すみません……でも！　いま出入りの醬油問屋から、大変なことをきいたもので……桜楼の女将が、お縄になったそうです」

「何だって！」

これには八十八朗も顔色を変え、驚いた拍子にお末は泣くことさえ忘れてしまった。

「女将さんが……女将さんがお縄にって、どういうことですか、おくまさん！」

「話しておくれ、おくま」

若旦那にも促され、女中頭は仔細を語った。

「うちに出入りしてる醬油問屋は、桜楼にも品を卸していて、その御用聞きからきいたんですがね、女将さんはご主人を殺めた廉で、奉行所に引っ張られていったと……」

「馬鹿な。女将は昨日、隅田堤にいたのだろう？　どうやって主人を手にかけるというんだ」

隅田堤と桜楼のある今戸は、大川をはさんでちょうど真正面にあたる。渡し舟さえあれば楽に行き来できる近さだが、花見の宴には大勢の客が招かれていた。女将はその世話にかかりきりで、ほんの四半刻でもその場を抜ければ目につく筈だ。

「女将さんなら手を下さずとも、旦那さんを殺められると……お役人はそう言い立てて」

「役人は、何と？」

「薬です。咳止めの薬の中身を、抜いておいたのではないかと……」

若旦那が、はっとなった。少しのあいだ考え込んで、それからおくまにたずねた。

「つまり、枕元の薬の包みはからっぽだったと、そういうことか？」

はい、とおくまがうなずくと、お甲が口を開いた。

「旦那さんが、飲んじまったんじゃないのかい？　それでも咳が止まらなかったということじゃ……」

「それがね、包みはどれも、きちんと折りたたまれていたそうなんだ」

ひとつだけ主人が握りしめていたが、ほかの包みは盆の上に載せられたままだった。そのいずれもが、肝心の中身は入っていなかったという。

「でも、それを女将さんがやったという証（あかし）は、どこにもないじゃありませんか！」

お末が詰め寄ると、おくまは困ったように顔をしかめた。

「けどねえ、ご主人がいなくなって得をするのが、女将さんよりほかにいないんだよ」

「得って……いったいどんな？」

「先代夫婦も身罷(みまか)っているし、ご主人がいなければ、桜楼は女将さんのものになる。そういうことですか？」と、お甲が先んじて読みを告げる。

だが、どうやらそれだけではないらしいと、おくまは応じた。

「ほら、あの女将さんには、あれこれと浮名が立っていただろう？　それがお役人の疑いを招いた、とっかかりになったようなんだ」

この手の噂話なら、おくまがもっとも得意とするところだ。

噂がのぼるようになったのは先代夫婦が身罷った頃からで、夫婦のあいだに子供ができないためではないかと、そんな話もささやかれていた。仙一朗が病がちでは子を儲(もう)けるのも難しく、養子をとる話もちらほらと出ていたという。

ひょっとして、あのときの言い争いも、そのことだったのだろうか——。

嫌な憶測が胸をかすめたが、お末はその場では口にしなかった。

「お里久さんが、ご亭主を亡きものにする筈がないんだ。調べが進めばきっと、疑いも晴れる」

何かよりどころがあるような、八十八朗の口ぶりは確固としたものだった。

お末もそれを願っていたが、数日後、逆の知らせが鱗やに届いた。

夫を殺したのは己だと、お里久は役人の前で白状した。

「いつまでもくよくよするんじゃねえよ。板場にカビが生えちまうだろ」

板長の軍平が、お末をじろりとにらむ。

膳を拭いていた手を止めて、お末は重いため息をついた。

「すみません……でも、女将さんが、このまま死罪になったらどうしようって……そう考えたらたまらなくて……そんなこと、ありませんよね？」

亭主を殺めたとなれば、まず極刑は間違いない。

軍平は知ってはいたが、そうだな、と曖昧にうなずいた。

「桜楼はこれから、どうなってしまうんでしょう」

「どうもこうも、ああなっちゃもう、閉めるより仕方ないだろう」

「あんなに良いお店だったのに……あの桜めしも、二度と食べられないなんて」

十四の娘がこの世の終わりのようなため息をつくのが、軍平にはどうにもやりきれないようだ。この男なりにお末を案じているのだが、うまい慰めを口にできるような器用さは持ち合わせていない。

だが、その日の昼刻になって軍平は、ほら、とお末に器をさし出した。

「おまえが食いたがってた桜めしだ。少しは腹に力もたまるだろ」

　軍平の手にある鉢をのぞき込み、お末は目をぱちくりさせた。

「これが……桜めし？　どうして、タコなんですか？」

「どうしてって、桜めしと言や、タコだろう」

　小口の薄切りにしたタコを桜の花びらに見立て、桜めしと称する。軍平はそう教えてくれた。飯にタコを載せて、上から味噌を溶いただしをかける。いわばタコの湯漬けに近い代物で、ほっとするような優しい味だが、桜楼で食べたものとはまるで違う。鯛だの桜の塩漬けだのと言い出したお末に、軍平は困ったように口をへの字にした。

「あの桜めしはね、花見の宴のために編み出された、桜楼だけの料理だそうだよ」

　板長を見かねたものか、助け舟を出したのはお甲だった。

「旦那さんと女将さん、ふたりで相談してあれこれ工夫して、あの形に落ち着くまでには何年もかかったんだってさ」

　そんな光景など一度も目にしていないのに、睦まじく相談し合う仙一朗とお里久の姿が見えるようだ。あのふたりは互いを思い合っていた。何の根拠もないくせに、そんな思いが胸いっぱいに広がった。

「そういや、お末、あんたに文が届いていたよ」

　お甲が思い出したように、一通の封書をさし出した。

「ただ、差出人の名がなくてね。誰か心当たりはあるかい？」

お末は首を横にふった。宛名はたしかに鱗やのお末になっているが、裏を返すと何も書かれていない。故郷から届く便りとは明らかに違い、上質な紙に包まれている。たちの悪いいたずらかもしれないと、軍平が買って出て、代わりに封を開いた。

「なんだ、こりゃあ」

中に畳まれていたものを開いて、軍平が間抜けな声をあげる。渡されたものを手にとって、お末は、あっ、と声をあげた。

「覚えがあるのかい？」と、お甲がのぞき込む。

「はい。桜楼の旦那さんが持ってらした、錦絵です」

桜を背景にした女の姿と、床几の上の花見弁当。そして三匹の猫。紛れもなく、あのとき仙一朗の座敷で見た美人画だった。

「何だって、そんなものをお末に……」

「いや、それよりも、どうして死人から文が届くんだよ」

仔細をきいたふたりが、てんでに言い合う。

「わかりません。ただ、旦那さんがあたしに下さったことだけは、間違いないみたいです」

絵には、ごく短い文が添えられていた。

『よろしければ、もらって下さい。猫好きのよしみで』

それだけが、頼りなげな薄墨で記されていた。

軍平とお甲の勧めもあって、お末はひとまず若旦那のところに相談に行った。

「だいたいのところはわかったが……お末、そのときのことを頭から、私に話してくれないか。できるだけ詳しく、気のついたこともらさずにだ」

お末は言われたとおり、今度は主人夫婦の諍いも含めて、包み隠さず一から十まで若旦那に語った。八十八朗は美人画を手にしたままじっときき入り、お末が話し終えると、いくつかのことを問いただした。

今日になって錦絵が届いた経緯については、すぐにわかった。飛脚屋が間違えて、いったん手紙はとんでもないところに運ばれてしまった。その分届くのが何日も遅れたが、後になって桜楼の者にたしかめたところ、主人が手紙を出したのは、お末とお甲が桜楼での行儀見習いを終えた、その翌日だった。

「若旦那さん……あたし、思いついたことがあるんです」

「言ってごらん」

「桜楼のご主人は……もしかしたら、自ら命を絶ったんじゃないでしょうか」

絵をながめ、あのときの主人のようすを思い返し、ふいにひらめいたことだった。

そんな筈はないと、いったんは打ち消したが、いま若旦那に仔細を打ち明けながら、やはりそうかもしれないとの思いが強くなった。

「私も、そう思うよ。おそらくご主人は、覚悟の上で自害なさったのだろう」

薬の中身を抜いたのは、仙一朗自身だった。

お末と若旦那は、同じその考えに至った。

己で薬を処分して、女将や使用人に気づかれぬよう、からの包み紙だけを枕元にもどしておいた。そして、発作の起きるのを待った。

「どうして、そんなこと……」

胸の中にじんわりと、いままでとは違う悲しみがこみあげる。

「ひとつは、病のためだろう。あの咳止め薬は効き目が強い分、からだにも障りが出る。何年も使い続けるうちに、少しずつからだが蝕まれてしまうんだ。長くてあと一年。それくらいしかもたないだろうと、医者からは言われていたそうだ」

八十八朗は、女将からそうきいていた。もちろん病人には告げず、隠しとおしてはいたが、己のからだのことだ、仙一朗が気づいていたとしてもおかしくない。

「それと、もうひとつの理由は、この錦絵かもしれない」

　絵をながめる八十八朗の顔は、憂いを帯びていた。

「この絵に描かれているのは、お里久さんじゃない。よく顔を見てごらん……目の下に、泣きぼくろがあるだろう？　お里久さんには、ほくろなぞないからね」

　大首絵とは違って、顔が大写しにされていない。猫や着物にばかり目が行っていたから、言われるまで、お末はまったく気づかなかった。

「でも、この着物は……たしかにあの日、女将さんが着ていたものと同じです」

　——この着物が、あたしに似合う筈がありません！

　叫んだお里久の声が、耳にこだました。もちろん若旦那には、すでに伝えている。

「たぶんその着物が、諍いの種になったのかもしれない。女将さんの着物のことで、ほかに何かきいてないかい」

「……そういえば、仲居さんが不思議がってました」

　あの日の朝、女将の着物に目をとめて、一緒にいた仲居に告げたときだ。淡く明るい色あいが、女将の面立ちによく似合うとお末はほめたが、仲居はとまどいぎみにこたえた。

『たしかにお似合いではあるけれど、でも、女将さんが明るいものを着ることは、滅多にないのよ。お客さまより派手ではいけないと仰って、いつもは地味なものしかお召しにならないのに、めずらしいわね』

仲居の言葉をもらさず告げると、八十八朗はうなずいた。

「おそらくその着物は、この絵に似せて女将さんが仕立てたものだ。それが両人のあいだで諍いとなり、ひいてはご主人の覚悟を決めさせた」

女将が奉行所で、己が殺めたと申し述べたのは、それを深く悔いてのことではないか。八十八朗は、そのように推測した。

「お末、桜楼の雇い人で、いちばんの古株は誰かわかるかい？」

「たぶん、一の番頭さんだと思います。ご先代の頃からいらして、亡くなった旦那さんが小さい時分のこともご存じでした」

「じゃあ、その番頭に話をききに行こう。おまえも一緒においで」

いままでの話はあくまで推論に過ぎず、証し立てするにはたしかな裏打ちがいる。

「すべての辻褄が合うよう、事をつまびらかに解き明かせば、女将さんが下手人ではないと、お上もわかって下さるかもしれない」

若旦那は、牢に繋がれた女将を、助けようとしているのだ。

お末は元気よく返事をし、前掛けを外して若旦那の後を追った。

それから十日ほど経って、女将は無事に牢屋敷から出され、桜楼に帰ってきた。

若旦那とお末は、女将の招きを受けて、その日桜楼へと赴いた。

「このたびは本当に、ご面倒をかけてしまいました。お礼の言葉もございません」

丁寧に頭を下げた女将は、以前より少しやつれていたが顔色はよく、傍らに控えた老いた番頭もまた、何もかも鱗やの若旦那のおかげだと、涙混じりに礼を述べた。

「私なぞより番頭さんのお力の方が、よほど大きかったと思いますよ」

若旦那がにっこりと告げる。この一の番頭は、八十八朗から絵の経緯をきかされると、女将を助けるべく、それこそ東奔西走の働きぶりだった。しかし番頭は、白髪頭を横にふった。

「いいえ、終いまで難儀したのが、女将さんの気持ちを動かすことでした。やはり若旦那さんがいなければ、私どもの願いも伝わらなかったかもしれません」

八十八朗は桜楼の雇い人たちとともに、関わった者たちから詳細な口書きをとり、これをまとめて、番頭ともども奉行所に嘆願書を出した。同時に、牢にいる女将に向けて、長い長い手紙を書いた。事はすべて明かされて、女将の疑いは晴れようとしている。何より女将を慕い、頼りにしてきた桜楼の者たちのために、どうかもどってきて欲しい。八十八朗が心を尽くして認めたこの文が、真っ暗に塞がっていた女将の気持ちを解きほぐした。

「お恥ずかしい話ですが、あのときは主人の死が悔やまれて、半ば自棄を起こしておりました。己の浅はかな悋気が、主人を追い詰め、あのような酷い死に方をさせてしまった……罰を受けるのはあたりまえで、このまま主人を追ってあの世で詫びたいと、それればかり思い詰めてしまいました」

「女将さんはご主人を、心の底から恋い慕ってらっしゃった。見合いの場で、ひと目会ったときからずっと……嫁入りを決めかねていたときでさえ、私にそう話されていたでしょう？」

昔の話を持ち出され、女将は恥ずかしそうに頬を赤らめながらも、こっくりとうなずいた。

夫の病は、初めからわかっていたことだ。子供ができぬのもとるに足らないことで、お里久はただ、仙一朗さえいてくれればそれで良かった。だからこそ多忙な仕事の合間を縫って、三度の食事だけは自らはこび、せめて夫婦ふたりきりの時間を大切にしたかった。

その真心が、相手に伝わらぬ筈はない。仙一朗もまた、お里久を大事にしてくれた。

「ただ、私は気づいてました。主人は私と、同じ気持ちでいるわけではないと……主人の心の中には、別の誰かが棲んでいて、その人だけに焦がれるような思いを寄せているのだと……主人が隠し持っていたあの絵を見つけたとき、ああ、この人だと、私にはすぐにわかりました」

「それが桜楼のはす向かいにある、笠問屋のお嬢さんだったのですね」

子供の頃、はす向かいの家に猫を見にいった。仙一朗は、お末にそう話してくれた。

仙一朗は、その家の娘と互いに思い合っていた。しかし病弱な夫を支え、代わりに店をまわしていくような才覚は、笠問屋の娘にはなかった。両親は因果を含め、息子にその娘を諦めさせて、お里久を嫁に迎えた。相手の娘はその翌年、東海道の三島にある大きな笠屋へと縁づいて、江戸を離れたのだった。

その一切を、お里久はまだ存命だった、先代からきき知った。

「女将さんがここへいらした当時は、正直、旦那さまが案じられてなりませんでした。ご先代が半ば無理に勧めた縁談が、ただでさえ弱いおからだに障るのではないかと……ですが、女将さんは心をこめて旦那さまにお仕えして下すった。お心内までは計りかねますが、旦那さまがここまで永らえたのは、間違いなく女将さんのおかげです」

番頭は有難そうにそう語ったが、女将はゆるゆると首を横にふった。

「気づかぬふりを続けていればよかったのに、あの絵を見て以来、私は己の内で少しずつ悋気を育ててしまいました」

「浮名を流すようになったのは、たぶんその頃からですね」

女将は八十八朗に向かって、苦しげな笑みを浮かべた。美貌の女将に言い寄る男は、以前から少なくなかったが、あからさまに突っぱねたり噂を否定することがなくなったのは、女将があの絵を見つけてからのことだった。

「それでも女将さんは、その中の誰ひとりとして深い仲になった相手はいなかった。噂にのぼった相手の方々から、ひとりひとり話をきいて、それがわかりました」

「主人が少しは焼餅を焼いてくれるのではないかと……浅はかでつまらない思いつきでした。すべては己にはね返り、焦りやら鬱憤やらをかえってためることになって……」

揚句の果てがあの着物だと、女将は情けない顔でうつむいた。

あの絵にそっくりの着物を仕立て、あの日、朝餉の膳を運んだときに、初めて女将は主人に披露した。仙一朗はひどく驚いた顔をしたものの、何も言わなかった。

「よせばいいのに私は、昼の膳を運んだときについ口にしてしまいました。この着物をどう思うか、と……」

　仙一朗は困った顔をして、そして、『よく似合うよ』と言った。

　とたんに、それまで胸にため込んでいたものが吹き上がり、嵐のように吹き荒れてどうにも押さえがきかなくなった。仙一朗が大事に隠し持っていた錦絵のこと、笠問屋の娘のこと。そしていまでも、その娘を忘れていないこと。

　お末がきいた言い争うような声は、夫に向けられた、いわば女将の悲鳴だった。

「主人はただ、済まないと詫びるばかりで、私は耐え切れず離縁を申し出ました」

　桜楼を出て、仙一朗から離れるよりほかに、浅ましい嫉妬から逃れる術は見当たらなかった。店のことも女将の責務もすべて忘れ、お里久はあのとき、ただの女になっていた。

「花見の宴が終わったら桜楼を出ると、主人にはそう告げました。それがまさか……あんなことになるなんて……」

　番頭の顔が、堪え切れぬようにくしゃりとゆがんだ。

「たとえ店にはお出にならなくとも、旦那さまは桜楼の主人です。店のためには、女将さんに留まってもらうには、己が消えるしかあるまいと、お考えになったのだと思います」

あの日の主人の横顔が思い出されて、お末の目にもにわかに涙があふれた。

『――それがいちばんいいんだろうな』

あれは決して諦めではなく、女将を含めた桜楼の者たちを、残り少ない己の命を賭して守ろうとした、その決心だったのではないか。いまのお末には、そう思えてならなかった。

「お末さん、この絵はやはり、あなたに持っていて欲しいのですが」

この錦絵をどうすべきか。これればかりは若旦那にもよい知恵が浮かばなかった。主人の形見でもあり、やはり女将に返すのが本筋ではないかと持参してみたが、女将はそれをまたお末に返した。

「主人のお墓に入れてあげるくらいしか、私にはできないけれど、暗いところで朽ちさせるより、明るい場所でお末さんに見てもらいたいと、主人はそう望んでいたのでしょう。色々といわくが知れて、お末さんには重荷になるかもしれないけれど」

「いえ、有難くいただきます……猫好きのよしみですから」

絵を受けとって、お末は改めてながめてみた。

猫を膝に抱いた女のやわらかな微笑は、やっぱり女将に似ているように、お末には思えた。

「この桜めしを召し上がれば、若おかみもきっとご機嫌が直りますよ」

薄紅色の風呂敷に包まれたお重の中には、女将がお礼にと調えてくれた桜めしが入っている。女将は重箱を五つも持たせてくれて、四つを若旦那が左手に提げ、残るひとつはお末が大事に胸に抱えていた。

「お鶴のことなら、気にしなくていい。いちいち頭を悩ませていたら、参ってしまうよ」

若旦那に言われても、お末にはやはり気にかかる。

今日、桜楼の招きを受けたのは、若旦那とお末だけだ。そうと知ったお鶴は、己も同行するのが当然だと散々ごねた。しかし若旦那は、やんわりとした口調ながら頑としてきき入れず、お末だけを連れて出た。

「あの、若旦那……やっぱり若おかみにも、お店を手伝ってもらってはいかがでしょう」

泣きながら母屋へと去った姿がどうにも哀れで、お末はついそう言っていた。

「若おかみは、お茶やお花も習っているし、お花を飾ったり、お軸を見立てたり、きっとできることが色々あります」

お末の前を行く若旦那は、ふり向きもせずに短くこたえた。

「あれには、無理だろう」

まるで氷を喉元に当てられたような、ひやりとするほど冷たい物言いだった。

「お鶴には、苦労をさせたくないんだよ。床の間に飾るように、大事にしてあげたいんだ。婿養子としては、少しは甲斐性のあるところも見せたいしな」

お末の怯えを感じたように、若旦那がふり返り、言い訳めいた台詞をならべる。

けれどお末の頭には、桜楼の女将の姿が浮かんでいた。主人は女将を大事にしていたけれど、女将が本当に欲しいものは、別のものだった。

お鶴もまた、同じではなかろうか。床の間に飾られるよりも、ちょうど猫にするように、可愛がってもらいたいのではないか。

たとえ形や仔細に違いはあっても、ふたりの女が心底求めているものは、嘘偽りのない、夫の真心ではなかろうか。

若旦那に告げる勇気はなかったが、お末はその晩、お甲にその話をしてみた。

お甲はいつになく、まじめに話をきいてくれた。

「世間にはさ、ろくでなしの亭主が多いだろ？　なんでこんな男に引っかかって、いつまでも一緒に暮らしているんだろうって、思ったことはないかい？」

たしかに世間にはよくある話で、お末もかねがね不思議に思っていた。

「たとえどうしようもない男でも、本気で惚(ほ)れてくれるなら、それだけで釣りが来る。たぶん、そういうことさ」

大事にするのと、心底惚れ込むのは、似ているようで違う。お甲はお末の感じたことを、わかりやすく説いてくれた。

「女にとっては、どっちが幸せなんだろうね」

謎(なぞ)かけのように問われたが、お末にはいくら考えてもこたえが出せなかった。

それでもお里久の思いは、決して片恋ではなかったのではないか。夫婦で拵(こしら)えたという、あの桜めしの味がふわりと舌にのぼり、お末の口許(くちもと)がほころんだ。

その夜、お末は夢を見た。枕元に置いた絵と同じに、三匹の猫が楽しそうにじゃれ合って、桜の木の下には、幸せそうに寄り添う、桜楼の主人と女将の姿があった。

千両役者

梅雨明けを待って、「鱗（うろこ）や」では建具がいっせいにとり替えられた。

「何だか、見違えるようですね。襖（ふすま）ひとつで、こんなに変わるなんて」

襖に描かれた、目にさわやかな松の緑をながめて、お末はため息をついた。

男女の連れ込み客が多かっただけに、もとはどぎつい色の派手な襖が使われていた。おまけに何年も替えずにいたものだから、すっかり色が褪（あ）せ、まさに場末の岡場所のような有様だった。

若旦那（わかだんな）の八十八朗は、松の間には松を、楓（かえで）の間には楓と、それぞれの座敷の名に合わせて襖をえらび、また畳や障子もすべて新しいものに替えた。畳や襖は職人が入るが、障子紙の張り替えなぞは、使用人総出で行う。おかげで目のまわるような忙しさとなったが、鱗やが日に日に息を吹き返していくようで、お末にはそれがうれしくてならなかった。

「見違えたのは、あんたも一緒さ。明るい色目が、よく似合うじゃないか」

お末を上から下までながめて、お甲が言った。

「本当ですか？　こんな上等な着物、初めて着たんです。何だかあたしには不釣り合いみたいで、どうにも落ち着かなくて」

「案じることはないよ。若竹色が涼しげで、その襖の松にも劣らないよ」

お甲がめずらしく笑顔になって、お末は思わず見とれてしまった。新しい着物で見違えたのは、お甲の方だ。お末のものより少しばかり濃い苔色が、すっきりとした姿に見せて、目鼻立ちの良さを、さらに引き立てている。

ほれぼれとながめていたお末の背中で、松模様の襖がいきなり開いた。

「またあんたたちは、こんなところで油を売って！　こっちは手が足りないんだ。さっさと手伝いにきておくれ！」

けんけんとまくし立てる、お継の小言は相変わらずだが、お甲はまんざら世辞でもなさそうな口調で言った。

「その江戸茶、本当にお継さんによく合うね」

「え……そ、そうかい？」

文句の当て所をなくしたように、たちまちお継の勢いが失せる。

建具と同様に、八十八朗は女中の着物もすべて新しく仕立てさせた。細い縦縞の柄は一緒だが、色はさまざまで、各々の役目によって三色に分けられていた。客に接するお甲やお末は緑、お運びや下働きの女中には黄の色目が使われた。

　女中頭のおくまには、地味だが格のありそうな濃茶の着物が用意され、そしてお継にもまた、おくまより少し薄い江戸茶の着物があてがわれた。

「やっぱりそういう格のある色は、女中頭とお継さんにしか着こなせないね」

「ま、まあ、皆の上に立つ者が、軽々しい色目じゃいけないってことだからさ」

「鱗やの内は、お継さんでもっていると、若旦那はよくわかっていなさるんだろうね」

　八十八朗の意図を、正確に見抜いているお甲は、ここぞとばかりにお継を褒める。風貌も態度も刺々しいお継には、客あしらいは任せられない。かと言って、下働きの黄色なぞ身につけさせれば、騒ぎ立てるのは目に見えている。そこで若旦那は、女中頭と同じ色調の着物を与え、お継の文句を封じ込めた。

　接客を任されて以来、お甲やお末ばかりが引き立てられている。その不満をため込んでいたお継には、十分な慰めになった筈だ。

「本当に、とても粋に映りますよ、お継さん」と、お末は気持ちを込めて言った。

「嫌だね、あんたまで。ああ、こうしちゃいられないんだった。ここを終えたら、早く階下へ降りてきておくれよ」

最前よりぐっとやわらいだ口調で告げて、お継はまた忙しそうに出ていった。

「当分は、これで凌げそうだね」と、お甲は口の端で笑った。

「お甲さん、あたし、ひとつだけ気がかりがあって」

二階の始末を終えて、ふたりで階段を降りながら、お末が言った。

「こんなにいちどきに新しくしたら、お金もいっぱいかかるでしょ？　大丈夫なんでしょうか？」

建具や使用人の着物だけでなく、八十八朗は床の間に飾る軸や花器などにも気を配り、また、料理の材や皿小鉢も吟味するようになった。以前にくらべ少しずつ客足は伸びてはいるが、まだまだ人気の料亭には遠く及ばない。なのに費えばかりが増えているようで、お末はどうにも不安でならなかった。

「そのあたりは、若旦那がうまく按配してなさるだろうが……それにしても、お末は本当にしっかり者だね」

「そう、ですか？」

「皆は新しい仕着せに喜んだだけで、金の工面を気にする者なぞ誰もいないよ」

十四の娘が店の金繰りを心配するのを、お甲は感心より先に、半ば驚いている。

「でも、毎年、年貢を納めるときに、おとっつぁんとおっかさんは先の賄いに頭を悩ましてました。だからお店でも、やっぱり同じじゃないかと思って」

ふた親が考えていたのは、主に食べ物のことだ。たとえ米を作っていても、百姓はほとんど口にできない。畑でとれた芋や大根だけでは足りず、年貢をさし引いたわずかな米を売って、雑穀や豆を買わなければならない。農具や鍋釜の修繕も鍛冶屋に頼む必要があり、講や祭の支度金など村に納める金も要る。お末の両親は何にどれだけ費やすか、その按配を話し合っていた。豊作の年はまだいいが、凶作となると、あらゆるものを切り詰めなければならず、そんな年はふたりの顔が暗かった。

「いまの鱗やは、決して豊作とはいえないでしょう？」

「なるほどね……若旦那がどうしてあんたに目をかけるのか、わかったような気がするよ」

そんなにめずらしいことだろうかと、思わずお甲を見上げたとき、

「買ったばかりの反物を、一切返してこいとはどういうことですか！」

帳場の方から尖った金切り声が響いた。階段下から、お甲が首だけを突き出してのぞく。

帳場の格子の前に仁王立ちになっているのは、この家の内儀、お日出だった。

「あれは、お内儀さんですね。いったい、何があったんでしょう」

「お継さん……じゃないようだね」

「おっかさん、落ち着いて。八十さんにだって、きっとわけが……」

内儀の後ろには娘のお鶴もいて、母親を必死でなだめている。

「離しなさい、お鶴！　女中たちには新しい着物をあてがって、私とお鶴にはお古を着ていろと、八十八朗はそう言っているのですよ！」

お末に横顔を見せている内儀のこめかみには、いくつも青筋が浮いている。日頃からにこやかとは縁遠いお日出だが、こんな形相は初めてだ。

内儀の目の前に、若旦那がいた。内儀の鋭い視線を浴びながら、微笑んでいるような表情も、落ち着いた佇まいも、常とまったく変わらない。

「お古などと、とんでもない。ほんの三月前にも、呉服屋からたんと買ったばかりじゃありませんか」

「あれは夏のための着物です。秋に着られる筈がないでしょう！」

季節ごとに何枚も着物を仕立てるのは、お日出にとってはあたりまえだ。着物を替えれば、それに合う帯、さらには草履や櫛までも新調することになる。それは娘のお鶴も同じで、月に何度も母娘そろって買物に出かけていく。

着物の貯えなら、すでに十分過ぎるほどだと、八十八朗はよく承知していた。だが、いまさらそれを説いたところで、義母が納得する筈もない。散財するに足る理由が、お日出にはちゃんとあるからだ。

「すみません、お姑さん。ですが、次の盆の掛取りは、畳や建具の手間賃だけで手いっぱいで。せめてそれが過ぎるまで、買物は控えていただけませんか？」

「お黙りなさい！　おまえにそのような指図をされる謂れはありません。この店の主人は、おまえではないのですよ」

「はい。しかしお舅さんは、何かと忙しい身ですから」

八十八朗の物言いには、含みがあった。察したお日出のまなじりが、きりきりと吊り上がる。

「店も金繰りも、すべて私に任せると、お舅さんはそう仰って下さいました」

「だったら、うちの人の道楽を、とり上げるのが先でしょう！　もとを正せば、あのどうしようもない癖がいつまでも直らないから……」

「おっかさん、もうやめて！」

たまりかねたようにお鶴が叫び、お日出が、はっと我に返った。

いつのまにか、女中から板場の者までが顔を出し、遠巻きに成り行きを見守っている。

興味津々の使用人たちを、ぎろりと一瞥しながらも、さすがに内儀もばつが悪いようだ。

「勘違いしないで下さい、お姑さん。私はお姑さんの道楽を、奪うつもりはないのですよ」

「だったら、あの反物を……」

「あの反物に払う金を、お姑さんのもうひとつの道楽に、費やしてみませんか？」

「もうひとつ、というと……？」

合点がいかないようで、お日出は訝しげに婿をながめた。

「芝居です」

言われたお日出が、あ、と口をあける。

この母娘の道楽は、買物三昧にとどまらない。まるで家に居るのを惜しむように、催しや物見遊山にせっせと足をはこび、中でも芝居見物にはもっとも熱を入れていた。

当然のことながら、枡席で見物するだけでは飽き足らず、贔屓の役者を見つけては、贈り物をしたり食事に招いたりと、それこそ糸目をつけず金を撒く。

お日出がいまいちばん贔屓にしているのは、園村座の小村伴之介という若手役者だった。

立役をもっぱらとして、男っぷりの良さと切れのいい演技で、日ごとに人気が高まっている。若旦那は、その役者の名を出した。

「たしか、月に一度ほど、小村伴之介を招いての食事の会がありましたね？」

「え、ええ……贔屓筋が何人も集まって、深川の『亀喜』で行うのがしきたりで」

「それをうちで、この『鱗や』で、開いてもらいたいのです」

小村伴之介は食通としても有名で、味にはうるさいが舌はたしかだと評判をとっている。その人気役者が、もしも鱗やの料理を気に入ってくれれば、またとない宣伝になる。

若旦那はそう説いたが、お日出は鼻で笑った。

「あの方の舌を唸らせるだけの膳が、鱗やで出せる筈がないだろう？」

仮にも料理屋の内儀が、口にして良い台詞では決してないが、お日出の言い分ももっともだ。亀喜はここ十年ばかりで名を上げた、江戸では新しい部類に入る料理屋だが、味の良さばかりでなく、器のしつらえの美しさにも定評がある。

お日出が顔を出す会は、裕福な商家の内儀や娘ばかり十人ほどの顔ぶれで、日本橋の大店の油問屋、越前屋の内儀が世話役を引き受けている。越前屋は前々から亀喜のなじみで、小村伴之介もその味を大いに気に入っていた。伴之介の贔屓の会は、亀喜で開かれるのが慣例となっていると、お日出は婿にそう説いた。

「鱗やがどれほどの料理屋か、皆さんだって先刻承知していますよ。何より、世話役の越前屋さんの顔を潰すことになる。とてもそんな話は、持ち出せませんよ」

お日出は無下に断ったが、八十八朗は諦めるつもりはないようだ。

「小村伴之介から良い評判が伝われば、客足は一気に伸びる筈です。そうなれば、お姑さんにもお鶴にも、いままで以上に買物に精を出していただけますよ」

八十八朗は、義母の勘所をしっかりと押さえていた。

お日出の小鼻がぴくりとし、娘のお鶴の目にも期待の色がのぞく。

「実はもうひとつ、思案がありましてね。それが当たれば、入る金は倍にも三倍にもなりましょう。これにも伴之介さまのお力添えが、ぜひとも入用で……あの反物の代金は、そちらに回したいのです」

八十八朗がその目論見を告げると、お日出は目を丸くして、だが、まんざらでもなさそうな素振りを見せた。

「そう、だねえ……あちらさまにとっても、決して悪い話じゃないし」

「そうよ、伴さまに喜んでいただければ、これまでよりいっそう、近しくなれるかもしれないわ」

と、お鶴はすっかり乗り気のようだ。

「いかがです？　秋の着物を我慢するだけの値打は、十分にあると思いますよ」

「そうだねえ……」

迷っているのは上辺だけで、お日出の頭の中ではすでに、贔屓役者と睦まじく語らう場面が描かれているのだろう。

越前屋の内儀には、何とか話をつけてみる。鱗やの内儀は、口許をゆるませながらそう請け合った。


「あと八日のうちに、亀喜と並ぶ品書きを考えろだ？　そいつは無茶だ、若旦那」

八十八朗の申し出を、板長の軍平は一蹴した。

お日出が騒ぎ立てた一件から、三日が過ぎている。

「下げ慣れない頭を、一生分も下げた」と、不満をこぼしながらも、お日出はどうにか越前屋の内儀を説き伏せて、次の会を鱗やで開く旨を承知させた。

その日のうちに八十八朗は、軍平に加え、接客役を務めるお甲とお末を座敷に呼んだ。

「亀喜と同じでは値がない。亀喜を越える膳を出し、小伴の舌をうならせるんだ」

小村伴之介は、千両役者と金貨の小判を引っかけて、小伴とも呼ばれている。

「ますますもって、無理な話だ。ひとりふたりの客ならまだしも、十二人ですぜ。膳を調えるだけでも、いまの鱗やにはとてもできやしねえ」

けんもほろろの言いようだが、軍平のいかつい顔は、どこか悔しそうだ。

「昔の鱗やなら造作もなかったと、そういうことかい？」

「……いったい、何の話です、若旦那」

「暖簾を上げたばかりの頃は、どこの料理屋にも負けない膳を出し、贔屓客で毎日にぎわっていた……お舅さんからそうきいたよ」

「あの旦那が？　まさか……」と、軍平が訝しげな目つきになる。

「前に酔ったとき、一度だけもらしていた。日頃は昔話など、なさらない方だがね」

日頃は恐いばかりの軍平に、強い屈託が覗く。若旦那は気づかぬふうに、邪気のない笑顔で続けた。

「当時、評判をとっていた一品に、鰻茶碗というものがあったんだろう？　それを拵えてもらえないか」

「いや、あれは……！」

軍平のいかついからだが、びくりとはねて、追い詰められた兎のように縮こまった。

「あれは、できねえ……あっしには、できやせん」

「どうしてだい？」

「鰻茶碗は、前の板長しか作れなかった。あっしには、とても……」

「そうか……まあ、二十年より前の話だというから、仕方なかろうが」

残念そうなため息をついた若旦那の前で、軍平はうなだれている。怒鳴るのが仕事のような板長が、しょんぼりとしているのが見ていられなくて、お末はつい口をはさんでいた。

「あのう……鰻茶碗というのは、どんなお料理なんですか？」

「私もお舅さんから、ちらりと伺っただけなのだが、鰻を入れた茶碗蒸しのようだね」

「鰻の茶碗蒸しですか。おいしそうですね」

鰻なら、お末は一度だけ食べたことがある。女中頭のおくまの好物で、前にいっぺんだけ下の女中たちにも蒲焼をふるまってくれた。甘辛い味に、舌の上でとろけるような魚の脂がからまって、口に含んだだけで何とも幸せな気持ちになった。

茶碗蒸しの方はあいにくと縁がないけれど、どんなものかは知っている。鱗やでは滅多にお目にかからないが、客の求めに応じて出すことがあったからだ。

ふわっとした鰻と、なめらかな卵が合わさると、どんな味になるのだろう。考えるだけで、舌がとろけてきそうだ。口の中にたまった生唾を、お末はごくんと飲んだ。

「軍平さんなら、できるんじゃないのかい？」

それまで、ずっと黙っていたお甲が、初めて口を開いた。

「その鰻茶碗を、食べたことがあるんだろ？　それなら……」

「駄目だ！　あれはおれなんかが、こさえていい代物じゃねえ！」

襖を震わすような、大声だった。鰻茶碗は軍平にとって、単なる料理ではないのだと、お末にさえ察せられた。だがお甲は少しも怯まず、二十近くも歳上の板長に、喧嘩をふっかけるような真似をした。

「らしくないんじゃありませんか。何を怖がっているのか知れないけれど、そうやって一生、鰻茶碗から逃げるつもりですか」

「誰が、何を怖がってるだと！」

「尻尾を巻いて逃げ出したいと、ほら、その顔にちゃんと書いてある。たかが鰻の入った茶碗蒸しじゃないか」

「たかがだと！　何も知らねえくせに、勝手なことを抜かすんじゃねえ！　あの鰻茶碗はな、本店(ほんだな)の大事な……」

「本店？」

お甲とお末が、同時に声を上げた。不思議そうに見上げるお末のあどけない表情に、たちまち軍平が、きまりの悪そうな顔をする。

「と、ともかくな、鰻茶碗はこの鱗やにとって大事な碗なんだよ」

「だったらなおさら、軍平さんが作るのが道理じゃないか」

「このアマ……いい加減にしねえと、たとえ女でもただじゃおかねえぞ！」

「この鱗やの板長は、あんたじゃないか！」

ふたたび襖が震えたように、お末にはそう感じられた。軍平の大声ならいつものことで、誰もが慣れっこになっている。だが、お甲のこんな声も、そしてこんな顔も、初めてだ。

半分眠っているみたいに、いつもけだるそうな風情(ふぜい)で、お甲が何かに必死になる姿なぞ、思いもよらなかった。興奮のあまり、お甲の頰はほんのりと染まっている。もともと見目のよい容姿だが、いままでいちばんきれいに見えた。

そおっと板長を見上げてみると、言い返す言葉がどうしても見つからないのだろう。己の娘でも通りそうな女中を前に、口をぱくぱくさせている。

「これは勝負ありましたね、板長。お甲さんの言うとおりですよ」

「若旦那……」

「鰻茶碗、作っていただけますね？」

情けない顔を向けた軍平に、若旦那はにっこりと告げた。

「……茶碗蒸しなんて、夏場の膳に出すようなものじゃ……」

「でも、お客さんは、ほとんどが女の方です。いくら暑くとも冷たいものばかりでは、お腹が冷えちまうと思います」

「いいところに気がついたね、お末。それに鰻茶碗は年中出していたそうだから、何も障りはないだろうし」

往生際の悪い板長に、若旦那が駄目を押す。

「わかったよ、やりゃあいいんだろ、やりゃあ。断っとくが、どんな代物になっても知らねえからな」

「板長の腕は、信じているよ」

と、若旦那は、鰻茶碗を中心に夏の膳の品書きをこしらえるよう、板長に言った。

「ああ、それともうひとつ。料理には落花生は使わぬように。実はもちろんのこと、油も使ってはいけないよ」

「へい……そいつは、構いやせんが」

軍平は、合点のゆかない顔でうなずいた。

六月末のその日は、あいにくの曇り空だった。湿った暑気は、息さえふさいでしまいそうに重苦しく立ち込めていたが、鱗やの内は、人気役者を迎える興奮に満ちていた。

「本日は暑い中お運びいただき、ありがとうございました」

客を出迎えた若旦那は、そこだけ涼風が吹いているような、ひときわ涼しげな居住いだ。

「どんな料理が出てくるか、今日は楽しみにしてきたんだ。世話になりやすぜ、鱗やさん」

最初に暖簾をくぐった男が、短い挨拶を返す。役者には甘ったるいしゃべり方をする者も多いが、男伊達で鳴らした小村伴之介は、姿も口調もすっきりしていた。

小柄なからだは、舞台の上では小気味よく踊り、目には人を逸らさぬ力がある。役者ならではの、独特の華やかな魅力は、すれ違った誰もがふり返るに違いない。

若旦那の後ろには、内儀のお日出と娘のお鶴が、膝をそろえていた。

「こんなむさくるしいところで、申し訳ございませんねえ。亀喜さんと違って、うちは三流の料理屋ですから、とてもあれほどのおもてなしはできそうにありませんが、せめてゆっくりとくつろいで下さいましね」

お日出が何とも余計な口上を述べる。へりくだっているつもりだろうが、卑屈以外の何物でもなく、役者のすぐ後ろにいた女がむっつりと応じた。

「鱗やさんがどうしてもと言うから、わざわざ場所を移したというのに、初めからその調子では困りますよ。何ならここからまっすぐ、亀喜に行ってもいいんですよ」

大柄な肥えた女は、歳はお日出と同じくらいだろう。贅を尽くした装いをさらに前に押し出すような、横柄な構えだ。

気圧されたように、お日出が小さくなると、すかさず若旦那が口を開いた。

「越前屋のお内儀でいらっしゃいますね。姑と妻が、いつもお世話になっております」

「あ、あら、いいえ、こちらこそ」

若旦那に極上の笑みを向けられて、内儀がころりと態度を変える。

「小村さまと皆さまに、ぜひお越しいただきたいと、私が姑に無理を申しました。本日はあいにくと主人が出ておりますが、代わりに私が皆さまのお傍で、精一杯おもてなしさせていただきますので、どうかご容赦下さいませ」

「まあ、若旦那自ら。それは楽しみですわね」

大人同士のやりとりが続くあいだ、お末は脇に下がったところから、ずっと小村伴之介をながめていた。役者をまのあたりにするのは初めてで、ついつい目が張りついてしまう。

視線に気づいたものか、ひょいと伴之介がお末に首をふり向けた。

「へえ、こんなかわいらしい仲居がいるのかい」

にこりとしたとたん、顔いっぱいに愛嬌が広がる。お末はあわてて頭を下げた。

「今日は私とともに、このふたりが皆さまのお世話をさせていただきます。お甲、お末、お客さまを座敷へお通ししなさい」

お甲が先に立ち、伴之介と越前屋の内儀を奥へ促す。その後ろから、次々と着飾った女たちが現れて、そのあまりの華やかさは、目が眩みそうなほどだ。このような会に出る以上、内儀母娘の衣装代が嵩むのも無理はないと、お末はひそかに納得した。

十二人の客は、松の間と月の間の境をとり外した広間へと通された。鱗やでもっとも眺めが良く、開け放された窓からは、蓮の葉を敷き詰めたような不忍池が見渡せる。各々の店の格や大きさ、あるいは年齢で席次が決まっているようで、上座に座した役者の隣には、越前屋の内儀が当然のように場所を占める。お鶴と似た年恰好の、若い内儀も何人かいて、ほとんどが下座の側についた。今日はもてなす側のお日出とお鶴は、いちばん末席にいる。お鶴の向かい側から、若い内儀のひとりが声をかけた。

「ねえ、お鶴さん、あのことはちゃんと、板場に伝えて下さったかしら」

一同の中ではとび抜けて器量が良く、その容姿を十分に引き立てる、華やかな着物をまとっている。塗物問屋、槙屋の若内儀で、お日出が娘に代わり愛想笑いを返す。

「大丈夫ですよ、お江与さん。落花生は入れぬようにと、ちゃあんと釘をさしましたから。そうだろう、お末？」

おまえが責めを負うところだと言わんばかりに、お日出がにらみつける。

「はい、板長に通してあります」と、お末は短くこたえた。

槙屋の内儀は、大げさに安堵の息をついた。

「ああ、良かった。あんな辛い思い、もう二度とご免だもの。落花生がいけないとわかるまで、幾度も死にそうな目にあったんですよ」

人によっては、ある食べ物が毒になることがある。最初にきいたときは、お末はひどくびっくりした。卵や魚貝などには多く見られるが、稀に蕎麦や落花生でもあたる者がいると、若旦那は話してくれた。槙屋の若内儀お江与は、落花生にあたる体質で、若旦那が軍平に指示したのもそのためだった。

「たしか、四年くらい前だったかしら。前にあたったときは、ひどかったものね。それはたいそうな苦しみようで、見ていられなかったわ」

お江与の隣にいる内儀が、そう応じた。槙屋の内儀とは対極に、容姿も身なりもいたって地味だが、同じ年頃で親しい間柄のようだ。槙屋とは近所になる、甲野屋の内儀でおすみといった。

囲む会とは言っても、越前屋の内儀がよほどにらみをきかせているのだろう。役者と言葉を交わせるのは、上座の側にいるほんの数人で、きこえるのは隣に張り着いた越前屋の内儀の声ばかりだ。

それでも、人気役者を間近で拝める機会なぞ滅多にない。下座にいる若い内儀たちにとっては十分なようで、ちらちらと伴之介をながめながら、にぎやかに話に興じている。

主賓と世話役の内儀には、若旦那が張りついて、中の数人をお甲が受け持つ。お末には、下座にいる客が任されていた。

どうか軍平の料理を気に入ってくれますようにと祈りながら、お末は最初の椀を配してまわった。

「へえ、鮎を汁に使うとは。こいつはめずらしいな」

ひと品目の汁が運ばれてくると、小村伴之介はうれしそうな声を上げた。

本膳料理は飯と汁に重きが置かれ、一度に配膳されるが、会席料理は酒のための料理だ。初めから酒が出て、その進み具合を計るようにして、一品ずつ供される。

食事の口開けとなる汁には、鮎の清ましが出された。ずいきの白と木の芽の緑に、清々しい鮎の色が映える。ひと口すった伴之介は、うん、と満足そうにうなずいた。

向付にはスズキの昆布締め、岩茸、キュウリとネギの膾と、酒肴に似合いの品がならぶ。

小村伴之介は、猪口をぐいぐいあけながら、ひとつひとつの料理をていねいに味わっている。青紫蘇を巻いた鶉肉の椀に、蓼酢を添えたヤマメの焼物と続いたが、

「お、これは旨えじゃねえか」

伴之介が特に気に入ったのは、その次に強肴として出された一品だった。鰯と野菜

を、唐辛子とからし酢味噌で和えた鰯の鉄砲和えに、しきりと箸が進む。

「会席ってのは、酒の肴だろう？　おれはこういう、きりりとした味が好きでね」

「お気に召していただけて、ようございました」

伴之介と越前屋の内儀のあいだ、一歩下がったところに座した若旦那は、にこやかに応じて、ふたりの猪口に酒を注いだ。

「小村さま、もし、うちの料理を気に入っていただけたのなら……」

「苗字で呼ばれるのは、どうも好かなくてな。伴之介でいいぜ。で、何だい？」

「はい。では、改めまして伴之介さま……もし、うちの味が伴之介さまの舌に合うようでしたら、どうぞこれからも贔屓にしていただけませんか？」

問われた伴之介ではなく、越前屋の内儀の肉づきのいい頬が、ぴくりとした。すぐに気づいた八十八朗が、すかさず言葉を添える。

「もちろん私どもなど、亀喜さんにはまだまだ遠く及びません。こちらの皆さまの集まりは、これまで通りあちらさまで催していただいた方がようございましょう」

内儀があからさまにほっとした顔になり、二重の顎をうなずかせた。

「伴之介さまの気が向いたときにでも、足を運んでいただけるとうれしゅうございます」

「それだけかい？」

　伴之介は、首を回して八十八朗をふり向いた。

「鱗やの若旦那さんの腹の内には、別の目算があるんじゃねえのかい？」

　口許にはからかうような笑みを乗せ、だが、探るような視線を注ぐ。八十八朗の端整な顔に、めずらしく困惑の色が浮いた。

「鱗やのお内儀さんは、そんな口ぶりだったがね。違うのかい？」

「なるほど、姑が余計なことを申しましたか」

　困ったものだと言いたげに、下座で大口をあけて笑う義母を、ちらりと一瞥する。

　次の会は鱗やでとり行われる。この朗報を、一刻も早く贔屓役者に伝えたかったのだろう。越前屋の内儀を口説き落としたその足で、お日出は園村座の楽屋を訪ねていた。

「鱗やのお内儀さんが、そんな出しゃばった真似をするなんて……私はからだがあかなくて、店の者に言付を頼んだだけで済ませたというのに」と、内儀はたちまち血相を変えた。

「申し訳ございません」と八十八朗が、代わって頭を下げた。

　それでも腹立ちの収まらないようすの内儀を、まあまあと制して、伴之介は先を続けた。

「そのときに、ここのお内儀さんがちらりと漏らしていたんだよ。この店とおれと、両方の儲けになる、とびきり面白い趣向があるとね」

お日出はさも勿体をつけて、それが何かとは明かさなかったが、いかにも意味深長な口ぶりで、贔屓役者に散々気を持たせたようだ。

「まああ！　図々しいにも程があります。贔屓としてはまだまだ新参の分際で、そのようないやらしい話を持ちかけるなんて！」

「お怒りはごもっとも……私も、この席で持ち出すつもりはありませんでした。いや、正直これは参りました」

初めて訪れた店の宣伝に、ひと役買ってほしいと頼むのは、あまりにも礼を失する。何よりも、相手にとって気分が悪い。役者の人気のおこぼれに与かろうとする輩は多いが、算盤をはじく音がきこえるようでは興醒めもしよう。

八十八朗は今日の会をきっかけに、何度か鱗やに通ってもらい、互いに気心が知れたあたりでその目論見を打ち明けて、役者の了承をとりつけるつもりでいた。

しかしせっかくの胸算用も、お日出のおかげで台無しだ。これはもう諦めるよりほかはないと、八十八朗は肩を落とした。

「さぞかしお気を悪くなされたことでしょう。どうぞこの話はなかったことに……」

「そう、しょげることはないやな。要はこっちの耳に入るのが、早いか遅いかの違いだろ？　いい話なら、早いに越したことはねえ。面白い趣向ってのは、いったい何だい？」

幸いなことに、小村伴之介は度量の広い男だった。いかにも楽しみなようすで、八十八朗にせっついて、その重い口を開かせた。

「実は……当店はこの冬でまる二十五年を数えるのですが……」

「へえ、ここはそんなに古いのかい」

「はい。それを祝して、お客さまに手拭をお配りするつもりでおります。その手拭の柄に、伴之介さまの小伴格子を使わせていただきたいと、そうお願いするつもりでおりました」

「なあるほど、そういうことかい」

合点したように、伴之介が深くうなずいた。

役者柄、あるいは役者文様と呼ばれるものは、巷でもてはやされていた。

役者の名や縁の深いものなどを模様にしたもので、柄を文字に見立てて読ませる、いわゆる判じ物が多い。

格子の中に四枚の文銭と千の文字が交互に配される、小伴格子と呼ばれる柄は、銭四千枚が一両小判になることから、伴之介の通称である小伴を表していた。

「祝事に花を添えるというなら、使ってくれても構わねえぜ」

あまりにあっさりと告げられて、八十八朗がぽかんとする。

「伴さま、そんな迂闊なことを！　小伴格子の手拭は、高松屋の商い物ではありませんか」

越前屋の内儀が、悲鳴を上げる。高松屋とは、伴之介の家が営んでいる小間物屋だった。

金にゆとりのある役者が、表通りに店を構えるのはあたりまえで、化粧屋や小間物屋など、役者にちなんだ商いが多い。役者を屋号で呼ぶのもそれ故で、芝居の最中に客からかかる声も、屋号が叫ばれる。

小村の家は代々役者を生業としており、高松屋も何代か前の伴之介が開いたものだ。

当代の伴之介は、こだわりのない口調で越前屋の内儀をなだめた。

「そう、めくじらを立てなさんな。小伴格子はたしかにうちの柄だが、こちらさんもただでくれと言ってるわけじゃない。そうだろう、若旦那？」

「はい、もちろん、相応のものは仕度させていただきます」

「それならうちにとっても商売にならあな」

金の話をしていても、ちっともいやらしくきこえない。さっぱりとした気性は、生来のものなのだろう。伴之介は、やはり歯切れのいい調子でひとつだけ釘をさした。

「ただし、おれがここの料理を気に入らなけりゃ、お話にならねえ。料理はまだ半ばだからな、終いまで気ぃ抜いてもらっちゃ困りやすぜ」

「もちろんです。締めの菓子まで、じっくりとご吟味下さいませ。次の料理は、うちが看板とするつもりのひと品です。ぜひ味見していただいて、はばかりのない評をお願いいたします」

「ほう、そいつは楽しみだ。よろしく頼むぜ、若旦那」

どうにか首の皮一枚のところで繋がったようだ。ほっと息をついた八十八朗は、下座のお末に声をかけた。


「板長さん、鰻茶碗をいただきにあがりました」

お末が板場に声をかけると、いつにも増して真剣な面持ちの軍平が、ふたつの大蒸籠の前に立っていた。

「いまあがる、待ってな」

ふり向きもせず、片方ずつ蒸籠を持ち上げて、火から外した。

ふたをとると、真っ白な湯気とともに、甘いにおいが板場中に広がった。軍平が出来をたしかめるために、茶碗のふたをあけた。

「わあ、おいしそう！」

つやつやとなめらかな薄黄色から、真ん中だけ蒲焼の茶色が顔を出す。そのまわりを、ミョウガの薄い紅が囲んでいた。鰻の蒲焼と椎茸、卵出汁は一緒だが、その他の具は季節によって変わる。夏はミョウガと新蓮根のさっぱりとしたとり合わせで、薬味として針生姜と山椒が添えられた。

思わず腹が鳴りそうになるのをこらえ、お末は若旦那からの言伝を告げた。

「ひとつだけ、味を変えたものがあるとききました。間違えてはいけないから、ちゃんとたしかめてお運びするようにと」

「ああ、それでおめえが来たのかい。ほら、これだ。さっきお甲を通して若旦那から言われてな、まったく面倒ばかり頼むお人だぜ」

板場から座敷の外まで料理を運ぶのは、黄色い縞を着た女中たちの役目だ。だが、鰻茶碗だけは、お末も一緒に板場へ行ってたしかめるようにと告げられていた。

ぼやきながらも、軍平の顔にはたしかな手応えが感じられる。出来は決して悪くないようだ。

　こんなに上手にできるのに、どうしてあれほどまでに板長は、鰻茶碗を作ることを嫌がったのだろう。改めて不思議に思えて、知らずに言葉が口をついていた。

「これなら先代の板長さんも、きっと喜んで下さいますね」

　ひときわ険しい板長の顔が、お末をふり向いた。怒鳴られる、とお末は思わず身をすくませたが、しかし雷は落ちなかった。

「喜んでなぞ、くれるものか。これまで鱗やの名を、汚すような真似をしてきたんだ。そんなおれが、先代の大事な料理を拵えるなんて、やっぱりしてはいけねえことだ」

　決して腕に自信がなかったわけでなく、軍平は、いい加減な仕事をしてきた己の来し方を恥じていたのだ。お甲はおそらく、その気持ちを見抜いていたのだろう。だからこそ、あんなふうに発破をかけた。

「そんなこと、ありません！」

　己でも思いがけないほど、大きな声が出た。

「だって、お客さんは、喜んでいます。鮎の吸物も、鰯の鉄砲和えも、とても美味しいと喜んでくれました。この鰻茶碗をお客さんが気に入ってくれたなら、前の板長さんだって、やっぱりうれしいに決まっています」

「……そう、か」

お末の勢いに気圧されたのか、毒気を抜かれた顔で、軍平が呟いた。

こちらをじっと見つめる目から逃れるように、くるりと背中を向ける。

「せっかくの鰻茶碗が冷めちまう。無駄口を叩いてねえで、さっさと運びな。別あつらえの茶碗を、間違えるんじゃねえぞ」

ぶっきらぼうだがその声は、いつもよりぐっとやわらいできこえた。

軍平が示した蒸し茶碗を、間違えぬよう盆の右上に置いて、他にもう五つ茶碗を載せた。もうひとりの女中が、残りの六つを引き受ける。

お末と女中が階段を上がったところで、廊下の中ほどの襖があいた。

「ああ、次の料理が来ちまったか。ちょいと間が悪いが、手早く済ませてくるからな」

小村伴之介は、お末の盆をのぞき込み、苦笑いをこぼした。厠に行こうとしていたらしく、場所をたずねて階下へ降りていった。

「この右上が、別あつらえの碗です」

盆を渡してそう告げると、お甲は黙ってうなずいて、その茶碗を役者の膳に載せた。

お運びの女中の盆はお末の手に渡り、下座の客たちに配られる。

美貌のきわだつ槙屋の内儀、お江与の膳に、茶碗蒸しを置こうとしたときだった。

お江与が隣席の甲野屋の内儀に、こそりと何か耳打ちした。酒のせいだろうか、頰がほんのり上気して見える。

「そういえば、頼んでおいたものはどうなって、おすみさん？」

「ええ、ちゃんと買えたのだけれど、帰りがけに立ち寄った叔母の家に、お江与さんの分を忘れてきてしまったの」

「まあ、そうなの？」と、お江与が目に見えてがっかりする。

「さっき一度使ってしまったのだけれど、良ければ私のをどうぞ。初日につけていないなんて、伴之介さまに顔が立たないでしょう？」

ふたりのやりとりが終わるまで、お末はその場で待っていた。甲野屋のおすみから、朱塗りの短冊(たんざく)のような、薄く平たいものがお江与の手に渡された。短冊の長さは、お末の人差し指くらい、ごく小さな漆塗りの木札に見える。朱色の表には、藤(ふじ)をふたつならべて丸くした、金色の上がり藤が、蛍の灯りのようにいくつも散らされていた。

お江与はそれをうれしそうに受けとると、席を立ち、座敷を出ていった。

「こちらの方は、すぐお戻りになられますか？」

「ええ、少しのあいだ中座しただけだから、すぐ戻ると思うわ」

料理が冷めるのを心配するお末に、隣のおすみはそう微笑んだ。

茶碗蒸しが皆に行きわたると、お末はあいた銚子を手に廊下へ出た。

階段上の踊り場にいた人影が、驚いたようにこちらをふり返る。片方は小村伴之介、もうひとりは槙屋のお江与だった。

「ああ、皆を待たせちゃいけねえな。じゃあ、槙屋さん、よろしくお願いしますよ」

「はい、主人にそのように申し伝えます」と、お江与は階段を下りていった。

仲居の手前、とり繕ってみたのだろうが、役者とその贔屓にしては妙に親密で、色っぽい気配ばかりは隠しようもない。

お末は気づかぬふりで、障子戸を大きくあけて、人気役者を座敷に招じ入れた。


「へえ、鰻の茶碗蒸しとは、初めて見るな」

ふたをあけた伴之介が、めずらしそうに碗の中身をたしかめる。

「はい、鰻茶碗と申します。久しく絶えておりましたが、かつては当店の目玉料理としていた一品です」

箸の上でふるんと震える卵を口に入れ、伴之介が、お、と声をあげた。次に鰻の蒲焼を嚙みしめて、うん、とうなずく。箸はそのまま止まることなく、碗と口のあいだを行き来する。やはり茶碗蒸しに手をつけた、贔屓の内儀たちから歓声が上がった。

「甘い茶碗蒸しが、こんなに美味しいなんて」

「ほんと、これならいくつでも入ってしまいそう」

心持ち甘く作った卵出汁と、鰻のたれの甘辛さが、口の中で交わってとろける。

そう言い立てる内儀たちを前に、伴之介が不思議そうな顔をする。

「そんなに、甘いかね……いや、むしろ見た目より、すっきりした味に思えるが」

「申し訳ございません。実は、伴之介さまの碗だけは、味を少し変えてあります。辛口好みとお見受けいたしましたので、板場にそのように頼みました」

初めの二、三品で八十八朗は、伴之介が生粋の辛党であると見抜いていた。若旦那の指示を受け、軍平は蒲焼のたれをあっさりとしたものに変え、卵出汁も味醂の量を加減した。

「なるほどな、こいつはうれしい気の配りようだ。これならおれみたいな酒飲みにもうってつけだ」

目新しい上に、客の意表を突くと、伴之介は鰻茶碗を手放しで褒めてくれた。

「ありがとう存じます。そのように仰っていただければ、料理屋冥利に尽きるというもの。板場の者も、さぞ喜びましょう」

座敷の下手で、固唾を飲んで上座を見守っていたお末が、ほうっと息をついた。声は届かずとも、若旦那の表情で、客が鰻茶碗を認めてくれたことがわかる。

その後は、さっぱりとした吸物と、酒肴の八寸、香の物と、料理は滞りなく運ばれて、最後に菓子が供された。

「抹茶を溶いた蜜をかけた、氷室羊羹でございます」

白い皿に、抹茶の緑が鮮やかで、客のあいだからため息がこぼれる。丸い葛饅頭の中には、餡の代わりに羊羹が入っている。ちょうど羊羹を氷で閉じ込めたような姿から、氷室羊羹と名付けられた。

ようやく終わりが見えてきたと、お末が一瞬、肩の力を抜いた、そのときだった。

座敷の下手から大きな物音がして、槙屋のお江与の菓子皿が、畳の上にひっくり返っていた。

「……いや……これ……まさか……」

お江与は己の両手を見詰めながら、それ以上、ものが言えないようだ。顔色は真っ青で、唇も両の手も、おこりにかかったかのようにわなわなと震えている。

「お江与さん、加減でも悪いの？」

異変に気づいた甲野屋のおすみが腕に手をかけたとき、まるで押されるようにして、お江与は横向きに倒れた。

「お江与さん！」

「おい、どうしたんだ！」

おすみの悲鳴とともに、伴之介が仁王立ちになり、座敷の内は騒然となった。

息が苦しいのか、お江与は喉許（のどもと）に手をあてて、大きく開いた口から早い息を吐いている。

若旦那は素早くお江与のもとに寄り、具合をたしかめると、女中たちにきびきびと言いつけた。

「ひとまず、隣座敷に寝かせましょう。お末、夜具の仕度を。お甲は医者を。板場の者に頼んで、隣町の先生を呼びにやらせなさい」

言われたとおり、お末が隣座敷に夜具を伸べると、

「おれが運ぼう」

伴之介がお江与を抱き上げて、夜具に横たえた。お末がその上から、薄物をかけようとすると、甲野屋のおすみが言った。

「もっと布団（ふとん）を、かけてあげて下さい。もしかすると、落花生あたりかもしれませ

ん」

「何ですって！」

金切り声を上げたのは、越前屋の内儀だった。

「四年前にも一度、お江与さんが倒れたときに居合わせたんです。たまたまいただきものの菓子の中に、落花生油が入っていたみたいで……そのときと同じです」

着物と帯をゆるめて、からだをあたためるようにと、前にお江与を見立てた医者からきいている。おすみはそう語りながら帯締めをほどき、帯と胸元を楽にした。

「お江与さん、しっかりして！　すぐにお医者さまが来るから、気をしっかり持つのよ！」

おすみは必死の形相で、お江与を介抱している。お末はついその姿に見入っていたが、

「何をしているの！　早く布団を！」

おすみに叱咤(しった)されて、あわてて布団部屋へと走った。

冬布団を二枚抱えて戻ってくると、内儀のお日出が、越前屋の内儀に詰め寄られていた。

「あれほど念を押したというのに、お日出さん、いったいどういうわけですか！」

「え、あの、それは、ちゃんと伝えて……八十八朗！　どうなっているのです！」

お日出はたちまち、責めを婿になすりつけた。

「落花生もその油も、一切使っておりません……その筈なのですが……」

八十八朗がこたえたとき、お江与から呻き声がもれた。両の目を塞ぐように、顔に両手を当てて、そのあいだからのぞく形の良い唇が、心なしか腫れぼったく見える。

「ああ、やっぱり……落花生あたりに違いありません」

「まさか、顔が……」

ひっ、と越前屋の内儀の喉が鳴った。お江与の顔はみるみるむくみ、医者が駆けつけたときには、瞼も頬も唇も、さらに顔に当てた両手すら、無残に腫れ上がっていた。

「まるで四谷怪談の、お岩のようじゃありませんか」

越前屋の内儀は、太ったからだを恐ろしげにこわばらせた。

腕の良さでは評判の町医者も、あまり役には立たなかったが、幸い、一刻を過ぎた頃、お江与の息は楽になった。顔の腫れも、出たときと同じに、あれよあれよという間に引いていく。居合わせた者たちは、まるで狐につままれたような心地がしたが、両の瞼の腫れだけはとれず、引くまでには二、三日かかろうと、医者が告げた。

「落花生を使っていないなどと、妻のあの顔を見て、よくそんな言い逃れができるものだ！」

知らせを受けて駆けつけた槙屋の若主人、敬蔵は、たいそうな剣幕で、八十八朗を怒鳴りちらした。

「こんないい加減な料理屋を、放ってはおけない。御上に訴えて、とり潰しに……」

「もう、その辺で……奥の座敷で、お江与さんが寝ているんですから」

「何より大事な妻が、ひどい目に合わされたんだ。いくらおすみちゃんの頼みでも、こればかりは引けない」

おすみが一瞬はっとして、それから、悲しそうにうつむいた。

それまで相手の罵詈雑言に、じっと耐えていた若旦那が、背筋を伸ばした。

「店の暖簾にかかわることです。私どもも引き下がるつもりはございません。ほんの半刻、時をお貸し下さい。うちの料理に落花生は使われていないと、証してごらんにいれます」

「この期に及んで、まだそのような……」

「お願いでございます。どうぞ半刻だけ、お留まりを」

相手をひと度しっかと見据え、八十八朗は頭を下げた。奥の間では、お江与が横になって休んでいる。半刻のあいだ、傍についていてほしいと、八十八朗は頼んだ。

不承不承ながら、どうにか槇屋の若主人が了承すると、八十八朗は廊下に控えていたお末を呼んだ。

「旦那さまを、奥へお連れしておくれ。それと、表座敷のお客さまをこちらへ」

越前屋の内儀をはじめとする贔屓客は、槇屋の若主人の到着を待って、すでに各々の家路についていたが、小村伴之介には残ってもらった。

お末の案内で、若主人が廊下に出て、甲野屋のおすみも一緒に腰を浮かせた。

「お内儀さんは、このまま残っていてください。おたずねしたいことがあります」

え、とおすみの瞳が、不安そうにまたたいた。

やがて伴之介が姿を見せて、若旦那は、お末にもその場に留まるように言った。

お末が障子を閉めると、八十八朗はおすみに向かって口を開いた。

「どうやって槇屋のお内儀さんに落花生油を含ませたか、説いていただけますね？」

八十八朗の整った面は、いつになく厳しかった。

一日ごとに日は短くなっていたが、西日の名残で、まだ十分に明るい。

橙色に染まった若旦那の顔が、お末をふり向いた。

「お末、頼んでおいたものは、見つかったかい？」

「いいえ、槙屋のお内儀さんの手提袋にも、着物や帯のあいだにもありませんでした」

「やはり、あなたさまがお持ちのようですね。先程、槙屋のお内儀さんに渡したものを、出していただきたいのですが」

「いったい、何の話ですか！　だいたい、あたしがお江与さんに落花生を与えたなんて、よくもそんなでたらめを……」

「それなら、そこにお持ちの袋を、見せていただけますか？」

「これは……」

膝の上に大事に抱えていた紺縮緬（ちりめん）の手提げを、両手できゅっと握りしめる。

「見せられません。あたしには、咎人（とがにん）呼ばわりされる筋合などありませんから」

「そうですか」

八十八朗は、存外あっさりと諦（あきら）めて、今度は役者に向かって言った。

「伴之介さまと槙屋のお内儀さんは、いつ頃からわりない仲になったのですか？」

「え！」

「この娘も、それにもうひとりの仲居も、気づいていましたよ。お内儀さんが伴之介さまを見る目が、あまりに艶（つや）っぽいもので」

「こいつは参ったな」

悪戯（いたずら）を見つかった子供のような顔で、伴之介は盆の窪（くぼ）に手を当てた。

「おすみさんは、お江与さんからきいていたんじゃありませんか？」

八十八朗が、初めておすみの名を呼んだ。しばしの沈黙の後、ええ、とおすみがこたえた。

「やれやれ、人の口に戸は立てられねえというが、女の口となるともっと厄介だな」

照れくさそうな苦笑いをこぼし、それでも観念したようで、伴之介は三月ほど前からだと告げた。

「いまさら言い訳にしかならねえが、初めはそんなつもりはさらさらなかった。だが、あんな別嬪（べっぴん）に幾度も口説かれちゃ、こっちもつい、な」

「お江与さんだけではありますまい。今日いらしたお客さまのうち、何人と浮名を流したのですか？」

「もう勘弁してくれや、若旦那。このとおり、おれが悪かった」

「役者稼業（かぎょう）には、あたりまえのことです。詫（わ）びるには及びませんよ」

八十八朗は笑いながら、伴之介の頭を上げさせた。

「ただ、おすみさんにはどうしても、許せなかったのでしょうね」

ずっとうつむいていたおすみの肩が、小さく揺れた。

「落花生のからくりに気づいたときは、まだ勘違いしていました。贔屓の役者をお江与さんにとられ、悋気を起こしたと、そう思っていました」

八十八朗の声は、それまでとは違い、同情めいた音色を帯びていた。

お末の話をもとにして、八十八朗はおすみの仕組んだからくりを、あらかた解いていた。

「ですが、さっき槙屋の若旦那を前にして、初めてわかりました。おすみさんは、若旦那の敬蔵さんを、好いているんですね？」

「そう、なのかい？」

仰天した伴之介が、まじまじとおすみを見詰める。おすみはやはり顔を上げず、手提袋を持つ手に、いっそう力をこめた。

「先程の話しぶりですと、おふたりは長いつきあいなのではありませんか？」

八十八朗は、妻のお鶴からきいた話をした。甲野屋は男の子に恵まれず、おすみに婿を迎えて家業を継がせた。甲野屋と槙屋は、日本橋室町のごく近い場所にあり、おすみと敬蔵は幼なじみだった。

「お江与さんよりずっと長く、おすみさんは敬蔵さんを見ていたのでしょう？」

袋を握りしめていた手に、ぽたりと雫が落ちた。甲を濡らす雫は次々と増えて、とうとうおすみは、顔を両手でおおって激しく泣き出した。

若旦那に目でうながされ、お末はおすみのもとに行った。懐から出した手拭を握らせて、背中を撫でる。

「あたしは、子供の頃から、敬蔵さんだけを……！　だけど、家の、ために、お嫁には行けなく、て……敬蔵さん、は、芝居の、席で、お江与さんを見染めて……」

しゃくり上げながら、おすみが途切れ途切れの言葉をもらす。

「敬蔵さんに、大事にされるお江与さんが、うらやましくて、ならなかった……ずっと堪えていたのに……敬蔵さんを裏切るなんて、あたしにはどうしても我慢ができなかった！　お江与さんなんて、いなくなってしまえばいいと……」

泣きじゃくるおすみの姿が、かわいそうでならなくて、お末は背中をさすりながら言葉をかけていた。

「でも、お内儀さんは、悔いてましたよね？」

おすみはこたえなかったが、その背中がかすかに揺れたのは、手の平を通して伝わった。

「お医者さまが来るまでのあいだ、あんなに懸命に世話をして……死んでほしくないと、あのときのお内儀さんは、そう願っているように見えました」

「……本当にこのまま、死んじまうんじゃないかって……そう思ったら、恐ろしくなって」

「お江与さんは、憎い恋敵というだけじゃなく、おすみさんにとっては良い話相手だったのではありませんか？　浮気話を打ち明けるくらいですから、少なくともお江与さんは、おすみさんを誰より信じていたのでしょうね」

若旦那の穏やかな声に、またおすみから嗚咽(おえつ)がもれた。

「ご免なさい……ご免なさい……お江与さんにも、敬蔵さんにも、あたし……」

「おすみさん、手提袋の中身を、預からせてもらえませんか？」

おすみがうなずいたのをたしかめて、お末は膝の上の手提袋をとり上げ、若旦那に渡した。口を開いた袋の中から、若旦那は小さな短冊のような、漆の板をとり出した。

「これは……うちが出した、紅板(べにいた)じゃねえか」

短冊の表に描かれた上がり藤は、小村家の紋だった。

高松屋では、今日、新しい紅板が売り出された。

紅板は口紅を塗った板で、外出の折の化粧直しに使う。材や色形、意匠はさまざまあるが、四角い板状のものが多い。

高松屋の紅板は、短冊の片側に蝶番がつき、ふたつ折りになっている。ふたをあけると中も漆塗りになっていて、その上に薄く紅が塗られていた。

この紅板は数が限られていて、伴之介の贔屓なら、まずは買いに走る。それを見越しておすみは、お江与の分も買うことを、あらかじめ約束してあった。

「高松屋の紅板は総漆だから、漆のにおいで、落花生油のにおいがうまく消せると思って」

やがて涙を止めたおすみは、仔細を話し出した。

買ったものをそのまま渡さなかったのは、使う前の紅が乾いているからだ。紅に水を含ませて指で溶くから、使った紅は濡れている。そこへ、ごく薄く、落花生油を刷いた。

わざと家には戻らず、叔母の家に寄って細工をし、その足で鱗やへ出向いたのも、新品の紅をお江与に渡す機会をなくすためだ。

次の逢引の日取りを決めるために、伴之介が厠に立つのを見計らい、お江与が座敷を抜けるつもりでいることも、おすみはやはり前もってきいていた。そのときに化粧直しをするだろうと、見越していたという。

「……あたし、敬蔵さんとお江与さんに、すべてお話しします。許してもらえないかもしれないけれど、精一杯お詫びします」

「お待ちなさい。何故(なぜ)そのようなことをしたのかと問われたら、何とこたえるおつもりですか？　おすみさんの気持ちを、敬蔵さんに伝えるのですか？」

「それは……」

「それとも、伴之介さまとお江与さんの仲を、打ち明けますか？」

「おいおい、それは勘弁してくれよ。あの旦那に刺し殺されちまわあ」

お互い火遊びめいた、大人のつきあいだ。何より亭主にばれてしまえば、当のお江与がいちばん困る羽目になる。

「それならここは、小村伴之介の侠気(おとこぎ)を見せていただきましょうか」

「いったい、何をやらせるつもりだい」

「火遊びの始末料としては安いものですし、千両役者には似合いの役どころですよ」

「まったくもって、申し訳ねえ。まさか高松屋の紅に、落花生油が刷かれていたとは」

槙屋の夫婦の前で、伴之介が大げさな身ぶりで土下座する。

その傍らで、若旦那がにこやかに講釈した。

「高松屋の番頭さんの話では、紅の乾きを止めるのに良いときいて、今日売り出した紅板に試してみたのだそうです」

おすみから紅板の話をきいて、念のため、使いを高松屋に送ってたしかめてみた。

若旦那の書いた筋書き通りの台詞を、伴之介が並べ立てる。

「店は番頭に任せきりなものだから、ちっとも知らなかった。いや、本当に面目ねえ」

人気役者に深々と頭を下げられて、槙屋の若主人が逆におろおろする。

「い、いえ、何というか、商い上の工夫でしたら仕方のないことですし、女房もこうして事なきを得ましたから、どうぞ頭をお上げになって……」

お末とともに、廊下から見守っていたおすみが、頬に手を当てた。

「いいのかしら、伴之介さまにあんな無茶をお願いして……あたし、申し訳なくて……」

「大丈夫ですよ、何といっても伴之介さまは、千両役者なんですから」

甲野屋の内儀の口許が、ようやくほころんだ。

泣き腫らしたおすみの瞼は、槙屋のお江与を真似たように、ぷっくりとふくらんでいた。

師走の雑煮

「いらっしゃいませ、河内屋さま。またのおはこび、ありがとう存じます」

玄関の式台に三つ指をつき、お末は客を出迎えた。

「また寄らせてもらったよ、今日もよろしく頼みますよ」

客はお末の顔を覚えていた。こちらを見下ろして、にこやかに笑う。その後ろには、やはり店持ちらしい男がふたりいた。先月、初めて訪れた河内屋の主人は、どうやら「鱗や」を気に入ってくれたようだ。同業の商人仲間を連れて、再び訪れてくれた。

「この仲居さんは、まだ若いのに、なかなかしっかりしていてねえ」

客を座敷に案内しながら、河内屋の主人の声を背にきいて、思わず頬がゆるんだ。褒められたことよりも、また来てくれたことの方が、お末には何よりうれしかった。

先月を境にして、客足が急に伸びた。十一月一日で鱗やは満二十五年を迎え、その祝いの引出物として、十日のあいだ小伴格子の手拭が配られた。

いまをときめく人気役者であり、食通としても名高い小村伴之介の手拭は、皆の見当以上にたいそうな宣伝となった。

「あの食にうるさい小伴が、御墨付を与えたそうだ」

「小伴が足しげく通うというなら、よほどうまいに違いない」

物見高い客が次々と押し寄せて、昼も夜も、十の座敷がほとんど埋まるまでになった。

だが、若旦那の八十八朗は、その有様にかえって手綱を締めた。

「いまの混みようは、人気役者の神通力で呼び寄せることのできた波のようなものだ。そう長くは続かない。いらして下さったお客さまを精一杯おもてなしして、ふたたび足をはこんでいただく。それが何より大事なのだからね、ここが正念場と思っておくれ」

いつも穏やかな若旦那が、このときばかりは表情をひきしめて、腹から声を出した。集められた女中にも板場の者にも真剣さは伝わって、はい、と声をそろえて応じていた。

そのおかげもあってか、師走に入っても客の入りは衰えず、河内屋の主人のように、新客を引き連れて再来する者も少なくない。これまではついぞ見られなかった、贔屓客というものの有難さを、お末はひしひしと感じていた。

「本日のお品書きは、このようになりますが」

三人の客が座敷に落ち着くと、お末は品書きをさし出した。前菜である先付から最後の菓子にいたるまで、九つの料理の仔細が記されている。

椀は鯛の潮汁、焼物は鱈の黄身焼き、煮物はタコと大根のやわらか煮だった。酒肴にはホヤや小鮒が、菜はやはり旬を迎えた、蕪、葛西菜、牛蒡や青海苔などが使われていた。この品書きは、魚や菜の仕入れ具合によって毎日変わる。

以前は横着して、出入りの振り売りから求めていたが、軍平は毎朝、日本橋の魚河岸に通うようになった。菜も神田須田町の、やっちゃ場と呼ばれる青物市場から仕入れてくる。

そして仕入れに応じて、若旦那の八十八朗と相談の上、献立を決めた。

献立はその日の材ばかりでなく、客の顔ぶれによっても変わる。

以前はふりの客ばかりであったのが、近頃では座敷の七割が予約客で埋まるようになった。初めての客でも、予約の折に人数や顔ぶれ、会の趣旨くらいはわかるし、訪れた客の好き嫌いや酒の量などを頭に留めるのは、接客にあたるお末たち仲居の役目だ。決してじろじろ見るのではなしに、客との話の中でさりげなくきき出したり、あるいは箸のはこび具合や、皿に残した料理などから推しはからねばならないと、若旦那は言いわたした。

そのすべてを若旦那は仲居たちからききとって、覚えとして帳面につけ、「恵比寿帳」と称した。客のあれこれを覚えるのは、仲居の大事な仕事のひとつだ。しかし八十八朗は、それを各々の仲居だけにとどめずに、誰もが役立てられるようにと恵比寿帳を作った。

板長の軍平も、これを見ながら皿模様や椀種を按配し、自ずと品書きも少しずつ変わってくる。そして料理が決まると、若旦那が流麗な達筆で品書きを書いた。

「ああ、これこれ、この鰻茶碗がまた格別でね」

河内屋の旦那が、品書きの中ほどを指で示した。鰻茶碗の人気は高く、一度食した客は、次の際にも必ずといっていいほど品書きに加えてほしいと言ってきた。

「前と同じ『梅』の碗をお持ちしようと思いますが」

「ああ、かまわないよ」

「甘さを抑えた『菊』もございます。こちらをお持ちすることもできますが」

「それなら私は、その菊をもらおうかな」初見の客のうち、ひとりが言った。

河内屋の主人は酒も相応に呑むが、どちらかと言えば甘党だと、胸に留めている。

鰻茶碗は、前の板長が大事にしていたという、もともとの味を「梅」と称し、辛党の小村伴之介のために調えさせたものもまた、「菊」と名付けて供すことにした。酒好きな男客には、こちらの方が好まれる。

酒もまた、以前は安物ばかりであったのが、上物の灘の酒を仕入れるようになった。上方からの下りものとしてもてはやされる灘の酒も、蔵元によって値が変わり、人気の蔵元の樽は数に限りがある。すでに大きな料亭が押さえていて、格の低い料理屋ではなかなか手に入り辛い。

これを助けてくれたのは、浅草今戸の老舗料亭「桜楼」の女将だった。八十八朗と古くからの顔馴染みである女将は、灘酒の卸しをもっぱらとする酒問屋に頼んでくれた。おかげで鱗やは、灘でもっとも評判の銘柄を仕入れることができるようになった。

燗の加減などもたしかめて、お末は座敷を辞して階下に降りた。

「桐の間、三名さま、おそろいになりました」

板場に向かって声を張り上げると、軍平を始めとする六人の板前が威勢よく応じた。

桐の間の客に、鰻茶碗を出し終えたときだった。階段の踊り場にきたところで、

「おひとりさま、お見えになりました！」

下足番の声がきこえた。あらかじめの予約客なら、座敷の名を叫ぶことになっている。ふりの客だと察して、お末は玄関へと急いだ。

「いらっしゃいませ、ようこそお越し下さいました」

下足札を受けとって式台に上がったのは、品のいい年寄りだった。お末に顔を向けて、皺の寄った小さな顔をほころばせる。

「私ひとりなんだがね、席を設けてもらえるかい」

かしこまりました、と応じながら客の姿をたしかめて、お末は素早く頭をめぐらせた。

場所が上野池之端だから、寛永寺や不忍池を見物がてら立ち寄る者も多い。ふりの客のほとんどがこの類で、若旦那はこのような客のために、一階に十二畳の座敷をふた間用意した。衝立で仕切って入れ込み座敷とし、代わりに席料をうんと安くして、二、三品の即席料理を手軽に食べられるようにとの配慮だった。

だが、目の前の客が身につけているのは絹もので、裕福な商家の隠居といった風情だ。蕎麦屋や居酒屋と違い、ひとり客というのもそう多くはないが、おそらくこのような料理屋には通い馴れているのだろう。立ち居も落ち着いていた。

今日は時折、小雪がちらついて、ひときわ寒がこたえる。上野に物見に来るにはふさわしい天気ではなく、おかげで入れ込み座敷もすいているが、それでも田舎訛りの強い武家の一団や、近在から江戸見物にきたという家族連れなどで、それなりに賑やかだ。

ちょうど二階座敷にも空きがある。客の懐具合を量ったのではなく、ひとりきりで騒々しい座敷に入れられては、腰の据わりも悪かろうと、お末は客に切り出した。

「よろしければ二階にひと間、ご用意させていただきますが、いかがなさいますか？」

「では、そうしてもらいましょうか」

ゆったりとうなずくさまを見て、やはり場馴れしているとお末は感じた。身なりは商人だが、文人墨客のような趣もある。もしかすると、食通と呼ばれる類のお客かもしれない。

お末の思案を裏付けるように、二階の藤の間に通すと、品書きを見せる前に客は言った。

「鰻茶碗があるそうだね。それをいただきたいんだが」

はい、と応じながら、お末は内心、おや、と思った。鰻の入った茶碗蒸しは、他の料理屋でもたまに見かけることがある。ただ、季節によって中の具を按配し、店の目玉としているのは、おそらく鱗やくらいだろう。若旦那からは、そうきいていた。

鰻茶碗という名も、他所では使われていない筈だ。だが、いまの客の口ぶりは、鰻茶碗の味を知っているようにきこえる。お末は少しばかり、探りを入れてみたくなった。

「お客さまは、この辺りにお住まいですか？」

「いや、江戸には商いのために年に二度ほど来るだけで……六年前に倅に店を譲ってからは、それすらも絶えてしまってね。すっかり足が遠のいていた」

古い馴染みに会うために、六年ぶりに出てきたと、隠居はにこやかに告げた。

「そうしたら、久方ぶりに鰻茶碗の噂をきいてね。最後に食べたのは、二十年以上も前なのに、あの懐かしい味がいっぺんに舌によみがえったよ」

そうか、とお末は、思わず膝を打ちそうになった。鰻茶碗はもともと、昔の鱗やで出されていた料理だ。それを若旦那が板長に拵えさせて、ふたたび日の目を見るに至った。

この客はおそらく、出会い茶屋に落ちる前の、料亭であった頃の鱗やに出入りしていたのだろう。お末は、そう合点した。

「さようでございましたか。私ども自慢の味を、お気に召していただけると良いのですが」

「楽しみにしていますよ」

日没まであと一刻ばかりという、食事には中途半端な頃合だ。客は鰻茶碗の他に、品書きからふた品を頼んだ。酒はやはり灘だろうかと見当したが、酒の品書きもあるときくと客は見せてほしいと乞うた。

「ほう、めずらしい酒がありますね。こちらをいただきましょうか」

意外にも客が求めたのは、出羽山形の銘柄だった。

八十八朗は、灘酒でいちばん人気の銘柄の他に、四種の酒を用意した。同じ灘酒でも扱いの低いものがひとつ、江戸の蔵元がひとつ、そして会津と出羽山形の酒だった。いずれも己の舌で味をたしかめた、値の割には美味い酒だと若旦那は言っていた。

店の格を上げようとすれば、札差や大名屋敷の留守居役など、大枚の金を落としてくれる客をより多くつかむことが早道だが、八十八朗が目指しているのはそればかりではない。酒の選り方でもわかるとおり、決して金持ちとは言えぬ客にも、美味い料理を食べてもらいたいと、そう願っているのだろう。

だが、一方で客のほとんどは、名の通った灘酒を注文する。金に不自由のなさそうな商人ならなおさらなのだが、若旦那の選んだ酒の品書きに、客はうんうんとうなずいた。

「酒も良いものをそろえているね。これは楽しみだ」と、感じの良い笑みを浮かべた。

お末はすっかり嬉(うれ)しくなって、ありがとうございます、と深々と頭を下げた。

藤の間の客は、いまの鱗やの味を気に入ってくれるだろうか。

滅多にないほどに胸をどきどきさせながら、お末は客の前に朱の絵模様の茶碗をおいた。

「お待たせいたしました。鰻茶碗でございます」

客が蓋(ふた)をとり、ほっこりと湯気が上がった。冬場のいまは、出汁(だし)をたっぷりと含ませた八頭(やつがしら)と百合根(ゆりね)に、鰻を囲む芹(せり)の緑が鮮やかだ。

「梅」と「菊」のふた味があると告げると、どちらが古くからある味かと客はたずねた。お末がこたえると、客は迷うことなく、鱗やの前の板長の味である「梅」をえらんだ。

隠居はことさら上品に、ふるりとふるえる卵や、甘辛い鰻を口にはこぶ。

「これは驚いた。味といい具のとり合わせといい、昔のままだ」

茶碗を見詰めて、客はひとり言のように呟(つぶや)いた。さらに箸を進めながら、何かをたしかめるような、ひどく真剣な顔になっている。

お末の胸の鼓動が、どんどん早く大きくなる。

懐かしい味に会いたくて、客はまた暖簾(のれん)をくぐってくれた。だが、昔のままだと言いながら、その顔に深い満足は見受けられない。

何かが足りないのだ――。お末は客の心中を、そう察した。

しかし、やがて鰻茶碗を食べ終えると、客はお末に微笑(ほほえ)んだ。

「大変、結構なお味でした。こちらの板前さんに、ぜひお礼を言わせてほしい。呼んでもらえますか」

かしこまりました、とお末は座敷を下がり、板場へ急いだ。

「板長さん、藤の間のお客さまがお呼びです……鰻茶碗が美味(おい)しかったからって……」

「わかった、これを終えたらすぐに行く」

軍平は顔も上げず、鯛の薄造りに気を入れている。しかしいつまでもぐずぐずと突っ立っている、お末の気配に気づいたのだろう。刺身の皿を脇板(わきいた)の者にわたすと、あらためてお末に向きなおった。

「なんだ、まだ何かあるのか」

いつものごとくむっつりとしたままだが、近頃はこの顔を怖いとは思わなくなった。

お末はただ、板長が案じられてならず、客について切り出した。

「あの……そのお客さまは、どうやら鱗やの昔の味をご存じのようです」

「何だと！」

軍平は目を剝いたが、強い風が大きな雲をはこんできたように、その顔がみるみる曇る。

迷いと不安がないまぜになったこの表情を、お末は一度だけ見たことがある。鰻茶碗を作る作らないで揉めたときだ。

――鰻茶碗は、前の板長しか作れなかった。あっしには、とても……。

そうもらしていたときも、いまと同じに自信のごっそり削がれた顔をしていた。

「前の板長の味を知ってる客に、おれなんぞがのこのこ挨拶に行けるものか」

お末が危惧したとおり、軍平はたちまち尻込みした。

「いま忙しいと、その方便で勘弁してもらってくれ」

軍平が抱える屈託は、存外、根の深いもので、それはたぶん昔の鱗やに繋がっているのだろう。軍平の弱気の根っこを断つには、根のまわりのかちかちに固くなった土を、掘り返してみるより他にない。藤の間の客は、そのための格好の「鍬」になるかもしれない。

しかし何度乞うても、軍平はどうしても首を縦にふらない。それでもお末はあきらめず、必死で食い下がった。

「古いお馴染みさんなんて、この鱗やには得がたいお客さまです。何より大事にしなければなりません。せっかくお声をかけていただいたのに、ぞんざいにしては罰が当たります！」

「大事な客だからこそ、おれなんぞの出る幕はねえと言ってるんだ」

「いまの鱗やの板場を預かるのは、板長さんじゃありませんか。他の誰にも、その代わりは務まりません」

「客への挨拶なら、若旦那に頼め。おれのごつい顔よりも、よほど客受けする筈だ」

「私が、どうしたって？」

後ろから声をかけられて、板長とお末は同時にとび上がった。

「いったい、何を揉めてるんだ。廊下にまで声が届いていたよ」

知らぬ間に、互いに声が大きくなっていたようだ。すみません、とふたり一緒にしゅんとなる。しかし仔細を知った若旦那は、すぐさま軍平に命じた。

「板長、藤の間へ行っておいで。これは私の言いつけだ」

店の総元締という、立場ばかりではない。若旦那がそういう物言いをしたときは、相手に有無を言わせぬ力がある。

ただ、実を言うとお末は、こういう若旦那があまり好きではない。その背中に口をあけんばかりの大きな蛇が見え隠れするような、そんな怖さを感じるからだ。言うことをきかないと食いつくぞ——そう脅されているように思えるからだ。

だが、お末に向かっては、そんな風に見えたことは一度もない。他の雇い人にも、ぴしぴしと用事を言いつけることはあっても、やっぱり違う。

お末が覚えている限りでは、若旦那がそんな顔を見せるのは、板長と、内儀と若おかみ、この三人きりだった。

軍平にも、その蛇が見えたのかもしれない。ごくんとひとつ唾を飲み、へい、とおとなしく首を垂れて板場を出ていく。

「板長のことは頼んだよ」

若旦那にうなずいて、お末は急いで軍平の後に従った。

「久しぶりに懐かしい味にめぐり会えて、うれしくなってしまってね。よくできた鰻茶碗でしたよ」

穏やかな語り口ながら、決して手放しの褒めようではない。身の置きどころがないとでも言うように、座敷の端に小さくなっていた軍平の肩が、いっそうすぼまった。無理に引っ張るようにして、どうにか座敷の中へと入れたが、軍平は挨拶だけは述べたものの、どうしても客の顔を見ようとしない。

お末は客の膳に酒肴の皿を置きながら、はらはらと見守っていた。

「昔の味をご存じでしたら、さぞかし物足りなく思えやしたでしょう。鰻茶碗をこさえるにはまだまだの腕だと、あっしもよく承知していやす」

「いや、決して味に不足があったというわけではない。そうではなく……」

と、隠居は言葉を切り、うなだれたままの軍平をながめた。

店の味を決める板長は、いわば料理屋の芯にあたる。その肝心の芯がこうも揺らいでいては、客も興醒めがしよう。そのくらい、年のいかないお末にだってわかる。

お末は客の盃に酒を注ぎながら、世間話のように言った。

「お客さまは、ここの前の板長を、ご存知だったのですか」

ぴく、と軍平の片眉が動いたが、

「佐二郎さんのことなら、ようく覚えているよ」と、客は首をうなずかせた。

「よろしければ、その頃の話をおきかせ願えませんか。私はここに来て、まだ一年にもならなくて……昔を知っているのはここにいる板長くらいなのですが、このとおり口が重くて」

冗談めかして言ったお末に、隠居は笑いながら応じた。

「料理人というのは、そういうものさ。口よりも包丁で、己を語るものだからね。板前となればなおさらだ」

厳密に言えば「板前」は板場にひとりだけで、つまりは板長を指す。その下に煮方、焼き方、追い回し、洗い方と続き、また、脇板や脇鍋(わきなべ)など、板前や煮方を脇で補う役目もあれば、盛り方をおく店もある。

鱗やは座敷の数はそれなりに多く、料理屋としての構えは中どころだろう。ただ、これまではまともな料理を出していなかったこともあり、料理人の数は決して多くはない。

軍平より他に五人だけでは、いまの鱗やには不足の数だ。しかし若旦那は、店のあちこちに手を入れながらも、人手だけは増やそうとしない。いきおい板場では板長の負担が増えるばかりなのだが、それについては軍平は愚痴も文句ももらさなかった。

「佐二郎さんも、やはり大人しい男でね。小柄で線の細い人だったが、女将と並ばせると、まるで雛(ひな)人形みたいに似合いだったよ」

「おかみさん、といいますと？」

「この店の女将のことさ。店の主人たる佐二郎さんが板長で、女房のお都与さんが女将を務めていた。一緒になったばかりの、まだ若い夫婦でね。ふたりでこの鱗やを開いたんだ」

「昔はこの店に、女将がいたんですか」

「お都与さんは見目も良かったが、顔かたちばかりでなく物腰がきれいだった。よく気のまわる気質でもあって、料理屋の女将には打ってつけでね」

隠居の話からお末が思い描いたのは、浅草今戸の料亭、桜楼の女将だった。

「そのとおりでさ」ぽつりと呟いたのは、軍平だった。「何よりも心根がやさしくて、雇い人のあっしらのことまで、細々と気にかけてくれました」

相変わらずうつむき加減ながら、その目は畳を素通りし、ずっと遠くに向けられている。

「板長の料理も、そりゃあ見事でした」

「佐二郎さんは、料理だけはひときわ弁が立ったからね」

軍平の思い出話を、客がすぐさま受けて、すっと目を閉じた。

「結びきすの吸物、白魚のかきあげ、それに時雨卵……あのなめらかな舌ざわりは、他所では決して味わえなかった」

時雨卵は、たたいた蛤を卵とすり合わせて蒸した料理だ。

やはりよほどの食道楽のようで、隠居の料理話はなかなか尽きない。

「中でも鮟鱇料理がひときわ良かった。肝を使った酢味噌和えなぞが格別でね。皮や水袋を食するなら、あれが何より旨いと思えた」

「皮や水袋も、食べるんですか？」

「鮟鱇には、捨てるところがねえんだ。鮟鱇の七つ道具といってな、固い顎と背中の骨より他は、一切がうまい料理になる」と、軍平がお末に説いた。

七つ道具とは、肝、ぬの、えら、とも、水袋、やなぎ肉、皮をいう。ぬのは未熟な卵巣、ともは尾びれ、水袋は胃で、やなぎとは頬の肉を指す。

「そういや一度だけ板場にお邪魔して、鮟鱇のつるし切りを見せてもらったことがあった」

懐かしそうな笑みが、隠居の頬に上った。

「ご主人の包丁さばきが見事でね、またたきするのも忘れて見入ってしまった」

「鮟鱇の、つるし切りですか」と、お末は首をかしげた。

「鱗やでは、小ぶりのものしか仕入れたことがないからな。おめえは知らねえだろうが」

鮟鱇はぶよぶよとやわらかく、またぬめりがある。大きいものになるとまな板で切り分けるのが難しく、下顎に鉤を引っ掛けてつるし、包丁を入れるのだと軍平が言った。

「昔の鱗やは、そういうお店だったんですね」お末がほうっと息をつくと、

「ああ、本当にいい店だった……」呟いたのは、客ではなく軍平だった。

お末のことも客のことも眼中にないかのように、その目はただ懐かしそうに昔の鱗やをさまよっている。しかしその眼差しが、ふいに途切れた。

「それがまさか、あんなことになるなんて……」

軍平のいかつい顔が、大きくゆがんだ。何かを堪えるように、ぎゅっと目をつむり、歯を食いしばっている。いまにも泣き出しそうに見えて、お末はどきりとした。

「何が、あったんですか？」

「ふたりとも、相次いで亡くなってしまってね」

板長の代わりに、隠居が応じた。いかにも残念そうに、首を横にふる。

「持ち主が替わってからは、味も店のようすも、すっかり変わってしまった」

自ずと足が遠のいてしまったのだろう。以来ご隠居は、鱗やを避けていたようだ。

しかしそれから二十年以上も経って、その耳に鰻茶碗の噂がとどいた。

「お客さまは鰻茶碗の評判をきいて、また出向いて下さるお気持ちになったんですね」

「ああ、矢も楯もたまらなくなってね。もういっぺん、あの鰻茶碗に出会えると……」

「すいやせん！」

突然、軍平が、隠居の話をさえぎった。膝をそろえたまま、からだひとつ分も後ろに下がり、額を畳にこすりつける。

「せっかくいらして下すったのに、お粗末な碗を出してしまいやした。申し訳ねえ……詫びることばもありやせん！」

頑固だけれどまっすぐで、決して折れない軍平が、客の前にひれ伏している。見ているだけで、お末の胸が苦しくなった。

客はしばし目を丸くして軍平の土下座をながめていたが、やがてその顔にゆるゆると微笑が上った。

「頭をお上げなさい。あの鰻茶碗は、間違いなく昔と同じ味だったよ」

隠居にうながされ、軍平はからだを起こしたが、その表情は重かった。

「いいえ、前の板長の味とは、何かが違う、何か足りねえんです。そいつはあっしが、誰よりもよくわかっていやす。お客さんも、決して心から満足してはいなさらねえ。それだけはあっしにも通じまさ」

最初に客が言った、含みのある褒めことばも、それ故だと軍平は気づいていたのだろう。

「そうか。おまえさんは、己でそこまで承知しなすっていたか」

「へい……不足をわかっていながら、周りに担がれて今日まで恥知らずなものを膳に上げておりやした。鰻茶碗ばかりじゃありやせん」

と、軍平は、いかつい眉間に苦しそうな皺を刻んだ。

「あっしはこれまでずうっと、鱗やの名を汚し続けておりやした。どうせ碌な客は来ないと侮って、料理とも呼べねえような雑なものばかり出してきた。佐二の板長や女将さんには、どうしたって申し訳が立たねえことをしてきたんでさ」

先代の板長と女将が亡くなって、いまの主人の代になると、主だった板前や気の利いた女中は、早々に鱗やに見切りをつけた。当時は煮方を手伝う脇鍋に過ぎなかった軍平が、繰り上がるようにして板場を任されることとなった。修業最中の半端な腕前に、主人のぞんざいな商いぶりが加わって、鱗やの評判はみるみる落ちた。

その責めの一切が己にあると、軍平はひたすら悔いているのだった。

板長が長いこと抱え込んできたわだかまりの正体を、お末はようやく飲み込めたように思えた。その辛い述懐が途切れると、隠居は静かに問うた。

「おまえさん、名は？」

「軍平と、申しやす」

「軍平さんか……勇ましくて良い名だな」

隠居が、にこりとする。親しみのこもった笑顔だった。

「おまえさんに足りないのはね、それだよ」

「え？」

「あんたに足りないのは、勇ましさだ。己のすべてをそのひと皿に込めて、さあ、どうだと客に問う。それが料理人の誇りと意地だ。あんたに欠けているのは、ただそれだけさ」

包丁の腕も味加減も、以前の鰻茶碗と遜色はない。だが、板前の気概や自負のなさは、必ず料理に現れる。軍平が長年抱えてきた屈託こそが、その腕をわずかに鈍らせていると、隠居は説いた。

「それさえ凌げば、あんたの腕は申し分ない。それはこの私が、請け合うよ」

いまの軍平には、最上の褒めことばだ。うれしくて、お末の頬に血が上った。けれど肝心の板長の表情は、いっこうに冴えない。思えば二十年以上も、まるでつれ合いのようにして、悔悟の念と寄り添って生きてきたのだ。いきなり捨てろと言われても、離れ方さえわからぬのだろう。

だが、このままではいけない。何か良い知恵はないかと、お末はけんめいに頭をひねった。胸の前に両手を握りしめ、知らず知らず祈るような姿になっていた。

お末の願いが届いたのだろうか。隠居がふたたび口を開いた。

「板長、あんたにひとつ頼みがある」

軍平が、窺うようにそろりと顔を上げた。

「鱗やの料理でもうひとつ、どうしても食べたい品がある。そいつを拵えてもらえまいか」

店仕舞いの後には、帳場の脇のひと部屋に主だった使用人が集められる。若旦那と番頭にその日一日の仔細を伝え、また、明日の段取りなどを互いに確かめるためだ。

ひととおりの話が済んで、皆が座敷から散ってゆくと、お末は若旦那の傍へ行った。

「雑煮、だと？」

「はい。鮟鱇の出汁を使った、ここでしか食べられなかったお雑煮だそうです」

隠居の申し出をお末が語ると、仕舞いまできかぬうちに、お甲は即座に言った。

「それで板長は、また戦もせずに逃げる腹積もりでいると、そういうわけだね」

鰻茶碗で尻込みしていた軍平に、発破をかけたのは他ならぬお甲だ。だからこそお末は、お甲にもここに留まってもらった。話の結末をきくより前に、軍平の弱腰がお甲には読めていたのだろう。

お末は、こっくりとうなずいた。鮟鱇を使った雑煮は、鰻茶碗よりさらに難しい代物(しろもの)のようだ。軍平はどうしても、首を縦にふらなかった。

「ここで折れちまったら、元も子もありません。どんなに手にあまる料理だろうと、板長には仕上げてもらわないと」

くっきりとしたお甲のふた重の目が、にわかに凄(すご)みを帯びる。

確かにこの雑煮でつまずいたままでは、軍平はさらに自信を失ってしまう。他の料理にも影を落とすことになりかねず、それだけはどうしても避けたい。

「名のとおり、勇ましい板長になってもらうには、どうしたらいいんでしょう」

「いかついのは外見(そとみ)ばかりで、中(なか)身は案外こまやかだからね。いつまでも昔を引きずっているのも、そのためなんだろうね」

まるで百合の花がうなだれるような、ひどく切ない表情だった。その顔につい見惚れながらも、お末は先を続けた。

「昔といえば、他にもいろいろと、ご隠居さんから伺いました。前の板長さんや、女将さんのこととか」

客が板長とともに語った昔話を、お末は披露した。聞き手のふたりは、どうやらあらましだけは知っていたようだ。八十八朗は舅から、お甲は軍平からきいたと明かす。

「板長からきいたのは、ほんのさわりだけさ。それでも前の板長と女将さんのことは、ずいぶんと慕っていたみたいだね」

「あたしも、そう思えました」と、お末がうなずく。「おふたりが亡くなったのが、よほど痛手だったんでしょう。だから板長は、料理をする気さえ失せちまったんです」

「それは言い訳に過ぎないと、私には思えるがね」

同情混じりのお末のため息を、八十八朗は即座に払った。

「わけはどうであれ、長年にわたって客をないがしろにするような真似をしてきたんだ。仮にも板場を仕切る板前が、すべきことではないだろう」

あまりに容赦のない物言いに、お末は二の句が継げなくなった。いつも浮かべている穏やかな笑みを削ぎとったその顔は、別の人のようにお末には見えた。

「……若旦那の、せいなんじゃありませんか」

傍らで、お甲の低い声がした。隣にそうっと首を向けると、半ば身を乗り出すようにして、若旦那をにらんでいるお甲の横顔があった。

「板長が昔をどうしてもふっ切れないのは、若旦那がいつまでも板長を責めているからだと、あたしにはそう見えてなりません」

「私は板長を責めた例（ため）しなぞ、いっぺんもありはしないよ」

妙に平べったい顔と声で、八十八朗がこたえる。

「ええ、口では、そうでしょうよ。けれど目では、絶えず板長を責めていた。そうではありませんか」

あ、とお末は、思わずあいた口に手を当てた。お末が若旦那の背中に感じた蛇を、お甲もまた感じていたのだ。ただひとつ違うのは、お末には脅しのように思えたそれが、お甲には相手を責め呵（さいな）んでいるように見えたことだ。

「板長ばかりじゃありません。旦那さんの一家のことも、そういう目で見ていなすった。この店の体（てい）たらくはおまえたちのせいだと、腹の中ではそう思っていなすったのでしょう？」

そうかもしれない。桜楼の女将の実家たる料理屋に、昔出入りしていた。そんな若旦那には、鱗やが情けなく歯がゆく映ったのかもしれない。

「若旦那は、日頃の行いがいいですからね。冷たい眼差しを向けられた当人より他は、誰も気づきもしないでしょうけど」

それはほんの一瞬のことで、気のせいに過ぎないと、お末はいままで己に言いきかせていた。だが、若旦那の背中に隠れていた蛇が、お末の目の前でぞろりと這い出した。

「お甲、私もひとつ、たしかめたいことがある」

ゆっくりと意地の悪い笑みが、八十八朗の頬の辺りにただよった。

背中の蛇が、首をもたげてお甲を見据えている。さすがのお甲も、怯んだように口をつぐむ。

「当人より他はわからぬ筈のことに、どうしておまえだけが気づいたんだ?」

「それは……」

「そんなに、板長が大事か?」

たちまちお甲の頬が、かっと朱に染まった。

「おまえが板長に惚れているのは、私も気づいていたよ」

「お甲さんが……板長さんを……？」

お末は、これ以上どうやってもあかないというほどに、両目をいっぱいに広げてお甲を見詰めた。ふたりは親子ほども歳が違うし、お甲は気持ちが顔に出ない。傍にいたお末も、まるきりわからなかったが、お甲はいかにもばつが悪そうにうつむいている。

他人には関心のなさそうなお甲が、鰻茶碗を作るよう迫ったときだけは、人が違ったようだった。板長を叱咤していた顔は、とてもきれいに見えた。あれはつまり、そういうことだったのか、と、それはお末の胸に気持ちよくすとんと納まった。

「だが、あれはやめた方がいい。一緒になっても甲斐がなかろう。歳のつり合いだけではなく、仕事に意気地のない男では、一緒になっても甲斐がなかろう。板長もそれがわかっているからこそ、これまでひとり身を通してきたんだろう」

「板長は、意気地なしなんぞじゃありません！　だからこそ、鱗やに留まっていたんです！」

軍平の腕なら、もっといい料理屋にいくらでも鞍替えできた筈だ。二十年以上もここでくすぶり続けていたのは、昔の鱗やを忘れられなかったからだと、お甲は一気にそうまくし立てた。

「逃げちまった方が楽なのに、そうしようとしなかった。板長はずっとひとりきりで、ふんばり続けていたんです！」

「恋は闇だと西鶴にもあったが……惚れてしまうと、何も見えなくなるようだな。いったいあの板長の、どこをそんなに気に入ったものやら」

やれやれと、若旦那が大げさなため息をつく。お甲はほんの少し間をおいて、こたえた。

「あたしが難儀していたときに、板長は助けてくれました」

「難儀、とは？」

「男から、嫌な悪戯をされそうになって……」

とたんに若旦那が、眉間をきつくしかめた。そういう類のことが、ことのほか嫌いなのだろう。それは板長も同じらしく、お甲をかばうように割ってはいり、殴りつけんばかりの勢いで相手を怒鳴りつけたという。

板場の若い衆や出入りの振り売りなぞ、お甲に粉をかけようとする男は少なくない。だが、軍平が殴らなかったということは、相手は客だったのかもしれない。

「あたしが鱗やに来てまもなくの頃で、それからしばらくのあいだ、板長はあたしの身のまわりを何かと気づかってくれました」

いつも怒ってばかりのくせに、お甲が値の張る九谷の皿を割ってしまったときだけは、叱らなかった。風邪が長引いて咳が止まらなかった折には、生姜湯を作ってくれた。

お甲は訥々と語り、そういえば、とお末も思い出した。

「桜楼の女将がお縄になって、あたしがしょげていたときは、桜めしを作ってくれました」

つい口を挟むと、お甲はこちらをふり返り、きれいな笑みを広げた。

「愛想はないし、気は短いし、ひねくれてばかりだけれど、見えないところで他人にはやさしい人です」

理不尽なことには、たとえ客にでも食ってかかるくせに、女子供や弱い者には手をさしのべる。軍平のそういう人柄に、お甲は惹かれたのだろう。ひどく得心がいく思いで、お末は大きくうなずいて、思わず口に出していた。

「お甲さんは、本当に板長さんを好いてるんですね」

てらいのない物言いに、目許をぽっと赤らめながらも、お甲は恥ずかしそうに微笑んだ。

「だ、そうだよ、板長」

ふいに若旦那が、声を張り上げた。一拍おいて、廊下側の襖が外から開く。ものすごいしかめ面をした軍平が、廊下に膝をついていた。

「板長さん、いつからそこに？」

お末の問いには、若旦那が楽しそうにこたえる。

「けっこう前から、立ち聞いていたようだよ」

「立ち聞きなんて、決してそんなつもりじゃ……ただ、出るに出られなくて……」

ちらと軍平が視線を上げて、お甲と一瞬、目が合った。お甲があわてて立ち上がる。

袖で顔を隠しているが、耳の後ろまで真っ赤になっていた。

「あ、おい……」

恥ずかしくて、いたたまれなかったのだろう。声をかけようとした軍平の脇をすり抜けて、お甲は逃げるように座敷から走り去る。

「ったく、こっ恥ずかしい文句をさんざん並べ立てやがって、てめえはとんずらかよ」

照れ隠しのつもりか、軍平が悪態をつく。追いかけた方がいいだろうかと、お末は腰を浮かせたが、

「およし、お末。追いかけるのは板長の役どころだ」と、若旦那が止めた。「それよ

り板長、私に話があったんだろう？」

水を向けられると、軍平はばつが悪そうにうなずいた。

「お末がいつまでも戻らねえから……きっと雑煮のことで、若旦那（わかだんな）によけいな話を吹き込んでいるに違いねえと……」

たしかに初めはその話だったと、思い出したように若旦那が笑い、それから顔を引き締めた。

「で、板長はどうするつもりだい」

軍平は返事の代わりに座敷の敷居をまたぎ、障子を閉めた。

「あれは鱗やの料理の中でも、ひときわ難しい一品でして」

お末に教えてくれたとおり、鮟鱇の旨味は肉だけではなしに七つ道具にある。

だが、肉以外のものを入れると、どうしても汁がにごりやすい。だから味噌仕立てのものが多いが、これを澄んだ清（す）ましに仕上げるのが鮟鱇雑煮の勘所であり、ことさらに気を使う仕事だと軍平は言った。

「おれなんぞには、とても手に負えねえと、断るつもりでここに来やしたが……」

そこで軍平は口をつぐみ、さっきまでお甲が座っていた場所を、ちらと見やった。

「ご隠居さんは、師走(しわす)の末まで待つと仰(おっしゃ)って下さったんです。どうか作ってあげて下さい」

年が替わる前には、江戸を離れなければならないが、それでもあと十日ばかりは滞在できる。もし雑煮ができたら知らせてほしいと、隠居は名と宿の場所をお末に言いおいた。

商人とはいえ、名字を許された家柄のようだ。青木利兵衛(あおきりへえ)と、隠居は名乗った。

「きっとどうしても、昔食べた雑煮の味が忘れられないのだと思います」

「昔と同じ味では、足りないように思うがね」

決して水をさしたのではなく、思案を促すような思慮深い物言いだった。

「その隠居とやらは、かなりの通人なのだろう？　そういうお人には、前と同じ味を供するだけでは、満足させることは難しい」

どういうことかと不思議そうなお末に、若旦那はわかりやすく説いてくれた。

「たとえばお末、おまえは鮟鱇雑煮の話をきいて、食べてみたいと思わなかったか？」

「思いました」

「どんな味か、どんなに目に鮮やかか、椀(わん)から上がる湯気はどんな香りがするのかと、頭の中であれこれ思い浮かべたのではないか？」

「浮かびました。それだけで、よだれが出そうになりました」正直にこたえると、

「おまえにも、通人になる才がありそうだな」と、若旦那は声を立てて笑った。「食の楽しみの半分は、実はそこにあるんだ」

食べる前の期待と、後の満足。このふたつが釣り合って、初めて満たされる。

だが、食通ともなればさらに欲が深い。見当どおりの味ばかりでは不足を感じる者たちだ。求めているのは心を揺さぶる新鮮な驚きであり、その当てを上回る、あるいは良い意味で裏切られるような、そういう料理でなくては決して満足はすまいと若旦那は言った。

「ましてや二十年以上も、鮟鱇雑煮を待ち焦がれていたというならなおさらだ」

長い時を経るうちに、舌が覚えているはずの味覚はひとり歩きをはじめる。もう一度あの味にめぐり合いたいという切なる願いが大きければ大きいほど、頭の中で美化されて、皮肉にも実の料理とはかけ離れていく場合がある。

「これが寸分の狂いもなく、昔とまったく同じであれば、懐かしい味を思い出して満足もしてくれようが、料理人が違えばどうしても差は出るものだ。ご隠居がうちの鰻茶碗を物足りなく感じたのも、案外それ故かもしれない」

「昔のものよりも美味しくてめずらしい雑煮でないと、いけないということですか？」

おそらくは、と若旦那はお末にうなずいて、軍平に首をふり向けた。

「どうだい、板長、そんな雑煮を拵えることができるかい？」

「できるとは、言えやせんが……」

断りを入れたが、それでも最前、隠居の前にいたときとは明らかに顔つきが違う。

「やらせてみて、いただけやせんか」

しっかと目を合わせた板長に、若旦那がうなずいた。

うれしくて、お末は胸の前でぱちんと手を合わせた。

「鮟鱇のつるし切り、あたしも見せていただいていいですか？」

「つるし切りをするほどの大きな鮟鱇は、鱗やくらいの料理屋ではとても食べきれねえよ」

「そうなんですか？　でも、昔は使ってたんですよね？　ご隠居さんはそう言って……」

あれ、と軍平が妙な顔になった。

「いや……たしか昔の鱗やでも、つるし切りはした例しがなかった筈だ」

鮟鱇料理をもっぱらとする店でもない限り、それほどの大物は捌けようがないという。

「どういう、ことなんでしょう」

お末は板長と顔を見合わせ、ふたりで首をひねった。

「年寄りの昔話だ。どこか他所で見たのを、思い違えているのかもしれないね」

若旦那はそう解釈したようだが、お末はやっぱり腑に落ちない。隠居の話には、あやふやなところはどこにもなかった。やはり合点のいかないようすの軍平に、若旦那が言った。

「板長、うまくできたら、褒美をやろう」

「子供じゃあるまいし、褒美なぞ……」

「板長にじゃない、お甲にだ。そのご隠居を見事満足させる雑煮ができれば、お甲と所帯を持たせよう」

「な……！」

口をぱくぱくさせながら、軍平が必死で息を継ぐ。

「あっしは、あの女のことを……そんなふうに考えたことなぞ、いっぺんも……」

「考えないよう、努めていただけじゃないのか？」

図星だったようで、色の黒い面相が、酒を一升食らったようになっている。

軍平の気持ちはどうなのか、それだけが気にかかっていたが、こうまであからさまなら確かめるまでもない。

「よかった！　板長さんも、お甲さんを好いてるんですね」

お末にとどめを刺されて、軍平はぐうの音も出ない。若旦那は穏やかに板長を促した。

「早くお甲のもとに行って、腹を決めたと伝えてやりなさい」

「できるとは、言ってやせんぜ」

精一杯の捨て台詞(ぜりふ)を残し、行こうとした板長の背に、若旦那がことばを投げた。

「軍平なら、きっとできるよ」

背を向けていた軍平が、ゆっくりとふり返った。若旦那が板長を名で呼んだのは、お末が覚えている限りでは初めてだ。だが、軍平の動揺は、違うところにあるようだ。

胸の中の奥深くに仕舞い込んでいた大事な何かを、そうっと持ち上げて埃(ほこり)を払っているような、軍平はちょうどそんな顔をした。一緒に座敷を出ると、お末は廊下で声をかけた。

「どうかしたんですか、板長さん」

「いや……ずっと昔、まったく同じことばで励まされたことがある。それを思い出しただけだ」

　軍平は悪い夢から覚めたように、大きく頭をふった。

　翌日から軍平は、寝る間も惜しんで鮟鱇と格闘し続けた。

　朝、魚河岸（うおがし）から鮟鱇を仕入れてこれをさばき、まずは汁を作る。鮟鱇の肉だけでは良い出汁がとれず、七つ道具たる肝や皮を入れれば汁がにごる。呆（あき）れるほどに何度も失敗をくり返しながらも、軍平は今度ばかりは諦（あきら）めようとはしなかった。

「若旦那のご褒美が、効いているのかもしれませんね」

　遅い昼餉（ひるげ）をとりながら、お末は隣のお甲に小声で言った。お甲はぽっと頬を赤らめながらも、素っ気ない調子になる。

「そんな邪（よこしま）な気持ちで、あんなに根を詰められるものかい。だいたい板長は……承知したわけじゃあないんだろ」

　——雑煮、作ってみる。

　軍平がお甲に向かって告げたのは、このひと言だけだった。

　お甲からそうきかされて、お末は半分あきれながら、若旦那の褒美話を明かした。

「承知でなけりゃ、あんな面白い顔をする筈がありません。まるで不忍池の大きな真鯉が、溺れかけて慌てふためいているみたいな、ちょうどそんな具合でした」

お末の軽口に、ぷっとお甲が吹き出した。ほころんだ寒椿の花さながらに、日一日ときれいになっていくようで、お末はそんなお甲をながめるのがうれしくてならなかった。

「お甲さんは、やっぱり若旦那を、冷たいお人だと思ってますか？」

お末のたったひとつの気がかりはそれだけだ。お甲は困ったように、眉根を寄せた。

「正直、よくわからなくなっちまった」

あの晩の若旦那は、たしかに人が違って見えた。だがそれも、お甲と軍平のための芝居だったのかもしれない。

「お甲さんの言ったとおりなら、どうして板長と旦那さんの一家にだけ冷たいんでしょう」

「あたしにもわからないけれど、もしかしたら昔の鱗やを……前の板長と女将さんがいた頃の店を、知っているからじゃないかって……」

鱗やの使用人のうち、軍平を除けば、もっとも古株にあたるのは女中頭のおくまだ。そのおくまでさえも、雇われたのはいまの主人になってからだという。

昔を知るのは軍平と旦那夫婦だけだと、お甲は説いた。

「まあ、ただそれだけの話でね。だから何だと言われれば、返しようもないんだけどね」

憂いを払うように、お甲はさばさばと言った。

「そんなことよりも、いまは雑煮の方が大事だものね。良い思案が浮かんでくれればいいけれど」

お甲が案じたとおり、雑煮の方はなかなかうまくは運ばなかった。


「あの、板長さんは……」

そろそろ十日が経とうかというその日、板場に軍平の姿がなかった。

「うまく行かなくて、ついに諦めちまったかね」と、女中頭のおくまがため息をつく。

決して意地の悪い物言いではなく、おくまも他人事ながら案じていると、そのふくよかな顔に書いてある。

骨を折った甲斐はあって、澄んでいながらコクのある清ましは、仕上げることができた。

「ただ、それより先の工夫が思いつかないみたいで、この二、三日は手詰まりらしいんだ」

と、おくまは脇板から仕入れた話を披露した。ひと筋縄ではいかないと承知していたつもりではいたが、やはり料理を知らないお末は、どこかで易く考えていた。己のひと皿を仕上げるために、何年もかける板前もいる。半月にも満たない限られた日切りの中では、無茶な望みだったのかもしれない。

急にその身が案じられて、お末は板長の姿を探して勝手口を出た。

「あ、雪……」

知らぬ間に、積もりはじめていたようだ。地面はうっすらと塩をまいたようになっている。幸い軍平は、勝手口からそう遠くない、狭い裏庭にいた。

声をかけようとして、お末ははっとなった。軍平は背を丸めて、樽に腰かけている。しょげているようにも見えたが、腕を組んだ横顔は、どこか凄みを帯びている。

軍平は、諦めてなぞいない。未だに勇ましく戦っているのだ。その相手は、青木のご隠居でも若旦那でもなく、己自身なのだろう。察したお末は、胸がいっぱいになった。

「お末か、どうした」気づいた軍平が、こちらをふり向いた。

「降ってきたなあと、そう思って」

己ごときに気遣われては、軍平も具合が悪かろう。咄嗟にそうこたえ、空を仰いだ。

「ああ、そうだな」

初めて気づいたように、軍平も一緒に顔を上向ける。しばらくだまって、頼りなく落ちてくる雪を、ふたりでながめていた。

「積もるといいなあ……」

ほんの一瞬、板長の苦労も雑煮も忘れて、お末はそう呟いた。

「あたしの田舎は雪が多くて、冬になると雪遊びばかりしてました」

「そういや、おめえは信州の出だったな」

江戸はまだ降りが淡いが、山間にあった故郷の村はずっと雪が深かった。雪玉を投げ合ったり、筵で斜面をすべり下りたりと、子供の頃の他愛ない話に、軍平はだまって耳を傾けてくれた。

「前の晩に降った雪が積もっていると、もううれしくて。山も畑も家の屋根も、すっぽりと雪におおわれて、見わたす限り真っ白で……」

「真っ白、だと？」

軍平の顔つきが変わったことに、お末は気づかなかった。

「ええ、松や杉の緑がほんの少し見えるだけで、あとは白ひと色だけになって……」

「それだ！」

ふいに大声をあげられて、お末はとび上がりそうになった。だが、横にいる板長の顔を見て、お末はさらにびっくりした。目がきらきらと輝いて、口許には明らかに笑い皺が浮いている。この板長の笑った顔など、お末は思い描いたことすらない。夢を見ているのではないかと、目をぱちぱちさせていたが、軍平は勢いよく樽から立ち上がった。

「おめえのおかげで、いい思案が浮かんだ。うまくいくかは、やってみねえとわからねえが、ひょっとしたら昔の雑煮を越えるものができるかもしれねえ」

軍平はお末に向かって、力強くうなずいた。

あと四日で大晦日(おおみそか)というその日、早朝から降り出した雪の中、隠居はふたたび鱗やを訪れた。今日は若旦那の八十八朗自ら客を出迎え、もっともながめのいい松の間へと通した。

「昨日、知らせを受けてから、楽しみでならなくてね」

「たいそうお待たせしてしまい、申し訳ありませんでした」

一礼して、若旦那が頭を上げた。青木利兵衛が、おや、という顔をする。

「どこかで、お会いしたことがありましたかな？」

「たぶんどなたかと、似ているのでございましょう。どこにでもいそうな、よくある顔ですから」

若旦那は極上の笑みを客に向け、すぐに膳の段取りへと話を変えた。

本来なら雑煮は、いくつもの料理を経てから出されるものだが、客はよほど待ちかねていたようだ。隠居の意向をたしかめて、かるい酒肴を三品ばかり出してから、すぐに雑煮をはこぶよう八十八朗は言いつけた。

お末は板場にとって返し、朱塗りの椀を盆にのせて座敷に戻った。

「まずはこちらの椀を、お召し上がりくださいませ」

隠居が椀の蓋をとり、おお、と感嘆の声をあげた。

「この香りといい、椀種といい、まさしく鱗やの鮟鱇雑煮そのものだ」

何度もていねいに灰汁やにごりを除いた汁は、きれいに清んでいながらも、鮟鱇の香りを留めている。具は鮟鱇の肉に、里芋、人参、牛蒡、葛西菜。その上に四角い切り餅が載っていた。

隠居はまず汁をひと口含み、うん、と小さくうなずいた。餅に箸をつけ、次いで人参や牛蒡をゆっくりと嚙みしめる。お末は若旦那の隣で、固唾を飲んで見守っていた。

食べ進むうちに、客の顔がゆっくり少しずつほころんでくる。

半分ほど食べ終えて、客はいったん椀をおいた。

「いかがでございましょう」

「けっこうな味だ。昔の鱗やに引けをとらない、懐(なつ)かしい味だった」

客は満足そうに微笑(ほほえ)んではいるが、どこか気遣いが含まれているように、お末には感じられた。決して心の底からのものではないと、八十八朗も察したようだ。

「……やはり昔の雑煮とまったく同じとは、行きませんでしたか」

「料理人が違えばそれも道理だ。これはどこに出しても恥ずかしくない、立派な味ですよ」

隠居はそう告げて、また朱塗りの椀を手にとろうとしたが、若旦那がそれを止めた。

「実は、もうひと椀、別の雑煮を召し上がっていただきたいのです。うちの板前が工夫した、新しい鮟鱇の雑煮です」

「ほう、それはぜひとも味見させていただこう」

若旦那に目で促され、ふたたびお末は板場へと下りた。

座敷に戻ると、今度は黒塗りの椀を、客の膳にのせた。

「これは……！」

蓋をあけた隠居が、驚いたように目を見張った。

「白ひと色とは……何と上品な」

黒塗りの椀の中は、雪景色さながらだった。

鮟鱇の汁と肉だけは同じだが、菜は大根と蕪と根深で、唯一、結び三つ葉だけが鮮やかな緑を添えている。餅も四角い切餅ではなく、ふわりと積もった雪を思わせる、上方風の丸餅だった。

「『白雪雑煮』と名付けました。お口に合えばよろしいのですが」

先刻と同じにまず汁をすすり、鮟鱇や餅を食む。蕪を口に入れたとき、客の目がふたたび大きく広がった。次いで大根と白いネギを噛みしめて、首をこくこくとうなずかせる。

そのまま椀が空になるまで、箸は一度も止まらなかった。

客が椀と箸を膳におき、その顔を見て、お末はびっくりした。老いた穏やかな目は、子供のようにきらきらと輝いて、頬がいくらか上気して見えるのは、羹を食したせいばかりではなさそうだ。隠居の顔は、いっぺんに十も若返ったかのようだった。

「こちらの板前さんを、呼んでもらえますか」

「はいっ！」

若旦那に指図されるより早く、お末は大きな声で応じていた。

駆けるように階段を降りると、客のようすが気になって、じっとしていられなかったのだろう。階下の広敷に、軍平が所在なげに突っ立っていた。

「板長さん、お客さまがお呼びです」

背を押すようにして板長を二階に上げて、松の間の若旦那の隣に座らせた。

「軍平さん、だったね」

「へ、へい」

軍平はがちがちに緊張しているようだ。客の目を見ずに、ぎこちなく頭を下げた。

「雑煮の種を変えたのは、単に椀の景色を変えるためだけでは、なかったんだね」

へい、と軍平はうなずいた。

「鮟鱇の出汁の旨味を、とっくりと味わっていただきてえと、そう思いやして」

里芋や人参を入れた雑煮は、素朴で滋味のある味わいとなるが、軍平は鮟鱇の出汁の良さを、もっと生かしたいと考えた。味も香りもより淡泊な、大根や蕪、白ネギに、たっぷりと汁を吸わせ、鮟鱇の旨味だけを味わえるように工夫した。

軍平がそう説くと、やはりそうかというように、隠居は大きく首肯した。

「これほど心を打たれた料理は、初めて鮟鱇雑煮を食してこのかた初めてだよ」

ぱっくりと軍平が口をあけ、隠居を仰ぎ見た。

「軍平さん、よく精進なされたな。包丁人としてのまっすぐな心意気は、しかと受けとった。誰に恥じることもない、おまえさんは鱗やの立派な板前だ」

軍平の唇がわなわなと震え、わき上がる何かを堪える(こら)ように、ぐっと歯を食いしばった。

「……あっしには、もったいねえ……ご隠居さん、ありがとうございます！」

軍平が畳に手をついて、深々と頭を下げた。

「鱗やの五代目の板前を拝めるとは、私も長生きした甲斐があったというものだ」

「五代目？」

お末がきょとんとし、軍平もひょいと頭を上げた。

「あの、お客さま……先代の板長が、初代ではないのですか？」と、お末がたずねる。

「ああ、江戸店(えどだな)に限れば、そういうことになるがね。水戸の鱗やから数えれば五代目だ」

「水戸の鱗や？」

お末はますます首を傾げ(かし)たが、軍平がはっとなった。

「ご隠居さまは、もしや水戸の本店(ほんだな)にもいらしてたんですかい？」

軍平のそのことばに、お末はようやく思い出した。鰻茶碗を軍平は、本店の大事な味だと、そう言っていた。その本店というのが、水戸の鱗やということだ。

「ここよりも水戸の本店の方が馴染みが深い。なにせ子供の頃から出入りしていたからね」

軍平が、それまでまともに見ようとしなかった客の顔を、しげしげと見詰めた。

「……ひょっとして、水戸の線香問屋、『玉杉』の旦那さんじゃありやせんか？」

「ああ、そのとおりだ。おまえさんとも、顔を合わせたことがあったかな」

「へい、いっぺんだけ。旦那さんは覚えちゃいないでしょうが、板場にいらしたことがあって……そうか！」思い出したように、軍平が膝を打った。「あのとき旦那さんがいらしたのは、鮟鱇のつるし切りを見るためでした」

隠居は相好をくずしてうなずいた。

「あの折に、板場の兄さんからききやした。子供時分から贔屓にしてくださる、店で何より大事なお客さまだと」

「他の者より、食い意地が張っていただけだがね」と玉杉の隠居が笑う。「そのきっかけになったのが、水戸の鱗やだ。祖父に連れられて、十のときに初めて暖簾をくぐったが、家の膳にも載るアジやカレイが、びっくりするほど美味しくてね」

懐かしそうに隠居が語る。水戸はすぐ傍に、漁港として名高い那珂湊や大洗を擁する。これらの港で揚がる新鮮な海の幸を使った料理が、水戸の鱗やの目玉だった。鮟鱇もまた、あの辺りではよくとれて、水戸のひとつの名物になっている。

「鱗やは、水戸のご城下でも一、二を争う名店だったよ」

以来、すっかりその味の虜となり、祖父や父親にせがんではせっせと店に通ったと、楽しそうに目尻を下げた。食道楽が高じたのもそのためで、江戸でもずいぶんと色々な料理屋をまわったが、慣れ親しんだ鱗やの味が、やはりいちばん口に合うものだった。だから年に二度、商用で江戸へ来たときもかならず、この江戸店を訪れていたという。

「ご隠居さまがつるし切りをご覧になったのは、水戸の本店でのことだったんですね」

主人の包丁さばきが見事だったと、先に話していたのも、それは江戸店の先代板長ではなく、本店の板長のことかとお末は得心した。

その主人が、いわば鱗やの三代目に当たり、江戸店を開いたのは、その娘と娘婿だった。

きいたお末が、あら、と気づいたように声を上げた。

「四代目がここの先代だとすると、本店はどなたが継いだのですか？」

それまで昔語りに興じていた隠居の顔が、ふっと蠟燭を吹き消したように翳った。

「水戸の鱗やは、とうになくなってしまったよ」

え、とお末が驚いて、気づけば軍平も、同じ表情になっている。

「火事でね、たったひと晩で焼け落ちた」絞り出すように隠居が告げた。

「そんな……」

「ご主人も女将さんもふたりの倅も、みんな逃げ遅れてしまってね」

本店を継ぐことになっていたのは、すでに板前修業をしていた長男で、江戸店の女将は、その姉になるという。この一家四人にとどまらず、住み込みの板場の者や女中も巻き添えを食い、亡くなった者は八人に上るという。店が火元であったから、そのまま取り潰しの沙汰を受け、三代にわたる水戸の鱗やの伝統は絶えてしまった。

「この江戸店も、その火事より半年前に、いけなくなっていてな」

言った軍平を、お末はふり向いた。「どうしてですか？」

「佐二の板長が、堀に落ちて亡くなったんだ」

軍平は悔しそうに、歯の根を噛んだ。江戸店の主人であった夫が死んで、その半年後には、火事で実家と家族を失った。女将であった都与は、心労に耐えかねたのだろう。火事から三月後に首を括った。

江戸店の開店から、わずか三年後のことだった。

「まるで鱗やは、何かに祟られたようだと、水戸ではそういう噂が立った」

玉杉の隠居は、最後にそう声を落とした。

あまりに悲惨な顚末に、お末はしばし声も立てられなかったが、傍らでかすかな衣ずれの音がした。若旦那の八十八朗が、中腰になっていた。

「申し訳ありません、少々用向きがございまして、私はここでご無礼させていただきます」

一瞬だけ見えた横顔は、びっくりするほど青ざめていた。

やがて客が暇を告げて、軍平も板場に戻った。

帰り仕度を手伝うお末に、玉杉の隠居はたずねた。

「こちらの若旦那は、いまのご主人の息子さんかね？」

「いえ、若おかみの婿として、ちょうど一年前にこの店にはいりました」

「そうだったのか……いや、とてもそうは見えないね。まるで長年、料理屋に携わっていたような、なかなか見事な手際だとお見受けした」

「ありがとう存じます。きっと若旦那は、かつての鱗やの話をきいて、またそのような姿に戻したいと願っているのだと思います」

お末はそう応じたが、客は話の途中で、何か気づいた顔になった。

「そうか、どこかで会ったように思えていたが……鱗やの末の息子さんだ」

え、とお末は、客の羽織を持った手を止めた。

「若旦那が、鱗やの息子さんに似ているんですか？」

「うん、まだ七つか八つの子供だったから、似ているというほどでもないが、どことなく面差しがね」

生きていれば、ちょうど若旦那くらいだろうときいて、お末の胸の中がざわざわした。

「あの、本当にその息子さんが、うちの若旦那だということは……」

「それはないよ」と隠居は即座に打ち消した。「末の倅の葬式だけは、別に行われたからね」己も線香をあげに行ったと語る。

「どういう、ことですか？　火事でみんな一緒に亡くなったんじゃ……」

「火事の折にはどうにか助け出されたが、火傷（やけど）がひどかったみたいでね。幾月か後に死んでしまった」

たしかここの女将が亡くなって、まもなくの頃だ、と不憫そうに告げた。
客の見送りに外に出ると、雪はすでにやんでいた。
水戸から来た客は、白一色の景色の中を、ゆっくりと遠ざかっていった。

春の幽霊

「鱗や」の主人、宗兵衛は、滅多に店には顔を出さない。

というよりも、家にいることがそもそも少ない。とかく外に用事の多い人で、ほぼ毎日のように「寄合」に出かけていく。五日に一度くらいは泊まりがけになるようで、翌朝、日も高くなってから戻ってくる。

それでも年が明けてからは、小太りでやや猫背の姿を店で見かけることが多くなった。

「次の料理屋番付にはうちも必ず載ると、どこぞの通人からきいたそうなんだ」

日頃は一切婿任せでも、主人面だけはしたいのだろう。噂に聡い女中頭のおくまは苦笑交じりに語ったが、隣のお継は、迷惑そうに鼻の上にしわを寄せた。

「正直、邪魔で仕方がないよ。用もないのに廊下をうろうろしたり、間の悪いところに挨拶に出ていったりと、まるきり役に立ちゃしない」

日頃から口さがないお継だが、こと宗兵衛については、お末も異論をはさむ気はない。

しかし若旦那(わかだんな)だけは、この厄介者の舅(しゅうと)にも、嫌な顔ひとつしなかった。

「また昔みたいな鱗やに戻りつつある。お舅(とう)さんには、それが嬉(うれ)しくてならないんだろう」

まるで子供をながめるような眼差(まなざ)しで、あたたかく見守っていた。

「さすがに、菩薩(ぼさつ)旦那だけのことはある」と、誰もが感心しているが、お末は何故(なぜ)か素直に喜べない。騙(だま)し絵を見せられているようで、くるりとひっくり返したとたん、とんでもないものに姿を変えそうで、かえって恐(こわ)くてならない。

――いつからあたしは、大好きな若旦那を、疑ってかかるようになったんだろう。

己の疑心が汚いものに思えて、どうにも気持ちが重かった。

しかしさる女がきっかけで、そのもやもやとしたものはくっきりとした形を成した。

初午(はつうま)を明日に控えた夕暮れ時、そろそろ客が立て込む頃合いだった。廊下にただよう良いにおいに、お末の鼻がついひくひくした。

板長の軍平が、まるで座布団(ざぶとん)のような見事な石鰈(いしがれい)を仕入れてきたのは今朝のことだ。皿に大きな一枚昆布を敷き、鰈の切り身を載せ、塩と酒をかけて強火で蒸す。湯通しした菜の花を添えて、さらに蒸し、お好みで出汁で溶いた酢醤油を供する。今日の鱗やのお勧めは、鰈の酒蒸しだった。

その昆布と酒の繊細な香りに、ふいにきつい香が混じる。玄関に女客の姿を認め、お末は急いで応対に立った。

「ごめんなさいよ。こちらのご主人に、お目にかかりたいんですがね。神田松枝町と言ってくれれば、わかりますよ」

お末の鼻をついたのは、白粉のにおいだった。こってりとした身なりに、唇は赤く光っている。

宗兵衛を訪ねてきたのは、ひときわ艶やかな女だった。

「あいにくと、主人はいま外に出ておりまして」

お末には、初見の相手の筈だった。なのに、どこかで見たような気がしてならない。誰かに似ているのだろうか——。頭の中を手探りしてみたが、こたえには行き当たらない。

宗兵衛は、さっき帳場に金をとりにきて、いつもの寄合に出かけていった。しばらくは戻らないだろうとお末が告げると、相手はさして残念そうなようすも見せず、最初からわかっていると言わんばかりにうなずいた。

「じゃあ、お内儀さんをお願いしましょうか。いらっしゃるんでしょ？」

女の勝ち誇ったような表情が気になって、お末は、はい、とこたえながら、どうしたものかと考えをめぐらせた。しかしちょうどそのとき、背中から鋭い声がとんだ。

「八十さんは、どこにいるの？」

「若旦那なら、醬油問屋に行かれました」

ふり向いて、お末は急いでこたえた。若おかみのお鶴は、亭主の八十八朗の姿が見えないと、ひどく機嫌が悪くなる。

「行き先は本当に、醬油問屋なんでしょうね？」

「来月から、醬油の値が上がるそうです。その相談に出掛けられました」

そう告げると、お鶴はしぶしぶ納得し、ようやく入口に立つ女客に気づいた。

客の前では荒い声を立てぬようにと、八十八朗からきつく忠告されているが、客が盛りの時分ではないから、気を抜いていたのだろう。あわてて造り笑顔を拵えた。

「ひょっとして、宗兵衛の旦那のお嬢さんですか？」

「ええ、そうですが……」と、お鶴の愛想笑いが途切れ、訝しむ目の色になった。

「神田松枝町で……こちらの旦那さんの、世話になっている者です」

とたんにお鶴の表情が険しくなって、口調をがらりと変えた。

「おとっつぁんなら、いなくてよ」

「ええ、構いませんよ。今日はお内儀さんに、お話があるんですがね」

「おっかさんには、あんたと話す義理なぞないわ。とっとと帰ってちょうだい！」

悲鳴じみた尖り声が、玄関から廊下の奥まで響きわたる。何事かと、板場の方から女中たちが次々と顔を出した。

「そちらさんになくとも、こっちにはあるんですよ。お内儀さんと会えるまで、梃子でもここを動きませんよ」

言ったとおりに女は、玄関の式台にどっしりと腰を下ろした。いつ客が来てもおかしくない頃合だ。店先で騒ぎを起こされては敵わない。

「ただいま、母屋にご案内しますから」お末はそう申し出たが、

「とんでもない！　こんな女にうちの敷居をまたがせるもんですか！」

お鶴はますますいきり立ち、手のつけようがない。相手は逆に、余裕の笑みを浮かべた。

「そんなに邪険にしないで下さいな。このお腹には、お嬢さんの弟か妹がいるってのに」

女が愛おしそうに、ゆっくりと己の腹を撫でた。お末もお鶴も、ぺったんこのそのお腹を、まじまじと凝視する。

「なん、ですって……」

厚塗りの化粧の色さえ抜けるように、お鶴の顔がみるみる青ざめる。

お末もたいがいの客なら、何が起きてもあしらえる自信がついた。しかしこればかりは、どう収拾をつけていいものやらわからない。すっかり途方に暮れていたが、意外な助っ人が現れた。

「本当にうちの人の子供かどうか、怪しいもんだ」

娘の背後に、内儀のお日出が立っていた。女中頭のおくまが、母屋まで呼びにいったのだと、お末は後からきいた。女中頭も内儀も、慣れっこの事態のようだ。お日出はまるきり動じていないが、女の顔を一瞥し、ぼそりと呟いた。

「何年経っても変わらない。本当に、幽霊を見続けているようだ」

——幽霊？

広敷に膝をついたお末は、思わず内儀をふり仰ぎ、ぎょっとした。

お日出の顔つきが、変わっている。

日頃からきつい面相ではあるが、それはちょうど棘をそのまま出しっ放しにしているようなわかりやすいものなのに、いまはその内側から違うものが見え隠れする。煤(すす)のように真っ黒な、怨念(おんねん)めいた強(こわ)い気が立ち込めているようで、お末は避けるように身を固くした。しかしお日出は、足許(あしもと)の女中には目もくれず、式台から腰を上げた女をにらみ据えていた。

「手切れ金なら、うちの人に言っておくれ。あたしは関わりたくないんでね」

「手切れ金ですって？　まさか……あたしはこの子の先行きを、相談しに来ただけですよ。言っておきますけど、間違いなく旦那の子供ですからね」

「本当に腹に入っているかどうかさえ疑わしいね。あんたのところには、しばらくご無沙汰(ぶさた)なんだろう？」

それまで絶えず浮かべていた女の薄ら笑いが、初めて顔から消えた。お日出は、ふんと鼻で笑った。

「うちの人には、別の寄合先ができた。あんたはお払い箱だと、そう言われたんだろ？」

「あんなはした金で、お払い箱なんて冗談じゃない！　きっちりと貰(もら)うもんを貰うまでは、金輪際ここを動きやしないからね！」

女が脅しに近い文句を吐いて、お末にも、ようやく話の趣が見えてきた。何にせよ、

ここに居座られるのは困る。板場の衆に頼んで、力ずくでどいてもらうしかないだろうか。お末がそんな算段をしはじめたとき、

「どうしたんです。何を揉めているんです？」

折よく若旦那の八十八朗が、問屋から帰ってきた。助かった、とお末のからだから一気に力が抜ける。

八十八朗の目は、玄関に仁王立ちする姑と妻、足許のお末にと順繰りと巡って、そして最後にふり返った女を見て、はっとなった。

決して知った顔ではなく、似た顔を知っている。さっき同じ思いをしたせいか、若旦那の表情は、お末にはそのように見えた。

「お姑さん、この人は……」

「いつものことさ。おまえが婿に来たばかりのときにも、いっぺんあったろう」

ああ、と八十八朗は、一切を呑み込んだような顔になり、しかしすぐに不快そうな縦じわを眉間に刻んだ。

「お姑さん、ここでは何ですから、母屋にお通ししては」

「仕方ないね、そうしておくれ。どうやら金の話らしい。後はおまえに頼んだよ」

お日出は他人事のようにそう告げて、さっさと踵を返した。お鶴もあわてて後に従

う。

若旦那が女を連れて玄関を出ていくと、待つほどもなく、その晩最初の客が訪れた。

「旦那の尻拭いまでさせられるとは、若旦那も楽じゃないね」

膳を重ねながら、おくまが太いため息をついた。客足がいくら伸びても、使用人の数だけは、若旦那は増やそうとしない。女中頭とはいえ、毎度後片付けに駆り出される。

「それよりも、腹立たしいのは旦那の道楽さね」

大きな音をたてながら器の始末をしていたお継が、忌々しげに吐き捨てた。

「あたしらがせっせと働いて儲けた金が、あんな女にみいんな吸いとられちまうかと思うと、まったくやりきれないよ」

その日の客がすべて引け、二階座敷の襖はあけ放されている。女中たちは手早く動きながらもおしゃべりに余念がない。当然のことながら、その日は夕方訪れた旦那の妾話でもちきりだった。

お末もまた、どうしても気になることがあった。誰かにたずねてみたかったが、皆のよくまわる舌に気圧されて、なかなか口をはさめない。

お継の声が途切れた隙に、どうにか割り込んでみたものの、すぐ傍にいた女中頭は、心得顔でその後をさらった。

「そういや、お末は初めてだったね。さぞかしびっくりしただろうね」

「あ、はい……」

「なあに、気にすることはない。いつものことさ。あの旦那の女好きは、ほとんど病でね」

お末が何も問わぬうちから、おくまはよくぞきいてくれたと言わんばかりに、主人の女癖の悪さをとうとうと語った。

宗兵衛に妾が切れることはなく、頻々と出掛ける寄合は、ほとんどが妾宅へ行く口実だった。しかもその妾が、とっかえひっかえよく変わる。

「よくもって三年、たいていは一年か二年で別の女に乗り替えるんだ。そのたびにもとの女から文句が出てね、今日みたいに揉めることもしょっちゅうなのさ」

結局は手切れ金を上乗せするより仕方なく、宗兵衛が新しい女をつくるたびに、新旧双方の女に大枚の金がかかる。内儀と若おかみの芝居や衣装道楽もそれなりに物入りだが、それを上回る金が、主人の道楽に費やされているという。

「病と言ったのには、もうひとつあってね」

噂話をするときにだけひときわよく光る小さな目を、おくまはまたたかせた。

「旦那の好みは、毎度同じなんだ。ふっくらとした美人が好きでね」

「ふっくらとした？」と、ついお末は、女中頭の大きなからだに目をやった。

「おくまさんみたいのは、ふっくらじゃなくでっぷりというんだ。ずず黒いのもいただけない。白い餅みたいな女が、あの助平旦那は好きなんだよ」

お継が横から、ずけずけと口を出す。おくまは気を悪くしたふうもなく、常に三つ子でも入っていそうな、せり出した腹を揺らして笑った。

「旦那の好みははっきりしていてね。さっきの女を見たろう？　あんなふうに色白でぽっちゃり、目がとろりと垂れた婀娜っぽいのがいいんだよ」

「毎度似たような女ばかりなら、とり替える甲斐なぞなさそうなもんだけどね」

お継はにべもないが、しかしお末は、おくまがならべた姿形の方が気にかかった。

――やっぱり誰かに似ている。誰に似てるんだろう。

懸命に考えているあいだも、おくまの舌はなめらかにまわり続ける。

「ここの女中にも何人も手をつけて、中には妾に納まってしまった者もいるんだよ」

やはり数年で飽きられて、皆どうにか手切れ金だけをせしめて宗兵衛のもとを去ったそうだが、実はね、とおくまは、意味深な顔をした。

「あのお内儀さんも、もとはここの女中頭だったそうなんだ」

「そうなんですか！」

これにはお末もびっくりして、思わず大きな声を出したが、他の女中たちにとっても初耳だったようだ。皆がいっせいに、同じ顔でおくまを注視した。

「実はあたしも、知らなかったんだよ。この前たまたま、若旦那とお内儀さんのやりとりをきいちまってね。黙っていたのは、あたしら雇い人に侮られるのを嫌ったんだろうね」

己の手柄のように、おくまは自慢げに胸を反らせる。

「けど、てんで合点がいかないね。あのお内儀さんは、月とすっぽんくらいも、旦那の好みとはかけ離れているじゃないか」

歯に衣着せぬ言いようだが、お継の言い分はもっともだ。お日出はやせぎすで、お世辞にも美人とは言い難い。どこもかしこも尖っていて、今日の女とはまるきり逆の風情だ。

「大方、旦那の弱みでも握って、無理やり納まっちまったんじゃないかね」

「そりゃ、なきにしもあらずだね」

お継の冗談をおくまが受けて、皆はどっとひと笑いしたが、お末は追従できなかった。

ふと見るともうひとり、笑っていない者がいる。隣座敷で、やはり膳の始末をしているお甲だった。

「お甲さん、具合でも悪いんですか？」

眉間の辺りをきつくしかめ、目を閉じている。お末は急いで傍へと行った。

「いや、何でもないよ」

「でも、顔色が……」

行燈(あんどん)の薄暗い灯りのもとでも、顔色が冴(さ)えないとわかる。

「ちょっと……嫌なことを思い出しちまっただけさ」

「嫌なことって？」

お甲は少しのあいだためらっていたが、お末の視線に根負けしたように、小声で話し出した。

「前にちらりと話したろう……嫌な悪戯(いたずら)をされそうになって、板長に助けてもらったって」

こくりと、お末はうなずいた。ひと月半ほど前、去年の師走のことだ。軍平のどこを気に入ったのかと若旦那から問われ、お甲はたしかにいまのようにこたえた。

「覚えてます。板長さんが相手を怒鳴りつけて、その後も気をつけてくれたんですよね」

「その相手ってのが……」

お甲は肝心のところは口にせず、未だに宗兵衛の噂に興じている女中たちを見やった。

あ、とお末は口をあけた。「もしや……言い寄ってきた男の人って……」

眉間の縦じわをいっそう深くして、お甲は深くうなずいた。

「まあ、あたしも幸い、旦那の好みからは外れている。板長のおかげもあって、危ない目に遭ったのは、いっぺんこっきりだったけどね」

お甲は昼だけはぽってりとしているが、目は上がりぎみでからだも締まっている。たしかに宗兵衛の妾とはかなり違うが、顔立ちはきれいだ。女にだらしないというなら、主人がちょっかいを出してもおかしくはない。

――器量がいいというのも、必ずしも良いことばかりではないんだな。

お末がそんなことをぽつりと考えたとき、お甲は意外な名前を口にした。

「あたしよりよほど難儀だったのは、お軽ちゃんだったろうよ」

「え……お軽ちゃんが？」

「あの娘は旦那の好みを、絵に描いたようだったもの」

そうだ！　とお末は思わず、ぱちんと手を打ちそうになった。さっき見た姿が、誰に似ているかようやく思い出した。

お末の従姉のお軽だ。店の金をくすねて男と逃げたという、お軽に似ているのだった。

「案の定、旦那はそりゃあしつこくてね。かわいそうでならなくて、板長に相談したんだ」

己も同じ目に遭っていただけに、お甲は同情したのだろう。軍平からきつく釘をさしてもらったという。しかしお甲のときとは違い、宗兵衛は諦めようとはしなかった。軍平とお甲は、お軽を決してひとりにしないよう懸命に気を配っていたが、使用人の分際では限りがある。

「けれど、若旦那が気づいてくれて、陰に日向に動いてくれた」

「そうだったんですか……若旦那が……」

しかしそれ以上に宗兵衛は、執拗だった。

「どうしたものかと頭を悩ませていたときに、お軽ちゃんは磯六さんと駆け落ちしてね」

当時、鱗やに出入りしていた、振り売りだとお甲は言い添えた。

「皆はとんでもないと騒ぎ立てたけど、磯六さんなら真面目な人だし、正直あたしはほっとしたよ。板長も、同じでね。金のことも、詫び料と思えば安いくらいだって」

お甲の声には、お軽と縁続きである、お末への労わりがこもっていた。

お末もつい微笑を返したが、ふいに別の不安が心をよぎった。ちょうど黒い煤でも呑み込んだみたいに、胸の中がざらりとする。

「あの、お甲さん……」

それを口に出そうとしたとき、廊下から若旦那が顔を出した。

「いつまで油を売っているんだ。夜が明けてしまうぞ」

噂話に興じていた女中たちが、いっせいに口をつぐんだが、肝心なところだけは押さえておかねばならないとばかりに、女中頭は上目遣いでたずねた。

「でも、若旦那、お妾さんには慣れてはいても、腹に子があるときけば、そりゃあ気になるってもんですよ。結局のところ、どうなったんです？」

座敷中の女中たちが、同じ興味津々の眼差しを向ける。やれやれと若旦那は、ため息をついた。

「子供のことは、嘘だったよ。三月も放ったらかしにされた揚句に、縁切りを言い渡されて納まりがつかなかったようだ。手切れ金を多めに渡して、良ければ働き口を世話しようと持ちかけたら、存外あっさりと手を引いてくれた」

若旦那の言う働き口とは、別の妾奉公の先であるようだ。

「あんな女に、そこまでしてやることはないんじゃありませんか」

お継はさも面白くなさそうに、渋面をさらにしかめたが、

「思えばあの女も気の毒だ。決して己から、妾になることを望んだわけではないからね」

八十八朗の口調には、憐憫の色が濃くただよっていた。

話の顚末をたしかめて、女中たちもそれなりに満足したようで、膳を抱えて次々と座敷を出て行った。

「じゃあ、お末、火の始末を頼むよ」

若旦那に言われて、お末は、はい、と返事した。

その用心深さを見込まれて、行燈や火鉢の炭の始末は、お末が任されるようになっていた。それをもう一度、若旦那が確かめてくれる。

最後の行燈の前に来て、お末はそっと後ろをふり返った。

「若旦那……旦那さんのことで、もうひとつ気になることがあって……」

「お舅さんの妾のことなぞ、おまえが案じることはないよ」

屈託ありげなお末を、なだめるように言う。

「そうではなくて……お軽ちゃんの……あたしの従姉のことです」

「お軽、だと？」

思いがけない名前だったのだろう。若旦那は意外そうな顔になった。

「お軽ちゃんは、さっき来た女の人に、とてもよく似ているんです……それで、その、やっぱり旦那さんに、言い寄られてたって……噂で……」

お甲からきいたとは、告げなかった。行燈の火影の中の、若旦那の顔が憂いを帯びた。

「あの娘にも、可哀相なことをした……私も気をつけてはいたのだが、やはり居辛かったのだろう。私が入婿に来て、ひと月も経たぬうちにいなくなってしまったからね」

すまなそうに告げる若旦那に、お末はいちばん気になっていたことを口にした。

「若旦那……お軽ちゃんは、生きてますよね？」

すっとひとたび息を呑み、八十八朗はたずねた。

「何故、そんなことを？」

「お内儀さんが、あの女の人を見て言ったんです。幽霊を見続けているようだって

……」

どうしてその言葉とお軽を結びつけてしまったのか、お末にもはっきりとはわからない。ただ、あのときのお日出の禍々しい気配が、お末を不安にさせていた。

どんなに押し殺しても、陽炎のような邪気は全身からゆらゆらと立ち昇っていた。あのような嫉妬を、お日出はお軽にも向けたのだろうか。そう考えると、幽霊というひと言が、目の前に妙に大きく迫ってくる。その不吉な予感が、お末をからめとり離さなかった。

「大丈夫だよ、お末。お軽はきっと、どこぞで達者にしているさ」

それより他に言葉がなかったのだろう。若旦那は、やさしい気休めを口にした。

しかしそのお軽の幽霊が現れたのは、それからわずか数日後のことだった。

真っ暗な中で、お末はふいに目を覚ました。

押し寄せる眠気の中で、耳は何かを捕えようとする。何か、きこえたような気がし

たが、耳に届くのは相部屋の女中たちのいびきや寝息ばかりだ。

空耳だったのかな――。また眠りに引き込まれそうになったとき、女の悲鳴がはっきりと響いた。くるまっていたせんべい布団をはねのけて、がばっと起き上がる。

「どうしたんだい……いま、何かきこえたね」

その声で、女中ふたりをはさんで奥に寝ていたお甲だとわかった。

「お甲さんも、ききましたか？　いまの、もしかしたら……」

部屋の奥に向かってささやいたとき、また芝居じみた叫び声がした。

「あれはたぶん、お内儀さんです！」

言うなりお末は、女中部屋の戸をあけて廊下にとび出していた。後ろから、お甲の声が引き止める。

「お待ち、お末！　夜盗かもしれない。いま板場の衆を呼んでくるから……」

「でも……」

お末は気遣わしげに、渡り廊下の方へ首を伸ばした。

女中部屋は板場の奥、母屋へと繋（つな）がる渡り廊下のとっつきにある。いつもなら真夜中でもかすかに明るいのだが、今夜は月はなく、渡り廊下は黒々とした闇（やみ）の中に吸い込まれるようだ。

その向こうから悲鳴と足音がにわかに迫り、廊下を渡った先の襖がいきなりあいた。

「た、助けてぇ！　誰か、誰か……」

「お内儀さん！　若おかみ！」

半ば這うようにしてころがり出てきたのは、お日出とお鶴だった。渡り廊下を駆けて、走り寄ったお末と出くわすと、精根が尽きたようにふたりそろってその場にへたり込んだ。

「どうしたんです、何があったんです？　鼠ですか、泥棒ですか？」

お末が急いでたずねると、お日出の情けない声が応じた。

「ゆゆゆ、幽霊だ……幽霊が出たんだよ！」

歯の根も合わぬほどに震えながら、どうにかそれだけ絞り出す。

「幽霊……」

言葉にしたとたん、ぞっとするような寒気が、背中をべろりと舐めた。しかし直に目にした母娘の恐怖は、そんなものでは済まないようだ。互いに抱き合ったまま、おこりのようにがたがたと震えている。

お鶴が母親にしがみつきながら、呪詛のように呟いた。

「あれは……お軽よ……お軽の幽霊よ……」

「えっ」

「間違いないわ……お軽が……お軽があたしたちを怨んで……！」

「お軽ちゃんの幽霊って……本当ですか！」

お鶴がはっとして顔を上げた。動顚のあまり、目の前にいるのがお末だと、お軽と関わりのある女中だと、気づいていなかったようだ。動揺する娘に代わり、お日出がすばやく後を引きとった。

「お鶴、滅多なことを言うもんじゃない。それにあれは、お軽じゃないよ」

娘の口をひとまず封じて、お日出は低く訴えた。

「あの着物と帯は、よく覚えている……あの女が、化けて出てきたんだ……」

「あの女って、誰ですか？」

「それは……」お末の問いに、お日出はいったん口をつぐみ「おまえの知らない女さ。もうずっと昔に、ここで亡くなったんだよ」

お末はその女が誰なのか問い糺してみたかったが、背中が急に騒々しくなった。女中たちや板場の衆が、騒ぎをききつけて集まってきたようだ。その先頭に、手燭を持つ若旦那がいた。

「お姑さん、お鶴、いったい、何があったんです」

「八十さん！」

お鶴がわっと泣き出して、八十八朗にしがみついた。紙で囲った蠟燭の火が、いまにも消えんばかりに大きく揺れる。己にすがり泣きじゃくる妻を、とまどいぎみに見下ろして、若旦那は傍にいたお末に目顔でわけをたずねた。

「お内儀さんと若おかみが、幽霊を見たって……」

「お末、おまえはよけいなことは、言わなくていい」

ぎっときつい目で、お日出がにらみつけた。いまきいた話は、決して口外してはいけない。お日出の目は、無言でそう命じている。一瞬ただよった沈黙を、情けない声が埋めた。

「嫌だよ、幽霊なんて……あたしゃ、そのたぐいばかりは何より苦手なんだからさ」

若旦那の背後に固まっていた女中たちの中から、意外にもお継の声が上がった。応じるように女たちのあいだから、怯えと不安に満ちたざわめきがもれ出す。それをさえぎったのは、板長の軍平だった。

「幽霊って言われてもな……またずいぶんと時節外れだな」

その間の抜けた横槍に、なるほどと誰かが相槌を打った。

真夏のじっとりとした湿っぽさや生ぬるい風があってこそ、おどろおどろしさも増すというものだ。梅が散り、風や水がぬるみはじめた今頃に、幽霊と言われてもぴんとこない。

「たしかに、板長の言うとおりだな」若旦那から失笑が漏れたが、

「本当よ！　本当に見たのよ！」お鶴は必死で訴えた。「夢なんかじゃないわ！　おっかさんも一緒だったんだから」

今夜は宗兵衛の泊まりの日にあたる。

『お姑さんに、寂しい思いをさせてはいけないからね』

八十八朗の計らいで、お鶴は父のいないときは、母親の寝間で一緒に眠るのが常だった。

風もないのに、寝間の障子ががたがたと鳴ったと、お鶴は語った。その音に母娘が目を覚ますと、庭に面した障子戸に女の影が映ったという。

「『怨めしい、怨めしい』って、気味の悪い声がして……」お鶴は夫の腕の中で、身をこわばらせた。「ふいに障子が音もなくあいて、庭にさんばら髪の女が立っていたのよ！」

さすがに女中たちが、「ひいいい」とか「きゃあ」とかてんでに悲鳴をあげる。

「あの恐ろしい姿と言ったら……！」

その後のことは、お鶴はよく覚えていなかったが、半分腰を抜かしながらも、逃げようと必死だったのだろう。庭とは逆の奥の襖から、どうにか寝間をころがり出て、母親とともに座敷伝いに渡り廊下までたどり着いたようだ。

「わかった、わかったよ、お鶴。私が傍にいればよかったのだが……恐い思いをさせてすまなかったね」と、八十八朗が妻をなだめにかかる。

八十八朗は寝巻姿ではなく、きちんと羽織を着込んでいる。誰よりも遅くまで帳場で仕事をするのが常だから、いままで店にいたのだろう。

念のため若旦那と軍平がたしかめに行ったが、幽霊の痕跡が残っている筈もない。

それでもお日出とお鶴は母屋に戻るのをこばみ、その晩は店の二階座敷に床をとり、若旦那もその隣で休んだ。

ふたりは本当に、幽霊に恐れをなしたようだ。

翌日、母娘はそろって、近くの旅籠に引き移ってしまった。


「夢でないというなら、春霞に映った幻でも見たんだろう」

翌日、日が高くなってから呑気に帰還した宗兵衛は、妻と娘の話を一笑した。

「しかもお軽の幽霊だなんて……あの娘には、年季の最中に逃げられて、金までくすねられたんだ。怨み言を言いたいのは、こっちの方さね」

「おとっつぁん、本当よ！　あれはどう見ても、お軽だったわ！」

お鶴は父親に向かって、頑迷に言い張る。一家三人がすったもんだしているあいだ、お末は座敷の隅で小さくなっていた。

宗兵衛が帰ったときには、すでに女房と娘は家を出た後だった。さすがに仰天し、ふたりが移った旅籠にさっそく足を向けたが、その案内役にお末を指名したのは、内儀のお日出だった。

「まあ、そうまで言うなら仕方ない。気が済むまで、好きなだけここにいればいいさ」

さも鷹揚な口ぶりだが、本音はあからさまに透けて見える。女たちの目がなければ、これまで以上に大っぴらに寄合通いに精を出せるというものだ。

亭主の思惑など、お日出はとっくにお見通しなのだろう。鼻白んだ表情で、夫に告げた。

「あれは、お軽じゃありません……お都与さんです」

「何だって！」

宗兵衛が、初めて色をなした。それこそ幽霊をまのあたりにするように、てかてかと丸い頬をこわばらせ、妻を凝視する。

「あたしを、脅そうってのかい。たちの悪い冗談だ」

「脅しなんぞじゃありません……白梅を散らした藍の着物に、紫の帯。あれは……あのときにお都与さんが身につけていたものに相違ありませんよ」

「おい、お日出」と、宗兵衛が、その目をはばかるようにお末を見やる。

「平気ですよ、この子はお都与さんが誰なのかさえ、知らないんだから」

木で鼻をくくるようにお日出は言ったが、お末はそれが誰なのかちゃんと知っていた。

昔の鱗やにいたという、女将の名だった。

「いいかい、あたしらが見た幽霊が誰だったかなんて、女中仲間や板場の衆にはもちろん、八十八朗にも決して口外するんじゃないよ。わかったね」

お末をここに来させたのは、念押しするためだったのだろう。驚いたことにお日出は、一朱銀を三枚もお末に握らせた。お末にとっては大金で、また、己が贅沢三昧の割に、使用人にはことさらしわい。そんなお日出が末席にいる女中に三朱も与えたということは、裏を返せばこの秘密は、決して知られたくないものなのだろう。

しかしお末は、三人が隠そうとしている何かより、お日出が語った話の方が気にかかった。

「お内儀さん、ひとつだけいいですか？　幽霊の着ていた着物や帯が、どうしてそこまで事細かにわかったんですか？」

「どうしてって、そりゃ、見えたからさね」

お日出は剃った眉を、片方だけ上げてこたえた。

「でも、昨日の晩は、月がありませんでした。真っ暗闇の筈なのに、どうして着物の色柄までが見えたんでしょう」

「あら、そう言われれば、そうだわね」

お鶴が初めて気づいたように声を上げ、不思議そうに母親と顔を見合わせる。

薄い色や明るい色なら、闇夜でも多少は目に映りやすいかもしれない。だが、藍や紫は、むしろ地味な色合いだ。お末がそう重ねると、お日出はすこしのあいだ考えていた。

「あのときは、ぼんやりと光がさしていたんだよ。だから着物の柄までが見えたんだ」

「その光は、どこからさしていたんですか？」

「たぶん、足許から……だったかね」

母親の言葉に、お鶴も曖昧にうなずく。ふたりが最初に見たのは、障子に映った女の影だ。光がなければ、影もできない。やはりどこかから庭に灯りがさしていたのだと、お末は心の内でうなずいた。

それにしても、とお末は旅籠から帰る道々、思案を重ねた。

同じ女の幽霊を、お鶴はお軽だと言い張り、お日出は前の女将のお都与だと言った。

これはどういうことだろう——。

お末は、懸命に考え続けた。

妻と娘が旅籠に移ってから、主人の宗兵衛もまた、連日、妾宅に泊まり込むようになった。

いくら女房娘がいないからといって羽目を外し過ぎだろうと、女中たちはしきりに噂していたが、宗兵衛もやはりお都与の幽霊が恐いのだ。まるで籠の中の猫のように、常よりいっそう丸く縮んで見える主人の背中を見て、お末はそう察していた。

それが十日近くも続くと、さすがに近所の者たちの口の端にものぼる。見かねた若旦那はその日の暮れ方、妾宅に帰ろうとしていた宗兵衛を呼び止めた。

「お舅さん、今日はこちらに泊まっていただけませんか。ご相談したいことがあって」

「相談と言われても、店のことなら番頭と話しておくれ」

何とも情けない返事をする宗兵衛に、八十八朗は重ねて言った。

「実は、店の建て替えを考えているのです」

中の建具はそれなりに吟味をしたが、外側は二十五年のあいだ、ろくに手入れもしていない。本当は修繕だけで済ますつもりでいたが、今回の幽霊騒動で、いっそ母屋ごと建て替えてしまおうかと、そんな心積もりになったという。

「家を新しくすれば、お姑さんやお鶴も少しは気が晴れましょう。私もいつまでも、お鶴と離れているのは寂しいですからね」

なるほどと、宗兵衛が納得顔になる。しかし丸ごと建て替えるとなれば大事だ。金の工面はむろんのこと、長のあいだ店を休まねばならない。主人と相談しなければ、何事もはかどらないと、若旦那は熱心に舅に説いた。

「そうだな、たまにはおまえと水いらずというのも悪くはないか」

宗兵衛は承知して、その日は婿とともに母屋に泊まることにした。

その話を女中頭のおくまからきき知ると、その夜は眠らずにいようとお末は心に決めた。一日中、忙しく立ち働いて、からだは芯から疲れ切っている。寝床に入ると、まばたきすら億劫なほどの眠気に襲われたが、己の腿をつねって懸命に我慢した。

一刻ほど経った頃だろうか。渡り廊下を行くかるい足音に、急いで寝床から起き上がった。朋輩女中の頭を踏まぬよう気をつけながら戸口へと行き、そっと戸を開く。

ちょうど女中部屋の前を通りかかった人影が、ぎょっとしたように立ち止まった。

「お末、か……まだ、起きていたのか？」

寝巻に羽織をはおった若旦那だった。ひどくびっくりしていたが、相手がお末だとわかると、後のところは声の調子をやわらげた。

「いましがた、厠に起きて……足音がしたので覗いてみたんです。若旦那は、どうしてこちらに？」

「お舅さんが、ひとりでは寝付けないというから、隣で横になったんだが」

やり残していた帳面付けが気になって、また起き出してしまったと笑う。

「明日も早いのだから、おまえはもうお休み」

やさしい微笑を投げられて、嘘をついてしまったことが胸にちくちくと刺さったが、お末はおとなしく従ったふりをして、女中部屋の戸を中から閉めた。

若旦那の足音が店の方へと消えても、お末は寝床には戻らなかった。戸口の前に屈み、ただひたすらそのときを待った。どのくらいそうしていたろうか。固い板間の冷たさに、足の裏がすっかりかじかんでしまった頃、女のものではない悲鳴が、お末の耳に届いた。

お末はためらうことなく女中部屋を出て、渡り廊下を走った。主人の寝間は、母屋付きの女中にたしかめてある。お末は母屋の廊下を走り過ぎ、迷うことなくそこへと び込んだ。

「旦那さん！　大丈夫ですか！」

庭に面した障子は、開きっ放しになっていた。そちらに向かって額ずくように、宗兵衛は布団の上で丸くなっている。

「許してくれ……許してくれ、お都与さん……頼むから、成仏してくれぇ」

宗兵衛はちょうど、丸まっただんご虫のような有様で、布団に顔を埋め、頭の上で両手を合わせて拝んでいた。布団に押しつけた顔の辺りから、すすり泣きのようなくぐもった繰り言が、絶え間なく漏れきこえる。

「あんたを死なすつもりなぞ、これっぱかしもなかったんだ……あたしはずっと、あんたを、あんただけを好いていたんだから」

「旦那さん……」

「だからどうか、許してくれ……どうかあたしを、怨まないでくれ」

お末がいることにも気づかず、宗兵衛はただひたすら、同じ詫び言をくり返すばかりだ。

お末は主人を諦めて、庭に目を向けた。宗兵衛のいうお都与の幽霊など、どこにもいない。しかし座敷から見える庭は、ぼんやりとした灯りに浮かび上がっている。

お末は裸足で庭に降り、辺りをたしかめてみた。石灯籠の陰にひとつ、その向かい側の植え込みの陰にもひとつ、小ぶりの提灯が置かれていた。

「やっぱり、幽霊なんかじゃない。旦那さんやお内儀さんが見たのは……」

お末はそのまま、いちばん近い潜戸に走った。案の定、中の閂が外されて、潜戸は細くあいていた。路にとび出して、首をめぐらせる。右も左も真っ暗で、道の先には何も見えない。先夜と同様、やはり今夜も厚い雲が空に居座っている。それでもお末は、不忍池に面した道の真ん中で、じっと耳をすませた。

右に行けば、昼間は繁華な下谷広小路に出る。しかしお末の耳は、左側にかすかな足音を捕えた。お末はそちらに向かって、猛然と走り出した。

足の裏に、小石がちくりと当たる。それでも子供の頃は、裸足で野山を駆けまわっていた。草履よりは断然速く、お末は足には自信があった。鱗やのある池之端を抜け、茅町にさしかかり、不忍池がそろそろ終いという頃に、闇に慣れた目がその姿を捕えた。

お末は苦しい息の下、その後ろ姿に向かってあらん限りの声で叫んだ。

「お軽ちゃん！　待って、お軽ちゃん！　あたしだよ、従妹（いとこ）のお末だよ！」

前を走っていた背が、びくり、と揺れてその足が止まった。そろそろと窺（うかが）うように後ろをふり返り、お末は抱きつくようにしてその背中にしがみついた。

「お軽ちゃん、やっぱりお軽ちゃんだ」

「お末ちゃん……」

白い模様の散った藍の着物に紫の帯を身につけた女の顔が、懐（なつ）かしそうにくしゃりとゆがんだ。

「どこで何してるんだろうって、ずっと案じてたから……会えてよかった」

茅町の狭い路地にふたりでしゃがみ込むと、お末はお軽の手を握りしめた。

子供の頃に会ったきりだから、ふたりで勘定してみると六年ぶりの再会だった。さんばら髪にもかかわらず、四つ上の従姉は、お末の見当以上に大人びて美しく見えた。

まずは互いの近況を報告しあう。お軽は振り売りの磯六と、麻布で所帯を持ったという。

「まあ、赤ちゃんが生まれたの？」

「うん、女の子でね。霜月の半ばだから、ちょうど三月になるわ」

わああ、とお末は、己のことのように喜んだ。お甲が見込していたとおり、磯六はお軽を大事にしているようだ。幸せそうな暮らしぶりに、お末は心の底から安堵したが、逆にお軽は、申し訳なさそうにあやまった。

「お末ちゃんには、本当にすまないと思っていたの。まさか父ちゃんが、あたしの代わりにお末ちゃんを寄越すなんて……」

「いいよ、そんなこと。あたしは鱗やに来て、よかったと思っているし。伯父さんも孫ができて、喜んでいるんでしょ？」

「実は……いまだに実家には、何も知らせてないの……旦那さんやお内儀さんに、見つかるのが恐くて」

「でも、それならどうして、あたしが鱗やにいるって知っていたの？　いったい、誰にきいたの？」

「それは……その、人伝に噂をきいて……」

お軽は気まずそうに下を向く。嘘だとすぐにわかったが、言えないわけがあるのだろうとお末は察した。

「お末ちゃんこそ、どうしてわかったの？　幽霊の正体が、あたしだって……」

　それはね、とお末は話しはじめた。何よりも引っかかったのは、同じ幽霊に、ふたりの女の名があがったことだ。お鶴はあくまでお軽だと主張し、それが本当なら、お軽はすでにこの世にいないことになる。

「あたし、お軽ちゃんが死んじまったんじゃないかって……それが何より恐かった。だから、化けて出たのがお軽ちゃんなら、幽霊でもいいから会いたいと思ってた」

　しかし旦那の宗兵衛と内儀のお日出は、鱗やの前の女将のお都与だと言った。

「たぶん、お軽ちゃんと前の鱗やの女将さんとは、とてもよく似ていたのね」

　前の女将が亡くなったのは、若おかみのお鶴が生まれるより前だ。だからお鶴は、顔を知っていたお軽しか思い浮かばなかった。だが、宗兵衛とお日出は、その顔に加えて、お軽がいま着ている着物や帯にこだわった。お都与に違いないと思い込んだのはそのためだ。宗兵衛の妾を見て、「幽霊を見続けているようだ」とお日出が言ったのも、やはりお都与のことだろう。

　しかしお日出から、幽霊を照らす灯りがあったときいたとき、お末はまるきり逆のことを思いついた。

　――もしも幽霊ではないとしたら、演じているのは誰だろう？

二十年以上も前に亡くなった、前の女将のお都与ではあり得ない。とすると、残るはお軽しかいない。

「あたし、生きたお軽ちゃんに会いたいと思って、また幽霊になって出てくるのをずっと待っていたの」

「いやあね、化けて出るのを待つなんて」お軽はちょっと笑い、「でも、お末ちゃんはたいしたものね。店で頼りにされているのも、よくわかるわ」と、感心めいたため息をついた。

「お軽ちゃん、どうしてこんなことをしたの？」

核心に触れようとすると、やはりお軽は困った顔でうつむいた。促すようにお末は、己の考えを語った。

「たぶん幽霊は、旦那さん一家に見せるため。そうなんでしょ？」

三人のようすには、この世のものではないものへの恐ればかりでなく、別の怯えも混じっていた。

『お軽があたしたちを怨んで……』

『あんたを死なすつもりなぞ、これっぱかしもなかったんだ』

お鶴や宗兵衛の言葉と、お日出が与えた三朱もの口止め料。

ここ数日、もやもやと胸にわだかまっていたものが形を成して、辿り着いたこたえは、とても恐ろしいものだった。

けれどお末には、もっと気にかかっていることがある。いったい誰が、この幽霊騒動を画策したかということだ。

お軽ひとりでは、ここまで大胆な仕掛けはできない。何よりお軽は、郷里に知らせるのもはばかるほどに、鱗やの主人一家の目を避けていた。幽霊に身をやつしていたとはいえ、わざわざ己の姿をさらし、危ない橋を渡るような真似をしたのは、誰か別の者の強い意図があったためだ。

そんなことができるのは、お末の知っている限りではひとりしかいない。

亭主の妾を前に、「幽霊」と口にしたお日出の話を、お末からきかされた相手。主人の宗兵衛を、今晩に限って引き止めることができた人。

「お軽ちゃんにこんなことをさせたのは、若旦那なのでしょう?」

お軽がはっと顔を上げ、その表情がすべてを物語っていた。

「若旦那は、どうしてこんなことをしたの?」

「あたしも詳しくは……」と、お軽はわずかに口ごもった。「ただ、旦那さん一家は、大きな罪を犯したって」

お軽の声が、急に違う響きを帯びた。幽霊なぞよりも、それはよほど気味悪くきこえた。

「それを償わせるための細工だからと、若旦那が……」

「つみ……って、何？」

「若旦那に関わることは、本当に知らないの。あたしが知っているのは、ひとつだけ」

何？　と重ねたが、喉に貼りついて息しか出てこない。それでもお軽には通じたようだ。闇の中で、お軽の緊張がふくらむ気配がした。

「あたしはお内儀さんと若おかみに、殺されかけたのよ！」

一昨年の十一月というから、一年と三月ほど前になる。冬の最中で、寒さは日ごとに厳しさを増していた。お軽はある日、母屋へと呼び出された。

「おまえが旦那さまのために、難儀に遭っているのは承知だよ。いっそ他所の店に移ってはどうかね。むろん、うちの人には内緒でね」

宗兵衛のしつこさに、ほとほと参っていたところだ。内儀のお日出からの申し出に、お軽は一も二もなくとびついた。よろしくお願いしますと頭を下げると、明日の晩、

「川乃」という料理茶屋に来るようにと言われた。うちなんぞより、よほどましな料理屋だ。おまえのことは、そちらさまに頼もうかと思ってね」

お日出は川乃の場所を教え、刻限を告げた。店の後片付けの頃合だ、誰にも見咎められずに店を抜けるようにと命じられた。川乃には客用の離れ屋がある。正面から入らずに、裏の潜戸からまわり、この離れ屋まで来るようにと、お日出はそうも言い添えた。

「なにせうちの人に知れたら、もとの木阿弥だ。いいね、くれぐれも人目につかぬよう気をつけるんだよ」

念の入った忠言も、旦那の目を欺くためかと、お軽は毛ほども疑わなかった。お軽は言われたとおり、川乃への道筋さえも人通りの少ない道をえらんだ。お日出と娘のお鶴は、芝居見物の名目で家をあけ、川乃の離れで待っていた。

「うちの人の病とはいえ、あんたには嫌な思いをさせちまったねえ」

「川乃の女将さんは、まだしばらくからだがあかないそうなの。詫び料だと思って、それまで遠慮なくやってちょうだいね」

お軽に盃をとらせ、お鶴が酌をする。打って変わった愛想のよさは、かえって気味悪く思えたが、己という厄介者を払えてこの母娘も嬉しいのだろうと、お軽はそう考えた。

半刻ほども経ったろうか、酒を呑みなれていないお軽は、からだが揺れるように感じた。

どんなやりとりがなされたのか、お軽はよく覚えていない。気づけばふたりに手をとられ、手すりのついた縁に連れ出されていた。離れの広い縁は、川に向かってせり出している。川面を覗き込んでいたからだが、急にふわりと浮いたのも、酒のせいだと思った。

しかし次の瞬間、お軽は凍える川に、まっさかさまに突き落とされていた。何が起きたのか、咄嗟にはわからない。それでも必死で手足をばたつかせ、水面に顔を浮かせた。とたんにお軽の額に、固いものが当たった。

「あんたなんか、死んじまえばいいのよ！」

額に押しつけられたものは、お鶴が手にした長竿だった。その先でお軽の頭を、黒い水の中に沈めようとしている。その事実より、こちらを睨みつける母娘の悪鬼のような表情が、お軽にはよほど恐ろしかった。

竿に押されるまま、頭の先まで水に浸かった。お軽はふたたび水面を目指すことをせず、逆に川底へと深く潜った。お軽は泳ぎが達者だった。流れに乗って、息が続く限り潜り続け、いよいよ堪えきれなくなったところで、からだの力を抜いた。仰向けにぷかりと浮いて、目を閉じて口をあけた。川乃の離れ屋からは下流にあたる。あの母娘からは見えないかもしれないが、それでも恐くて、どうしても目をあけられなかった。どうか死人に見えますようにと念じながら、そのまましばらく川を下った。

酔客を乗せた屋形舟の船頭が見つけてくれるまで、お軽は身動きひとつしなかった。

「あのときのことは、いまでも夢に見てうなされるわ」

語り終えたお軽は、水の冷たさを思い出したように、両腕で己のからだを抱いた。

ただ、川に落ちたときは、それすら考えが及ばなかったようだ。

「お酒でからだが火照っていたから、冷たいとはあまり感じなかったのかもしれない。何より、お内儀さんと若おかみが恐ろしくて……」

「そんな……そんな目に、お軽ちゃんが遭ってたなんて……」

屋形舟の船頭たちには、誤って川に落ちたとだけ告げた。岸まで送ってもらい、礼を言って別れると、その足で磯六の長屋に走り、一緒に逃げてくれるよう頼んだ。番屋に訴えるという考えは、そのときのお軽にはなく、ただ、鱗やの一家の目から、逃げおおすことより他に思い及ばなかった。

磯六も同意して、長屋の大家にだけ仔細を告げ、翌朝早くに長屋を引き払った。この大家は、磯六の親戚筋にあたる。鱗やのある池之端とは城をはさんで真反対にある、麻布の長屋を紹介してくれた。後日、磯六がいなくなったときいて、お日出が確かめにきたときも、己の見知りの伝手で、上方でよい仕事が見つかって旅立ったと、言い訳してくれたのもこの大家であった。

お日出は大家の嘘を信じ込み、磯六が消えたのをいいことに、駆け落ち騒ぎをでっち上げた。

「それればかりか、よりによってあたしが店のお金をくすねたなんて、そんな濡れ衣まで着せるなんて……若旦那からきき知ったときは、あのときの恐ろしさが消しとぶくらいに頭にきたわ」と、お軽はそのときばかりは声を荒げた。

「若旦那は、どうやってお軽ちゃんと繋ぎをとったの？」

「若旦那はずっと、あたしの行方を探していたようなの」

お軽が突然、店を出奔したのを、八十八朗は妙だと感じていたようだ。いかに主人から言い寄られていたとはいえ、磯六と所帯を持って店を辞めれば済むことだ。お軽にはどうしても、すぐに逃げなければいけない事態が生じたのだと見当した。

しかしお軽は、信州の親もとにさえ音沙汰なしの有様だ。

「それで磯六さんと縁のある大家さんのところに、いく度も足を運んだそうよ」

八十八朗の人柄を、大家も認めたのだろう。一度、会ってみてはどうかと便りがきた。ちょうど娘も生まれ、暮らしぶりもようやく落ち着いてきた。お軽は大家の介添えで、秘かに八十八朗と会うことを承知した。

一切をきかされた若旦那は、詫びのしようもないと、婿入り先の三人に代わってお軽に謝罪し、びっくりするほどの詫び料をくれた。お末が代わりに鱗やに来たことも、そのときに知ったという。

「若旦那に会って、初めて気づいたことがあるの。お内儀さんはともかく、どうして若おかみにまでそんなに憎まれたんだろうって、不思議に思えていたけれど」

亭主が己の目さえはばからず執心する、お日出にとって、お軽は憎い相手であったろう。だが、お鶴から向けられた憎悪には、少なからずとまどった。単に母親に加担したというばかりでなく、むしろお日出以上の憎しみが、あの日のお鶴からは感じられた。

「たぶん、若旦那が、旦那さんとは違うふうに、あたしに執心していたからかもしれない」

「違うふうって？」

「初めてご挨拶したとき、若旦那はあたしを見て、ひどくびっくりなすっていた。旦那から何かとかばってくれたときも、たびたび妙な……遠い昔を懐かしんでいるような顔をした。きっと、あたしが誰かに似ているんだなって思えた。さっきのお末ちゃんの話で、それが誰かわかったわ」

「……鱗やの、前の女将ね」

こくりとお軽はうなずいたが、お末の頭の中で絡まった糸はやはりほぐれない。

「でも……若旦那が鱗やに婿入りして、一年と少しでしょ。二十三年前に亡くなった人を、どうして若旦那が知っているのかな」お末が首を傾げると、

「そうねえ……二十三年前というと、若旦那は七つ、八つくらいよね。その頃に、どこかで会っていたんじゃないかしら」と、お軽は当て推量を口にした。

「七つ、八つ……」

どこかで、その年頃の男の子の話をきいたことがある。あれは……そうだ、去年の師走に鱗やを訪れた、水戸の線香問屋「玉杉」のご隠居からだ。

水戸にあった鱗やの本店が、火事で丸焼けになった。何人もの使用人とともに、主人一家も亡くなって、その末の息子の歳が七つ、八つだった。

「そんな筈ない……だって、その子はたしかに死んで、玉杉の旦那さんはお葬式にも

行ったって……」

口の中で呟きながら、己の思いつきを懸命に否定する。しかしいくら払っても、灰色の霧が立ち込めて、その中に呑まれそうになっているのは若旦那の姿だった。

「お末ちゃん、あたし、もう行かないと。こんな格好じゃ、明るくなってから帰れないでしょ」

いつのまにか、東の空がわずかに白みはじめていた。さんばら髪を覆うように大きな手拭をかぶり、お軽が腰を上げた。お末もあわてて立ち上がる。

「いつか赤ちゃん、見に行っていい？」

「もちろんよ、きっと来てね」

お軽とは、明るい笑顔を交わし合って別れたが、その姿を見送ると、またさっきの物思いが頭をもたげた。

とぼとぼと不忍池に沿って戻り、ほどなく鱗やの裏口へたどり着いた。お末が出てきた潜戸は、中からしっかり閉ざされていた。

正面にまわり木戸を抜け、お末は店の玄関ではなく、母屋の方へと足を向けた。庭をぐるりとまわり、主人の宗兵衛の寝所の前で立ち止まる。障子はぴたりと閉められて、石灯籠と植え込みの陰にあった提灯も、ちゃんと片付けられていた。

お末はぼんやりとその場に突っ立っていたが、ふいに目の前の障子があいた。

中にいたのは、八十八朗だった。その奥に、こんもりと盛り上がった布団が見える。おそらく舅（しゅうと）の宗兵衛を、いままで介抱していたのだろう。

「お末……」

畳に端坐（たんざ）した若旦那の目は、庭に立つお末とちょうど同じ高さにある。

どうしたかとも、大丈夫かとも問わず、八十八朗はただじっとお末を見ている。

その瞳（ひとみ）は、ただやさしいばかりで、お末にはそれが無性に悲しくてならなかった。

八年桜

「鱗や」の敷地の内には、一本だけ桜の木がある。

しかしお末はまだ、その木が花をつけたところを見たことがない。

「どういうわけか、八年に一度しか咲かなくてな。八年桜と呼んでいる」

そう教えてくれたのは、鱗やでもっとも古い軍平だ。もともとは山に生えていた木を移し替えたのだそうだが、江戸の土や水が合わないのかもしれないと、板長は言い添えた。

今年がその八年目に当たるそうで、お末は楽しみにしていたが、桜の時期が来ても、いっこうに蕾がふくらまない。八年目は数え間違いではないのかと訴えると、お末のがっかり加減がおかしかったのだろう、言い忘れていたと、笑いながら板長は告げた。

「そりゃ、済まなかった。霞桜といってな、その辺の桜より、半月から二十日は遅く咲く」

山に自生しているものは、十三尋もの高さになるというが、お末にはぴんとこない。襖十三枚を、縦に並べたくらいだと教えられ、改めてびっくりした。けれど鱗やの八年桜は、並みの桜とそう変わらず、せいぜい襖四枚分ほどだろう。幹の中ほどで枝は三方に分かれているが、あまり趣きのある枝ぶりではなく、ひょろりとしている。

それでも軍平には、思い出深い木のようだ。

「八年桜を植えたのは、前の女将さんでな。植えた翌年、花が咲いたときには、たいそうな喜びようだった」

だが、次の年に女将は死に、以来、花は咲かなくなった。まるで喪に服しているようにに軍平には思えたようだ。

それから何年も経って花が咲いたときには、腰が抜けるほど驚いたと語った。

鱗やは、不忍池に面した北側に店が、短い渡り廊下をはさんで南側に母屋がある。ふたつの棟のあいだが、コの字の形に細長い庭となり、八年桜はその隅に立っていた。

お末は毎日のように蕾のようすを確かめに通っていたが、ちょうど隅田堤の桜が満開の頃、若旦那の八十八朗が鱗やの皆を集めて言った。

「かねてから店と母屋の建て替えを、お舅さんと計っていたのだが、ようやく目処が立ってね。今月の末からとり壊しにかかって、来月から普請をはじめることにした」

話の途中から、ざわりと皆が色めき立った。建て替えの話は耳に入ってはいたが、こんなに早くはじまるとは、誰も思っていなかったのだ。

「肝を潰した旦那やお内儀が、せっついたに違いないよ」女中たちは、そうささやき合った。

幽霊騒ぎが起きたのは初午の頃だから、まだひと月も過ぎてはいない。主人の宗兵衛一家は、いったんは旅籠に身をおいたが、まもなく池之端からはほどよく離れた、神田川に近い佐久間町の借家住まいとなった。よほど肝を潰したのだろう、内儀と若おかみはもちろん、主人の宗兵衛さえも、店には滅多に寄りつかなくなった。

「一日でも早く、お舅さんたちに戻ってきてほしいのだが」

そう漏らしていたのを、耳にした者も少なくない。おそらくその辺りが、急な建て替えの理由だろうと、使用人たちはてんでに目顔でうなずき合ったが、普請が終わるのは早くとも十月先だと知らされて、別の心配が頭をもたげた。

「そのあいだ、あたしらはお払い箱ですか？」

女中頭のおくまが、皆の不安を代弁するようにたずねると、案じることはないと若旦那は笑顔でなだめた。

「普請のあいだは、皆には他所へ移ってもらうことにした」

「他所へ移れなんて、そんな急に言われても……」

「引き受け先は、私が手配りしておいた。ほとんどが鱗やより名のある料理屋だ。もちろん給金が目減りすることもない」

それぞれの預かり先を、その場で伝えた。板衆も女中も、ひとりないしふたりずつ、さまざまな料理屋へ差配され、最後にお末の名が呼ばれた。

「おまえの預かり先は、『桜楼』だ」

はい、とうつむいたまま、お末は小さく応じた。

「うらやましいねえ。鱗やと昵懇の桜楼の女将なら、何かと目をかけて下さるし、何よりおまえは、あそこで行儀見習いをしていたからね、勝手もそれだけわかるってもんさ」

お継がさっそくあてこすりを口にしたが、そのとおりだ。若旦那の気遣いは察したが、それでもやはり目が合うのが怖くて、お末は顔を上げられない。

「何だい、桜楼じゃ不足だってのかい？」と、お継がさらに不機嫌になる。

「きっとせっかくの八年桜が見られなくなって、お末はそれが残念なんでしょう」

隣から、急いでお甲が助け舟を出す。

「そういえば、お舅さんもそれだけは気になさっていたな……本当に、今年が花を咲かせる八年目に当たるのだな？」

　板長がしかと請け合うと、若旦那は少し考えて、それから言った。

「本当は、皆がそれぞれ移る前に、名残の会を開こうと考えていたのだが、いっそ花見の方がいいだろう。花見弁当は、板長にうんと腕をふるってもらうよ」

　何とも粋(いき)な趣向に、わっと歓声があがったが、お末だけはやはり素直に喜べない。

「どうしたんだい、お末。このところ、浮かないようすだけれど」

「いえ、何でもありません……いまのお店(たな)がなくなるのは寂しいなって、それだけです」

　案じるお甲に向かって無理に笑ったが、うまくいかなかった。

　お末の従姉(いとこ)、お軽に頼んで幽霊騒ぎを起こしたのは、他ならぬ八十八朗だ。

　あの日から、若旦那とのあいだに薄い障子紙が挟まっているような気がする。障子戸を閉めたのは、お末の方だ。何のために、どうしてそんな真似(まね)をしたのかと、本当は問い詰めてみたくてたまらない。けれど口にしてしまえば、何もかもが壊れてしまいそうで怖くてならない。そのお化けの正体を、お末は正面から見ずに済むよう逃げ隠れしていた。

「お末、明日は朝五つに出れば間に合うかしらね？」

「はい、大丈夫です。お仕度の方、よろしくお願いします、女将さん」

「そちらは任してちょうだいな。楽しみなことね。花見も名残の会も、実は別の趣向の隠れ蓑だなんて、若旦那らしい遊び心だわね」

浅草今戸の桜楼に移り、九日目になる。店の使用人たちはお末を覚えていてくれて、女将のお里久の目立たぬ気遣いも有難い。そして何よりも、お末自身が以前とは違っていた。

「それにしても、驚いたわ。ほんの一年で、すっかり仲居らしい立居振舞が板について。客あしらいや細かな目配りも、まったく見事なものだわ」

「女将さんから手ほどきを受けて、後はお客さまに育てていただきました」

いいこたえだと、お里久がにっこりする。江戸で指折りの大きな料亭でも、見劣りすることなく動くことができる。改めてお末は、この一年が無駄ではなかったと思い知った。

「鱗やは雇い人が少ないですから、自ずと無駄なく動くようになったのかもしれません」

「私もそれだけは気になっていたの……雇う数を倍に増やしても、良いほどですものね」

以前の出会茶屋のような頃にくらべれば、たしかに倍は手がかかる。しかし決して吝嗇(りんしょく)ではない若旦那が、女中頭や板長がいくら進言しても、これぱかりは承知しない。皆は首をかしげていたが、若旦那なりの考えがあるのだろうと、さほどの文句も言わなかった。

「それに……」とお里久は、美しい顔をかすかに曇らせた。「正直、いまこの折に店を建て替えるとは、思いもよりませんでした。料理屋番付に上がれば、客がどっと押し寄せる。その肝心なときに店を休むだなんて……」

「あの、鱗やは本当に、次の五月の番付に名が上がるのですか？」

「まだ内々の話だけれど、ほぼたしかだと、行事役を務めるご主人からきいているわ」

番付に載ることは、料理を生業(なりわい)とする者なら誰にとっても夢だった。江戸中の店の中から百六十軒余がえらばれ東西に分けられて、西の関脇(せきわけ)、東の大関というように、相撲の番付の形で評される。「八百善(やおぜん)」や「平清(ひらせい)」は別格の扱いで、行司として番付の店をえらぶ役目も負っている。お里久はそのひとりから、鱗やの番付入りをきき知ったようだ。

桜楼の女将が腑に落ちぬのなら、やはり何かがおかしいのだ。お末の胸に、またあのお化けが顔を出しそうになったが、女将のほがらかな声がその影を払ってくれた。

「明日はお末も、こちらの仕度を手伝ってはどう？　女の子なのだから見たいでしょう？」

「いえ、あたしには、大事な役目がありますし」

そうだったわね、とお里久の大きな目が、楽しそうに細められた。

朝靄のように広がった白い花は、まさに霞桜と呼ぶにふさわしい。

よく見れば、わずかに紅もさしているが、隅田堤に並ぶ桃色の雲のような桜にくらべれば、白さが際立ち、また花群も名の通りうっすらとしている。

「八年にいっぺんたぁ、どんな豪儀な花が咲くかと思っていたが」

「たいしたことはなくて、がっかりさせてしまいましたか」

「いや、牡丹みてえにぼってり咲かれるより、このくらいの方が風情がある」

「伴之介さまにそう言っていただければ、八年桜も咲いた甲斐があるというものです」

「どうもあんたの追従は、背中がかゆくなっていけねえな」

小村伴之介が、若旦那に向かってからからと笑う。小伴の愛称で知られるこの人気役者は、食通としても名高い。鱗やの名を世に広めるためにひと役買ってくれた、いわばもっとも大事な贔屓客であり、また幾度も通ううち八十八朗とは相通じるものがあるようで、憎まれ口さえ言い合う仲になっていた。

お末の目には、八年桜はただ健気に映り、高い梢にかかった霞を飽きることなく見上げていた。

三月末の陽気は、すでに夏の匂いがただよっている。明日にはいよいよ店と母屋のとり壊しがはじまるというこの日、鱗やの裏庭では、名残の花見が催された。本当なら、小伴をはじめとする贔屓や取引問屋を招くのが筋なのだろうが、八十八朗はそうしなかった。

客は小村伴之介と桜楼の女将、お里久だけ。後は鱗やの使用人一同が会していた。

「何だって女中や板前なんぞと、花見をしなけりゃいけないんだい」

当然のことながら、主人一家の三人は不服のようで、ことに内儀のお日出の機嫌は悪かったが、小村伴之介が姿を見せたとたん、手の平を返したように文句を収めた。

「幽霊騒ぎ以来、初めてなんだろ？　よく戻る気になったもんさね」

手だけはてきぱきと動かしながら、女中のお継が意地悪く言った。

昼間とはいえ、あの恐怖を忘れたわけではなさそうだ。旦那も内儀も若おかみも、視線が母屋に向くときは薄気味悪そうな顔をする。

「若旦那が懸命に口説いたってさ。かなり渋っていたようだけど、伴之介さまが見えるとあっちゃ、来ないわけにはいかないだろ？」女中頭のおくまが、したり顔で応じた。

　おくまは主人一家の借家に近い、大きな甘味処で働いている。ちょくちょく借家まで足を運び、一緒に引き移った母屋付きの女中から、あれこれと噂の種を拾っているようだ。

「それに、母屋の納戸にはまだ、お内儀さんと若おかみの着物がたんと残っているからね。今日のうちに選り抜いて、夏と秋物は佐久間町の借家へ、他は別のところに預けるんだとさ」

　へえええ、と、お継が、間延びした声を返す。

「それより、お末、そろそろ板場に行っておくれ。あの唐変木を頼んだよ」

　おくまにそう命じられ、お末は桜とは反対側に庭を抜け、店の勝手へと走った。

　台所では、唐変木の板長が、見事な花見弁当を拵えていた。

「わあ、きれい！　見事な花見重ですね！」

漆の重を覗き込み、お末が歓声をあげた。

「なに言ってやがる。桜楼ならもっと華やかな弁当を、たっぷりと拝めたろうに」

「たしかに贅を凝らした立派なお重でしたけど……でも、お世辞じゃなしに、この花見弁当の方が、あたしには美味しそうに見えます」

「美味しそうじゃなく、美味いんだよ」照れ隠しか、ぷいと横を向く。

　黒漆に流水紋の、四段重ねの重箱が五つ。桜楼からの借り物だったが、中身はすべて板長の軍平が、この日のために吟味を重ねたものだ。晩春のいまの季節にふさわしい、春の名残りと夏の気配を感じさせる花見弁当だった。

　一の重には鯛の皮とウドの酢のもの、イカのからすみ和え、スズキの梅肉酢など、酒が進みそうな肴が彩りよく盛られ、逆に二の重は女向けなのだろう、鰻を芯に卵で巻いた鰻巻きや金時豆、旬の白魚のかきあげがならぶ。三の重にはあん白玉や、寒天に色をつけた錦かんなど、夏を先取りした甘味が添えられて、四の重には二種の飯物が詰められていた。

「こっちは毛抜鮨ですね」とお末は、目に鮮やかな笹色を指さした。

「ああ、小鯵なんぞはちょうど旬だからな」

小鯛や小鯵に塩をして酢で締めて、笹で巻いたものを毛抜鮨という。昨今はやりの握りが出るまでは、江戸で鮨と言えばこれをさし、小さな魚の身から骨を一本一本毛抜きで抜くからこの名がついたと、お末は板長からきいていた。

「このお結びの具は、何ですか？」

「鰹だよ。若旦那が大枚をはずんでくれてな、走りの鰹を手に入れることができた」

「鰹飯ですか！」

たたきをたっぷりと盛った大皿も脇にあったが、お末は飯の方に心を惹かれた。皮を引いた鰹をそぎ切りにして、醤油とみりんを含ませる。この鰹をつけ汁ごと入れて米を炊き、針状に切った土ショウガを混ぜる。作り方を口にして、

「味見してみるか」

軍平は薄茶色の握り飯をひとつ、お末の手に載せてくれた。甘辛い味つけと土ショウガのさわやかな香りが鰹の生臭さを消し、ほっこりとした滋味あふれる味わいが口の中いっぱいに広がった。何も言わずとも、幸せそうにほころんだ口許で十分だったのだろう。板長が、いかつい表情をゆるめた。

「少しは気がほぐれたかい。どうも調子が出ないようだと、皆が気にしていたからな」

軍平の言う皆とは、お甲のことだろう。

「桜楼では、うまくやっていけそうか？」

「はい、とてもよくしていただいています」

「そうか。まあ、お末ならかえって心配はなかろうが……その、何だ、お末はここがなくなるのが寂しいのか？」

「板長さんは、寂しくないですか？」

逆に返されて、一瞬たじろいだ顔をする。ここに思い入れが強いのはむしろ、五十に手が届きそうなこの板長の方だろう。

「……ほんの一、二年前までは、火事の半鐘がきこえるたびに、この店も一切合財燃やしてほしいと、そんなことを考えていた」

意外にも正直なこたえが返り、お末の胸が熱くなった。軍平はちょうど、よく熟れた胡桃（くるみ）のようだ。外側は無闇（むやみ）に硬く不格好で、しかしひとたび割れば、滋養のたっぷり詰まった甘い実が顔を出す。そのやさしさ故（ゆえ）に、長いこと苦しんできたのだろう。

「板長さん、昔のこと、きいていいですか？」

用心深くたずねると、軍平は少し考える顔になり、それから黙ってうなずいた。

「水戸にあった鱗やの本店（ほんだな）に、七つ八つの坊ちゃんがいましたよね？『玉杉』のご隠居さまから伺いました。覚えてますか？」

　玉杉の隠居、青木利兵衛は、本店の贔屓客だった。

「ああ、竹之助坊ちゃんのことかい」と軍平は、すぐに応じた。「やんちゃな坊ちゃんでな、板場は走るわ若い板衆にちょっかいを出すわで、板長によく雷を落とされていた。それでも子供ながらに肝が据わっていて、いくら叱られてもまるでこたえたようすがなかった」

　どうやら軍平もまた、よくちょっかいを出されていた板前のひとりのようだ。あの頃はおれもむきになってな、と頭をかいた。

「その竹之助坊ちゃんは、若旦那に似ていませんか？」

え、とかすかな声がもれた。懐かしそうに細められていた目が、ぎょっとしたように見開かれ、けれどその中に、迷いのような色がぼんやりと浮かんだ。

「外で、話すか」

　重の仕上げを若い者にまかせ、軍平は場所を変えた。

　勝手口を出た狭い場所は、板場の衆が休み処として使う。樽が三つならび、軍平は端のひとつに、お末もその隣の樽に、弾みをつけて腰を載せた。この一年でだいぶ背が伸びたが、それでもまだお末の足は、樽の横でぶらぶらしている。

「似ているとは思わねえが……ひょいと坊ちゃんを思い出したことはある」

「いつですか？」

「玉杉のご隠居から、鮟鱇雑煮を頼まれたときだ。尻込みするおれに、若旦那が言った。それとおんなし文句を、竹之助坊ちゃんに言われたことがあってな」

お末もそのときのことを思い出した。座敷を出ようとした軍平に、若旦那は声をかけた。

『軍平なら、きっとできるよ』

一瞬、虚を突かれたようにびっくりし、それから昔の大事な何かを、そうっと持ち上げて埃を払っているような、そのときの軍平の顔は、そんなふうに見えた。

「たしか……ずっと昔、同じように励まされたと、そう言ってましたよね？」

「ああ、まだおれが駆け出しの頃だ。『追い回し』からひとり『焼き方』に上がることになり、それぞれ腕を披露することになった。だが、おれは昔っから意気地がなくてな」

追い回しは、洗い方をようやく抜けたばかりの、まだまだ板前修業の入口にあたる。板場の雑用をすべて引き受ける役目だ。その上が『焼き』となるが、板前と称されるのは、さらに上の『煮方』からであった。

同じ追い回しの中にも上下はあり、軍平は下から数えた方が早い。はなからあきらめ、尻込みしていた軍平に、活を入れたのは竹之助だった。

『軍平は、見習いの中ではいちばん手際が良い。軍平なら、きっとできるよ』

小生意気なその台詞が、不思議とただの気休めにはきこえなかった。利休焼きだの黄身焼きだの、奇をてらった変わり衣を用いた焼き物が多かった中で、軍平は塩の加減と串の打ち方だけに気を遣い、何の変哲もない鯵の塩焼きを仕上げた。

「じゃあ、それが認められたんですね」

「ああ、他の連中からやっかみも買ったが、正直、あれは嬉しかった。それが後々、煮方として江戸店に来るきっかけになった……いま思うと、あれで命を拾ったのかもしれねえ」

「命を、拾った……？」

「あの火事で、板衆が三人も死んだからな」

あ、とお末も気がついた。もし水戸に留まっていたら、軍平もその中に入っていたかもしれないのだ。

「竹之助坊ちゃんも、あの火事でひどい火傷を負って、まもなく亡くなったんだ」

だから八十八朗が、竹之助のはずはない——。軍平は無念そうに告げた。お末も玉杉の隠居から、同じようにきいている。主人一家を含め八人もの命を奪った大きな火事だったが、次男の竹之助だけは幾月か後に亡くなって、隠居はその葬式に参列していた。

「でも、あのご隠居さまもやっぱり、若旦那を見て、下の息子さんを思い出してました」

必死に訴えるお末に、軍平は初めて不思議そうな顔になった。

「なあ、お末。もし仮に若旦那が本当に竹之助坊ちゃんだとしてもだ、おまえが気を揉む謂れはねえ。ひょっとして、おまえが近頃沈んでいたのと、何か関わりでもあるのか？」

きゅうっと音がしそうなほどに、お末は己の両の眉を寄せた。お軽の話を打ち明ければ、この人の好い一本気な板長を巻き込むことになる。それだけは避けたかった。

「この前の騒ぎみたいに、竹之助坊ちゃんの幽霊が出たらどうしようって……若旦那が坊ちゃんなら、その心配はないでしょう？」

ああ、と軍平が、たちまち納得顔になる。

「そうか、お末も幽霊が怖かったのか」

幽霊のからくりに気づいても、若旦那はお末を放っておいてくれた。それはお末がまだ子供で、昔のいざこざに一切関わりがないからだ。しかし軍平は違う。主人の宗兵衛一家同様、下手をすれば同じ的にされかねない。

それでもお末はひとつだけ、確かめたいことがあった。

「前の女将さんは……化けて出るほどに、旦那さんたちを怨んでいたんでしょうか？」

軍平は、幽霊や物の怪のたぐいは、まるで信じていないようだ。それでもふうむと考えて、案外きまじめな顔でこうこたえた。

「そうだな、怨みに思ってなさるかもしれねえな」

「どうして、そう思うんですか？」

「……前の女将さんが自害なすったのは、知っているな？」

お末はこっくりとうなずいた。やはり玉杉の隠居と軍平の、思い出話の中にあった。

「あれは宗兵衛の旦那が、自害に見せかけて殺したんじゃねえかって……使用人たちのあいだでは、そんな噂が流れたんだ」

えっ、とお末は目を見張った。たちまち幽霊騒動の晩の、哀れな主人の姿がよみがえる。

『許してくれ、お都与さん』『あんたを死なすつもりなぞ、これっぱかしもなかったんだ』

あの念仏のような詫びの繰り言は、そういう意味だったのだろうか。

「噂は、そればかりじゃねえんだ」と、軍平はいっそう声を低めた。「女将さんのご亭主、佐二の板長を殺めたのも、やっぱりあの旦那だとか、女将さんの首を絞めたのは、いまのお内儀じゃねえかとか……」

「まさか！」

「どれもただの噂だがな」と軍平は、口をひん曲げるようにして結んだ。

「でも、そういう噂が流れたということは、何かそれなりのわけがあるんですか？」

火のないところに煙は立たない。いまの主人、宗兵衛とお日出と、前の主人、佐二郎とお都与。両者のあいだに諍いや行き違いがあったのではないかと、お末は推量したが、「何も」と、軍平は素っ気なくこたえた。

「よけいな面倒なぞ何もねえ。あのクソ番頭が、女将さんに邪な気持ちを抱いた。ただ、それだけだ」

勝手裏には、さんさんと明るい陽射しがふりそそぎ、夏めいた陽気にぽかぽかとからだが温もってくる。昏く湿った軍平の声は、あまりにもその場にそぐわず、どこか遠い場所からきこえてくるようだ。

宗兵衛が、お都与に懸想(けそう)した。一切の大本は、やはりそこにあるのだろう。

お末が乞(こ)うと、ぼやきながらも軍平は、すべりの悪くなった古い箪笥(たんす)の抽斗(ひきだし)をだましだまし引き出すように、知っていることを話してくれた。

「いまじゃ旦那然としちゃいるが、あの頃は江戸店の二の番頭に過ぎなくてな」

宗兵衛が本店で手代として雇われたのは、江戸店を出す、わずか二年前のことだった。

「たった二年で、江戸店の番頭さんですか？」

「もともと、ただの雇い人じゃねえ。どら息子の修業のために、預かっていただけだ」

宗兵衛は江戸の出で、父親は手広く商売をやりながら、江戸のあちこちに結構な数の土地を持つ名主だった。水戸の板長と軍平が呼ぶ、本店の最後の主人は、若い頃江戸で板前修業をしていたことがあり、その折に宗兵衛の父親と知り合って、昵懇の間柄となったのだ。宗兵衛は当時からいまとあまり変わりなく、商売の才には乏しかった。このぼんくら息子を、どうにか鍛え上げてほしい。その親心をくんで、水戸の板長は、すでに二十五にもなっていた宗兵衛を手代として雇い入れた。

その歳で初めて親元を離れ、また宗兵衛自身にも期するところがあったのだろう。要領は悪いなりに真面目に仕事に向かい、また、ちょうどこの頃、江戸店を出す話が持ち上がった。親の金で遊び歩いていた宗兵衛は、江戸の盛り場や料理茶屋にもあれこれとくわしく、場所を上野池之端に決めたのもその助言を入れてのことだ。そしてもちろん、土地の入手に奔走してくれたのは、その父親だった。

「まあ、水戸の板長は、礼のつもりで番頭に格上げしたんだろう」

役立たずを二番に据えても、一の番頭がしっかり者であったから障りはなかったと、軍平は言い添えた。

「だが、江戸へ来て早々、厄介なことになった。というより、水戸では板長や大女将の目があったから堪えていたんだろうが、その箍がなくなって本性が出やがったんだ。女将さんへの執心を、隠さなくなった」

宗兵衛が鱗やに入る、そのふた月前にお都与は佐二郎と祝言を挙げていた。生まれ持った美貌に加え、新妻の初々しい色香が匂い立ち、その頃の女将は誰の目をも惹いた。宗兵衛がまともに仕事に取り組み、江戸店開店のために懸命に立ち回ったのも、お都与の気を引くためではなかったかと、女中たちのあいだではそんな噂さえ立ちはじめ、誰より話に興じていたのが、いまの内儀のお日出だという。

「腹が立つほど小うるさいのはお継と一緒だが、お継は案外腹の中には何もねえ。逆にあのお内儀ときたら、口も達者な上に、腹の中で何を考えているかわかりゃしねえからな」

娘のお鶴とともに、従姉のお軽を殺そうとした。お日出の所業を思い出し、お末はちらと眉をひそめた。

「だが、おれは昔から、この手の噂には疎くてな」

しかしそんな軍平すらも、単なる噂に留まらないと思い知るような出来事があった。

その日、軍平は、滅多には足を向けぬ、母屋に面した南側の裏庭に行った。板長の佐二郎から、料理の飾りに使う楓や松葉を頼まれたからだ。だが、裏庭に足を踏み入れたとたん、女のかすかな悲鳴と、どさりと何かが倒れる音がした。揉み合うような衣ずれの音の合間に、女将の抗う声がして、軍平は躊躇なく母屋の縁側に駆けつけた。白い餅のようなお都与のからだが、小汚い臼にも似た、小太りな宗兵衛の体軀に押し潰されていた。

「とたんに頭の中が真っ白になって、後はよく覚えてねえが……蹴ったり殴ったりして、クソ番頭を女将さんから引っぺがした」

宗兵衛は這々の体で座敷を逃げ出して、なおも追いかけようとする軍平を、女将のお都与は必死で止めた。軍平は、このことを誰にも話さなかった。お都与がそう頼んだからだ。

　女として恥ずべきことでもあり、他の使用人への手前もあったのだろう。何よりも、いいいいいい、こんな些末なことで、悶着を起こすことをお都与は嫌がった。慣れない江戸の地で、何かと力添えをしてくれるのは、宗兵衛の実家だった。面倒が生じれば、鱗やにとっては大きな損となる。おそらくそれを懸念していたのだろうと、軍平は語った。

「おれは女将さんに言われたとおり、佐二の板長にすら何も告げなかった……それをいまだに悔いていてな」

「板長さん……」

「あの野郎の下卑た行いを、あのとき声高に叫んでいれば、奴を追い出せたかもしれねえ……そうしたら何もかも良い方に傾いていたんじゃねえかと、そう思えてならなくてな」

　お軽やお甲を、宗兵衛の色欲から守ろうと、軍平なりに必死に立ち回ったのは、その後悔故だろう。同時にお末は、もうひとつ合点がいったように思えた。

「板長さんが鱗やに留まったのは、ひょっとして、お詫びのつもりだったんじゃ……」

板長と女将が亡くなって、水戸の本店も焼失した。番頭も板衆も女中も、蜘蛛の子を散らすように店を去り、残ったのは宗兵衛と、一緒になったお日出、そしてこの軍平だけだ。殺しても飽き足らないほどの宗兵衛に、追従する理由はどこにも見当たらない。

軍平は少しの間をおいて、小さくうなずいた。

「逃げて楽になるのが、申し訳ねえような気がしてな……だが、おれごときの半端な腕じゃあ、かえって店の評判を落としただけだった」

決してそんなことはないと、お末にはわかっていた。軍平の腕の良さは、すでに折紙つきだ。しかしいくら板長が躍起になったところで、才もやる気もない主人のもとでは客層も客足もみるみる落ちる。二十年ものあいだ、どんどん煤けて落ちぶれていく鱗やを、軍平は誰より間近で見続けてきた。どんなに辛く情けない思いをしてきたことか、考えるだけで涙がこぼれそうになる。どうにか目尻で持ちこたえ、お末は無理に明るく言った。

「いまじゃ鱗や自慢の板長です。いまのお店でも、ほんの四、五日ですっかり評判になったとききましたよ」

「居酒屋に毛の生えたほどの料理屋だよ。まあ、おれと小僧ひとりでまわせるくらいの小さな店だ。おれにはかえって、やりやすいくれえだがな」

相応に腕も貫禄もある板長を、大きな料理屋に入れても、雇う方も雇われる方も互いに使い勝手が悪い。若旦那はそれを見越して、内神田の小さな料理屋に軍平を行かせることにした。板前の主がひとりで切り盛りしていたが、腰の病で板場に立てず難儀していたものだから、軍平の助っ人をたいそう有難がっているときく。

「昼間は煮売りもやっていてな、近所のかみさん連中なんかでにぎやかだ。今度、お甲と一緒に来るといい」

軍平はそう勧めてくれたが、お末は素直にうなずかなかった。おくまの大きなからだが、近づいてくる。そろそろ種を明かしても良い頃だ。

「あたしは寄らせてもらいますけど、お甲さんはわざわざ行くかどうか」

「あの女が来たかねえなら、別にかまやしねえが」

そっぽを向く軍平に、お末は堪えきれず笑いをこぼした。

「逆ですよ、板長さん。お甲さんと一緒に暮らせば、わざわざ店まで顔を見に行かなくても済むでしょう？　玉杉のご隠居さんを唸らせたら、お甲さんと所帯を持たせると、若旦那も言ってました」

「ありゃ、若旦那の洒落だろうが」

「洒落なんぞじゃなく、仕度や手配りに時が要っただけのようですよ。伴之介さまや桜楼の女将さんに、立会人だの晴れ着だのを頼んだそうですから」

お末もつい二日前、桜楼の女将を通して初めてきかされたことだった。

「こんなところにいたんだね。でも、まあ、お末は言いつけどおりに、うまくやってくれたみたいだね」

額に大粒の汗を浮かせた女中頭は、勝手裏に到着すると、にこにことお末を見下ろした。

「てめえら、いったい何の話だ？」

「板長に、逃げでも打たれちゃ敵わないからね。こっちの仕度が整うまで、あんたを足止めするよう、お末に頼んでいたんだよ」

「何だって！　じゃあ、あれこれと昔話をさせたのは、そういう魂胆があってのことか」

昔の仔細をきき出したかったのは本当だが、あえてすみませんと舌を出した。

「さすがの板長も、夢にも思わなかったみたいだね。祝言の祝膳を、己で拵えるなんてさ。若旦那らしいふざけた趣向だと、伴之介さまもすっかり面白がっていたよ」

「おい、祝言だの祝膳だの、さっぱりわからねえぞ」

「嫌だね、板長。あんたとお甲さんの祝言を、これからはじめるんじゃないか」

軍平の目と口が、ぽっかりとあいた。


「あのときの板長の顔ときたら、何べん思い返しても吹き出しちまう代物だったね」

おくまに半ば引きずられるようにして、桜の根方に敷かれた緋毛氈の上に座らされても、軍平の往生際はまことに悪かった。若旦那が用意した紋付きの羽織袴もとうとう身につけず仕舞いであったが、仕度を終えたお甲が現れると、ふたたび顎がはずれんばかりに口をあけ、すっかりおとなしくなった。

初夏の空のような水色に、たなびく雲と舞い散る桜が白く抜かれ、まるで背中の霞桜を写しとったようだ。桜楼の女将が見立て、貸し与えたその着物は、まるで今日のために仕立てたみたいにお甲にはよく似合っていた。

そんなお甲が恥ずかしそうにうつむいて、軍平の隣に座る。

「思いのほか、似合いじゃねえか。板長は、三国一の果報者だよ」

小村伴之介と桜楼のお里久を立会人に、祝言は滞りなく進んだ。伴之介が祝儀代わりにひとさし舞って、誰もがうっとりと見惚れていたが、お末の目は途中から若旦那の上で止まってしまった。

半眼に開かれた目は現在ではなく、ずっと遠い昔を彷徨っているようで、口許には淡い微笑が浮いていた。静かで穏やかな居住いは、すでにこの世のものではないようで、さんざんそう呼ばれてきた筈なのに、いままでいちばん菩薩めいて見えた。

それがたとえようもなく悲しくて、気づけばお末はぽろぽろと涙をこぼしていた。舞いが終わると、小伴の陽気な音頭で、座はふたたびにぎやかさをとり戻したが、どこかが壊れてしまったみたいに涙はなかなか止まらない。

厠に行くふりをして、お末は店へと走った。さっき軍平と一緒にいた勝手裏から、中に入る。暗い屋内に目が慣れてくると、これまで見たこともない鱗やが、そこにあった。

「人のいない店の内って、初めてだ……」

お末はゆっくりと、鱗やの内を見てまわった。板場は天井も梁も柱も、長年の煙や油で黒光りして、毎日せっせと磨いた廊下や階段は、飴色に輝いている。二階座敷の畳は未だ青々として、替えて一年も経ていない建具の白を引き立てていた。

ふいにお末の耳にうわんと喧騒が広がり、頭の中に大勢の人の顔がなだれ込む。

それはお末が接した客たちだった。

玉杉の隠居のような、思い出すだけで心がほっこりしてくる顔もあれば、ここに来て間もない頃、お末を泥棒扱いした男女の客もいた。威張りんぼうのお侍や見栄っ張りの職人、何でも金で片をつけようとする商人。このような料理茶屋に来る客は、総じて扱いやすいとは決して言えない。それでも店にとってもお末にとっても、何より大事な存在だった。

「この店が変わっても、お客さん、来てくれるかな」

呟いたとき、背中で声がした。

「お末はそんなに、ここが好きか？」

声に驚いてふり返る。いつのまにか、廊下に若旦那が立っていた。

何をこたえることもできず、ただぼんやりと見詰める。若旦那と最後に目を合わせたのは、二度目の幽霊騒ぎの後だ。あのときと同じ、やさしい目だった。

「少し、いいかい？　おまえと話がしたくてね」

お末の返事を待たず、座敷に入り、障子窓をあけた。明るい陽射しがさんさんと窓際の畳に落ちて、若旦那はその光を避けるように端坐した。右手をすいと伸ばし、己の前を示す。ふっと膝の力が抜けて、すとんと尻を落としていた。

ずっと前に、同じことがあった。まわりが妙に静かで、座敷の内に若旦那とこうして差し向かいで座っていた。この人と、初めてまともに口をきいたときだと思い出した。わざわざ母屋に連れていき、お末の火傷の手当てをしてくれた。そして鱗やをこれからどうしていこうか、あれこれと語り合った。

「おまえと店の先行きを、話したことがあったろう？　覚えているか？」

自分と同じことを考えていたのかと、びっくりしながらお末はうなずいた。

「思えば、あれがはじまりだった」

「はじまり？」

「そうだ……このままではいけないと、そう感じながらも、何をどうしていいものやら、あのときまでは見当ができなかった」

あの頃の鱗やは、素人目(しろうとめ)にも最低の店だった。しかし、いたらぬところがあまりに多過ぎて、どこから手をつけてよいものやらわからなかったと、八十八朗は苦笑した。

「なのにお末と話しているうちに、次から次へと新しい工夫や面白い趣向が浮かんできて、むくむくむくと、まるで真夏の入道雲のようだった」

「それでは、雨が降ってしまいます」

お末が大真面目で受けると、八十八朗は声を立てて笑う。本当に、あの頃に戻ったようで、お末はすっかり嬉しくなった。

「何もかもおまえのおかげだ、お末。おかげで昔のような鱗やをとり戻すことができた」

「昔の、ような……？」

お末がひっかかりを覚えると、八十八朗は言い訳のようにつけ足した。

「ひとまずは、それを目当てにしていたからね。昔の鱗やに負けたままでは、悔しいじゃないか」

「これからは、きっとずうっと良いお日和ですね。店が新しくなって、座敷も増えて、お客さんももっとたくさんお呼びできます」

お末の胸に、以前と同じに先の望みが噴き上げてきた。若旦那が言ったとおり、本当に夏の雲のように、むくむくと留まるところがない。

「いまはまだ百幾十の料理屋のたった一軒に過ぎないけれど、いつかは桜楼みたいに幕の内として一番上の段に名が載るんです。前頭から小結や関脇になって、いつかは大関に……」

「本当に、そうなってくれるといいね」

夢中で語っていたお末は、ようやく気がついた。若旦那はお末の話を、ただの夢物語だと思っている。以前のようにお末の語る望みに、寄り添おうとはしていない。

急にだまり込んだお末を、若旦那が覗き込む。

「お末、どうした？」

「いえ、すみません……」

やっぱり前とは、何かが違うのだ。唐突にそれを悟り、たちまち胸の中が暗く塞がった。ふくらみきった夏の雲は、雨を連れてくる。泣くのを我慢していると、自分でもしかめ面になるのがわかる。怒っているように見えたのかもしれない。調子を変えようとするかのように、八十八朗はぽんと手を打った。

「そういえば、おまえに渡したいものがあったんだ。よくやってくれた、その礼にね、いわばご褒美だよ」

「ご褒美なんて、あたしそんな……」

「遠慮することはない、心ばかりの気持ちと思って受けとって欲しい。お末がもう少し大きくなったら、使ってもらえると嬉しいんだが」

「でも……」

「母屋の、私の寝間に置いてある。いま、とってくるから……」

しかしそのとき、甲高い声が若旦那の名を呼んだ。

八十八朗が、舌打ちせんばかりに眉間に皺を刻む。若おかみの、お鶴の声だった。

「八十さん！　八十さんたら！　どこにいるの？」

「ここだよ、お鶴」

小さなため息をひとつこぼし、若旦那は窓から顔を出した。亭主を見つけたらしい、お鶴の草履の音が、外からぱたぱたと近づいてくる。

「そんな大きな声で、呼ばわるものじゃない。いったい、どうしたんだ？」

「だって、八十さん、着物や道具をより分けるのを手伝ってくれると言ったでしょう？　あたし、八十さんがいなけりゃ怖くて家に入れやしないもの。早くしないと、日が暮れちまうわ」

「わかった、わかった。いま行くから、そこで待っておいで……まだ母屋の納戸や押入に、荷がたっぷりと残っていてね」

下に向かって声をかけてから、お末に向き直った。女中頭のおくまからも、きいた話だ。

「あの、お手伝いしましょうか」

「いや、それには及ばないよ。お姑さんもお鶴も、着物や帯ばかりは他人に触られるのを嫌がるんだ。お舅さんの持つ茶道具も何かと細かくてね、やはり己で始末をしたいそうだ」

やがて若旦那が出ていって、機嫌のよいお鶴の声と、ふたり分の足音が遠ざかる。それが消えてから、お末は静かに障子を閉めた。

「今日はさぞかし疲れたでしょうけど、もう少しだけつき合ってちょうだいな」

最後の客を見送ると、女将（おかみ）のお里久から座敷に来るよう声をかけられた。

日が傾いてきた頃、軍平とお甲の祝言をかねた花見の宴はお開きとなり、お末はお里久とともに桜楼へ戻り、いつものように晩の客を迎えて忙しく立ち働いた。たしかに慌（あわ）ただしい一日ではあったが、嬉しいこともいくつもあって、心地良い疲れが残っていた。

「女将さん、これは？」

座敷に腰を落ち着けると、お里久はお末の前に、細長い桐箱（きりばこ）をすべらせた。

「八十八朗さんから預かりました。おまえへの、ご褒美だそうですよ」

「申し訳なくて、いただくつもりはなかったんですけど……」

「そう言わずに、あけてご覧なさいな」

しきりに促され、お末は桐の蓋（ふた）をあけた。包んであった紅色の布から、柔らかい飴色のべっ甲簪（かんざし）が現れた。誘われるように、お末は手にとっていた。

「この花……桜ですね」

簪には、ぽつんと一輪、ひと重の桜模様が刻まれている。今日見てきたばかりの八年桜を、ひとつだけ押し花にでもしたようで、簡素な意匠が逆に愛らしかった。

「これは、かなりの品のようね」

お末の手から簪を受けとって、お里久がしげしげとながめて言った。べっ甲によくある濃褐色の斑点がなく、まるで落ちゆく陽の色を集めたような色だ。

「これはね、このべっ甲の価が、それだけ高いということなのよ」

この簪ひとつで、着物や帯が何枚買えるかわからない。そうきいて、お末はたちまち狼狽した。

「もしや、鱗やのお内儀さんか若おかみのものじゃないでしょうか？」

「いいえ、違うと思いますよ」少し考えて、お里久はこたえた。「おふたりの好みとは異なりますし、何よりもこの簪は、それなりに古いもののようだわ」

お日出とお鶴は、流行りを追うように、新しいものを次々にあつらえる。最高のべっ甲簪よりむしろ、そこそこの値打物をいくつも買う方が、たしかに性に合っていた。

「もしかしたら、八十八朗さんのお母さまやお祖母さまの、形見の品ではないかしら」

「形見……」

呟いたとたん、あらゆるものがひと息に、お末の頭の中をかけ巡った。

それはずっと正面から見ないようにしていた、お化けの正体であった。ただ、その得体の知れないものは小さなお末の頭には留まり切れず、たちまち奔流となってあふれ、轟々(ごうごう)と渦を巻いた。

「お末、お末、どうしたんです？」

まるで本当に頭から冷たい水をかぶったように、真っ青になったお末を女将が揺さぶる。

「女将さん、この簪は、ひょっとして……」

二十年以上前に亡くなった、鱗やの前の女将、お都与のものではなかろうか。そう思えたが、後のところは声にならない。もしも八十八朗が水戸鱗やの次男、竹之助なら、お都与は歳の離れた姉になる。霞桜(かすみざくら)の咲くのを心待ちにしていたという、お都与が作らせたものか、あるいは水戸鱗やの女たちに代々伝わった品かもしれない。

そのように高価な代物を、いただける謂れはもとよりないが、お末が囚(とら)われていたのは、形見という不吉な言葉だった。

形見とは、死にゆく者が残される者に与えるものだ。八十八朗はどうしてこれを、お末に託したのか。

「女将さん、後生です。少しのあいだ、外に出るのを許してください」

「外って……こんな夜半から、いったいどこへ行こうというの？」

「板長のところへ。どうしても、たずねたいことがあるんです」

軍平なら、前の女将がつけていたものかどうか、確かめられるかもしれない。お末はそう考えたが、女将はふっくらとした頬に手を当てて、困ったような顔をした。

「でもねえ、お末。ふたりはほら、今日、祝言を挙げたばかりでしょ？　水をさしては無粋というものですよ」

あ、とお末も気がついた。祝言のその晩に、邪魔するわけにはいかないと、お末ですら理解できる。

「どちらにしても、こんな刻限からでは危ないわ。明日にしてはどう？」

万事に行き届いたお里久のことだ。若いお末を、こんな時刻にひとりで外に出すはずもない。桜のべっ甲簪は、ひとまず女将に預かってもらうことにして、お末は寝所に引っ込んだ。だが、寝床へ入っても、身の内からわき起こるような震えが止まらない。

真っ暗な中でぎゅっと目をつぶると、まぶたの裏に若旦那(わかだんな)の顔が映る。水に映った影のように、その姿はひどく儚(はかな)くて、ふっと息を吹きかけただけで、ゆらりと揺らいで消えそうになる。

女中部屋が寝息やいびきでいっぱいになった頃、お末はそうっと起き出した。


夜の街を、お末はひた走りに走った。

駆けても駆けても間に合わないような気がして、すぐに草履を脱いで胸に仕舞い、裸足(はだし)になった。途中、閉まった木戸が二ヶ所あったが、「父ちゃんが危ないんです、通してください」その方便で、抜けることができた。切羽詰まった怯(おび)えた表情に、番屋の男たちは疑う素振りすら見せなかった。

鱗やからもそう遠くない、神田佐久間町の宗兵衛一家の借家に着いたときには、声すら出ぬほどに息が上がっていた。この家には、引越しの片付けに駆り出され、お末も一度だけ来たことがある。

すでに真夜中に近い刻限だ。生垣に囲まれた平屋の家は、しんと寝静まっていた。辺りをはばかりながら声をかけると、玄関脇の小部屋から、母屋づきの中年の女中が、眠そうに顔を出した。仔細をきいて、お末が仰天する。

「じゃあ、旦那さんたちは、今夜は一家で池之端に泊まったというんですか？」

昼間ですらあれほど怖がっていた主人たちが、一泊するとは考えられない。明日にはとり壊しがはじまるというのに、着物えらびがまだ終わらない。そう告げて、ふたりの女中だけを借家に返したのは、やはり八十八朗だった。

「幽霊と着物を秤にかけたら、着物の方が重かった。ただ、それだけじゃないのかい？」

女中はちらとも疑わず大あくびをしたが、借家を出たお末の足は、まっすぐに上野池之端を目指していた。

鱗やの店内に、人の気配はなかった。足音を忍ばせ、庭を伝いながら母屋へとまわる。庭の隅に八年桜が見え、母屋の角を折れると、裏庭に灯りが落ちていた。締められた障子越しに、ぼんやりと庭を照らしているが、この辺りはちょうどお軽が化けた幽霊が出た場所だ。宗兵衛たちが、夜中に近寄るはずがない。

ちょうどそのとき、真夜中を告げる九つの鐘が鳴った。ごおおおんと陰にこもった響きが、背中の下から上へ這い上がるようで、ぶるりと身震いが出る。

ひとつ、ふたつ……三つ目の鐘の音をききながら、意を決して縁に這い上がった。ぺたりと廊下に腹這いになり、まるでつぶれた蛙さながらの格好だが、鐘が九つ撞かれるより前に、どうにか障子の前にからだを落ち着けた。橙色の灯りを映す障子紙を前に、ほうっと長く息を吐き、ぺろりと人差指を舐めた。

店の二階座敷でも、同じことをした。もうずっと前、盗人扱いされたお末の濡れ衣を、若旦那が晴らしてくれたときのことだ。あのときはお甲が隣に居て、その横には板長もおくまもお継もいた。今日はひとりぼっちだと、心細さを堪えながら、お末は舐めた人差指を障子紙に当てた。

障子のいちばん下にあけた小さな穴からは、最初は何も見えなかった。行燈がひとつ、灯っている。それより他はわからず、頭を傾げてみたり、わずかに上に向けたりして、お末の目がようやく何かを捉えた。

茶色の塊が、もぞもぞと動いている。まるで大きな芋虫のようだ。その奥に、派手な薄紅に蝶模様が見え隠れする。まるで嫁入り前の娘が着るようなその着物は、昼間、若おかみのお鶴が着ていたものだ。気づいたとたん、己の目が何を映しているか、お末はようやく悟り、息が詰まるほど驚いた。

お末から見て、いちばん手前に主人の宗兵衛、その奥に娘のお鶴、さらに内儀のお日出。三人はともに後ろ手に縛られて、手拭で猿轡を噛まされていた。両の足も縛られているようで、共に畳に尻を落とし、涙目で震えていた。
　侵入した賊に襲われたのか——。咄嗟にそう思った。ぎらりとした銀色の刃が、宗兵衛の顔に吸い寄せられるように近づいていく。宗兵衛は猪首をのけぞらせ、くぐもった太い悲鳴が虚しくあがる。しかし短刀を握っているのは、お末がよく知ったその人だった。

　わか、だんな——。

　信じられないと思う一方で、やはりという声もする。

　宗兵衛が手拭の下で何か言い、八十八朗が淡く笑った。

「何のつもりだ、ですって？　それはこちらの台詞ですよ、お舅さん」

　短刀をつきつけていなければ、常と変わらぬやさしい顔と、声だった。

「私を見忘れるとは、冷たい方ですね、お舅さんは……私は忘れようにも忘れられなかったというのに」

　主人の怯えた横顔が、それでも怪訝そうに眉をひそめる。

「私はいまでも、あの晩のことを夢に見る。夜中にはっと目が覚めると、首の辺りが苦しくてならない」

　淡い笑みが途切れたとき、その顔が様変わりした。美しい女面が、鬼面になった。

「二十三年前の夏、おまえに絞められたこの首がな！」

辛うじて悲鳴を押し殺したが、手足のどこかによけいな力が入ってしまったのだろう。腹の下の木の床が、みしりと大きな音を立てた。

誰だ、と若旦那がこちらをふり向いた。障子をあけ、茫然と見下ろす。

「お末……何故、おまえが……」

縁に這いつくばっていた、からだを起こす。何を言おうというつもりもなく、ただその問いが口を突いていた。

「若旦那は……竹之助、坊ちゃんですか？」

張りのある瞳がびっくりしたように見開かれ、それから寂しそうに翳った。

「そうだ。私は水戸にあった鱗や本店の末子、竹之助だ」

座敷の内から、くぐもった男女の悲鳴がきこえた。

まさに幽霊を見るような表情で、宗兵衛とお日出が、八十八朗の背中を見詰めていた。


その夜、遊び仲間と交わした肝試しの約束が、竹之助の命を救った。

町外れの荒れ寺に、夜な夜な物の怪が出る――。その噂を確かめようと、真夜中の鐘とともに布団から這い出した。隣の布団では、すでに父の下で板前修業をしていた兄が寝息を立てており、両親は襖をへだてた座敷で休んでいる。そろりと庭に降り、潜戸から外へ抜けた。

きっと化物の正体を見極めてやる。八歳の竹之助はいさんで出掛けたが、しかしこの肝試しは空振りに終わった。待ち合わせ場所の橋のたもとで待ってみたが、ふたりの友達は来なかった。途中で怖気をふるったか、あるいは親に見つかって家を出られなかったか、経緯はわからない。やんちゃ盛りの竹之助であったが、さすがにひとりで物の怪寺に足を踏み入れる度胸はない。半刻以上も待ってから、ついに諦めて帰途についた。

兄や両親に見つかれば大目玉だ。出てきた潜戸から入り、庭を忍び足で戻る。しかし母屋の角を曲がったとき、竹之助はぎくりと立ち止まった。縁に面した座敷の障子が大きくあいて、中から灯りが漏れている。そこは両親の寝間だった。

黙って抜け出したのがばれてしまったかと、竹之助は困り果てた。

しかしそのとき男がひとり、両親の寝間から出てきて庭に降りた。

雇い人だけでもたいそうな数になり、毎日大勢の客が出入りするから顔などいちいち覚えていない。小太りのその男の姿をどこかで見たような気がしたが、誰かということまでは思い浮かばなかった。

右手に、手燭を携えている。男はその蠟燭を、真鍮の台ごと座敷の中に放り込んだ。油を撒いてあったのだろう。まるで炎が破裂するように、座敷の中が一瞬ぱっと輝いた。

あっ、と思わず叫び、両親の寝間に面した縁にしがみつく。座敷の中に、父と母、そして兄までが、血まみれで倒れていた。唸りをあげる波のように巻き上がる炎が、三人の無残な姿を舐めていく。

「おとっつぁん！　おっかさん！　あんちゃ……」

叫んだ声は、男の大きな手で塞がれた。

「竹之助坊ちゃん、こんなところにいたんですか……探しましたよ」

縁側から引き離されて、背中から地面に倒される。火に照らされた男の顔が、役者の大首絵のように迫り、間近で見て初めて、以前店にいた手代のひとりだと思い出した。だが、その手代にはさして目立つところも、特に可愛がってもらった覚えもない。江戸店の二番番頭であることはもちろん、名前すら知らない相手だった。

しかしその男が両親と兄を殺し、己をも手にかけようとしている。それだけは幼い身にも、はっきりと感じとれた。

「ひとりぼっちでは寂しいでしょう。お父さまやお母さまのところに、送ってあげますからね」

気味の悪い猫撫で声とともに、男の太い指が竹之助の細い首にかかる。

コロサレル――。

死の恐怖よりもむしろ、どこか虚ろな男の目が、竹之助を震え上がらせた。

「これでお都与さんは、あたしのものだ」

歌うように言った男の顔が、嬉しそうに笑った。その狂気に、竹之助は声にならない悲鳴をあげて、そして気を失った。


「たった八つで、そんな怖い目に遭うなんて……」

話の途中から、からだの震えが止まらず、お末はきつく両手を握りしめた。

「お末……やはりおまえのような娘が、きくべき話ではなかったな」

いくら帰るよう促しても、お末は頑固にきき入れない。これから何をしようというのか、見極めるまでは立ち去るつもりはない。そう言い張るお末を中に入れ、八十八朗は言った。

「私はただ、この男の罪を、はっきりと確かめたかっただけだ」

そうしていまの話を、抑揚のない声で淡々と語った。

「旦那さんは本当に、そんな非道をなすったんですか？」

猿轡をされたまま、宗兵衛が否定するように首を横にふる。

「ああ、これでは、こたえようがないか」

八十八朗が唾液にまみれた手拭を外すと、嚙みつくように宗兵衛が叫んだ。

「知らん、あたしは知らん！　とんでもない濡れ衣だ！」

「ほう、あくまでしらを切るつもりか」

「百歩譲って、おまえが竹之助坊ちゃんだったとしてもだ、八つの子供の話を誰が本気にするものか。あたしの仕業だなんて、どこにそんな証しがある！」

　宗兵衛の言うとおりなのだろう。八十八朗の眉が、面白くなさそうに曇った。

「だいたい水戸の本店が焼けたのは、板長だった佐二郎さんが亡くなって半年、江戸店がもっとも大変な頃だった。あたしは水戸にすら、行った覚えはない」

「ふん、もとよりおまえになぞ、たずねるつもりはない」

　八十八朗は刃物を握ったまま、ずいと身を乗り出した。宗兵衛ではなく、娘をはさんで反対側にいるお日出に顔を近寄せる。手拭を嚙み締めるお日出が、にごった悲鳴をあげた。

「亭主はこう言っているが、どうです、お姑さん？」

　お日出の猿轡をはずし、尖った刃先を、その喉にぴたりと突きつけた。

「私が憎いのはこの男です。一切話してくれれば、お姑さんとお鶴には何もしません」

「ほん……本当、だろうね？」血の気を失った唇は、紫色になっていた。

「お約束します。私にも、お姑さんの顔を傷つける、そのくらいの覚悟はある」刃がゆっくりと、お日出の喉から頬へとのぼる。「さんざん女遊びに現を抜かしたこの男のために、黙っていてやる義理はない。そうは思いませんか？」

「わわわ、わかった何でも話すから、その物騒なものを引っ込めておくれ」

　口の中にたまった唾を撒きちらしながら、お日出が承知する。

「お日出！　おまえ、あたしを裏切るつもりかい」

「裏切るがきいて呆れる。何年、何十年経ったって、あんたはお都与さんしか見ちゃいない。そんな男のために、共倒れになるつもりはさらさらないよ」

　娘をあいだにして、夫婦が醜い諍いをくり広げる。口を塞がれたままのお鶴は、抗う気力もないようで、ぐったりとうなだれていた。

「水戸の本店が焼ける前、この男は二日のあいだ店を留守にした。親類に不幸があったと、その名目だったけれど、火事の話をきいて、あたしゃぴんと来たんだ」

もともとが気の小さい男だ。変につつけば、よけいな用心を招き、下手を打てばお日出自身の身も危うくする。お日出はこのときは静観を決め込んで、やがて女将が死に、宗兵衛がもっとも弱ったときを狙って事の真相をきき出した。

「この男はね、秘かに水戸の本店を訪ねて、お都与さんと一緒にさせてほしいと、旦那夫婦に頼んだのさ。むろんお都与さんは、与り知らぬことさね」

己の生家からの金子や便宜を抜け目なくちらつかせながら、宗兵衛は熱心に説いたが、妄執とも言うべきお都与への執拗なこだわりは、くっきりと透けていたのだろう。主人夫婦は承知しなかった。それどころか独り身となった娘の身を案じ、逆に宗兵衛を水戸に戻すと言い渡したのである。

「お都与さんから引き離されちゃ、水戸への旅は藪蛇以外の何物でもない。けれどこんなに泣いて乞うても、ふたりの考えは変わらなかった。お都与さんと離れたくない、ただそれだけのために、この男は本店の旦那夫婦と息子を殺して火をつけたんだ」

「そんな……そんなことのために……若旦那のお身内を、手にかけたんですか！」

「知らないと、そう言ったろう！　この女のでまかせだ！」

宗兵衛がお末を怒鳴りつける。日頃は何も映していないような、どろりと澱んだ主人の目の中に、嫌な光が灯った。

「やはりな……すべてはこの男の、姉への執着が招いた禍か」

八十八朗は、板長が懸念していたのと、同じことを口にした。

「姉が死んで、己がその後釜にすわったというわけですか。よく殺されなかったものですね、お姑さん」

「そりゃあ、あたしだって馬鹿じゃない」と、得意そうに、お日出が鼻をうごめかす。

「ちゃんと念書をとったのさ」

「念書、ですって？」

八十八朗と、そして宗兵衛が、同時に顔色を変えた。

「よせ、お日出！　それより先をしゃべったら、ただでは済まないぞ！」

宗兵衛の口を刃物で封じ、八十八朗はお日出に先を促した。

「さっきから証しがないと騒いじゃいるが、本当はちゃあんとあるんだよ。一切の犯した悪事を、この人自身に書かせたのさ」

「本当ですか、お姑さん！　それは、どこに？」

「あたしの末の妹に、いまも預けてある。小さいときに里子に出されたから、その妹のことをこの人は知らないんだ。あたしに何かあれば、御上に届けるよう頼んである」

「なるほど、考えましたね」

「そうでもしないと、いくら金のためとはいえ、こんな物騒な男と暮らせるものかね」

しゃあしゃあと言い放ったお日出を、宗兵衛が憎々しげに睨みつける。

「これまで隠し続けてきたんだ。御上に届ければ、咎を受けるのはおまえも一緒だ」

世に出せるものかと、宗兵衛がうそぶく。お日出が意地の悪い笑みを、頬に乗せた。

「あたしはそれこそ、いざとなれば知らぬ存ぜぬを通すだけさ。それに……念書に書かれているのは、水戸の一件だけじゃないんだ」

「お日出、何を！」女房の舌のまわりを止めようと、宗兵衛が躍起になる。

少し考えて、八十八朗は言った。

「ひょっとして、私の義理の兄、佐二郎兄さんの死にも、この男は関わっていたんじゃありませんか？」

「おまえ、知っていたのかい？」と、お日出が意外そうな顔をする。

「もしやと思っていただけです。事のはじまりにさかのぼれば、兄さんの死に行きつく」

「この人は佐二郎さんが死んだ晩、一緒にいたんだよ」

つきあいのある油問屋が新店を開き、佐二郎と宗兵衛は祝いの席に招かれた。その帰り道、佐二郎は途中で加減が悪くなり、橋から身を乗り出して吐いていたところを、足を滑らせて真冬の堀に落ちた。佐二郎は日頃からあまり酒を呑まず、また泳ぎも達者だった。水の冷たい季節とはいえ、この義兄の死にも、八十八朗は不審を抱いていた。

「あれは宴の席で、隣に座ったこの人がしびれ薬を盛ったんだ。提灯持ちの爺さんが一緒だったから、役人に疑われることもなかったがね」

下男には水を求めに走らせて、宗兵衛はそのあいだに佐二郎を堀へ突き落とした。薬が効いていたために、佐二郎は泳ぐことさえかなわず、冷たい堀に浮いたのだ。

「爺さんがその場を離れた隙に落ちたと、そうきいて、すぐに思ったんだ。ああ、とうとうやっちまったなって」

お日出の話が済むと、宗兵衛が呟いた。

「あたしだっておお日出、おまえをずっと疑っていた」

変な具合にぎょろりと見開かれたその目は、真っ赤に血走っていた。

「おまえがあたしと一緒になるために、お都与さんを手にかけたんじゃないかって

「お都与さんが死んだのだって、やっぱりあんたのせいじゃないか！」

「冗談じゃない！」お日出はたちまち色をなした。

「……」

八十八朗の目に宿った不穏な光を、お日出は懸命に吹き消しにかかる。

「これっぱかりは信じとくれ、本当にあたしは何もやっちゃいない……この人が無理に手籠にして、それがお都与さんを追い詰めたんだ。あたしはこの目で、ちゃんと見たんだよ」

亭主が死に、半年後には実家の両親と弟も亡くなった。江戸の鱗やだけでも、何とか残さなくてはならない。それだけが辛うじてお都与を支えていたが、失意の底にあった女将は、それまでになく隙だらけだった。宗兵衛はそこにつけ込んで、邪な思いを遂げたのだ。

「この男が妙にあたふたと座敷から出てきて、中を覗いてみると、女将さんがぼんやりと座り込んでいた。髪も着物も乱れ放題で、すっかり正気を失っていた」

何があったか、お日出はひと目で理解した。

「これはまずいなと思っていたら、案の定、その晩に鴨居に腰紐をかけて、首を括っちまったんだ……この人のとり乱しようときたら、度が過ぎるほどでさ、おかげで店の者からも役人からも妙な疑いをかけられてね」

そういう噂が、雇い人のあいだでも流れたと、昼間、軍平からきいたばかりだ。

「あたしと一緒になれば、お都与さんに横恋慕したという噂も、揚句に殺してしまったという疑いも晴らすことができる。そう、この人に持ちかけたんだ」

板長の佐二郎の死と、水戸本店の火事に関わっていたのではないか。以前から疑いを抱いていたお日出は、ここぞとばかりに宗兵衛を攻め立てた。お都与を失った、その慟哭のさなかにいた宗兵衛は、目の粗い袋から中身がはみ出すかのごとく、お日出に絞られるままにすべてを白状した。

「夫婦約束をしてやる代わりに、その一切をしたためさせた。それが念書というわけさ」

「なるほど、そういうことでしたか。お姑さんも、なかなかの悪党ですね」

「嫌な言い方をしないどくれ。悪党ってのは、この人のことさ」

「たしかに……直に手を下していないというだけで、姉を殺したのは間違いなくこの男だ」

度重なる不幸を、どうにか堪えていたお都与の最後の気力を、宗兵衛は力ずくで奪いとった。それでもこの男は、己の悪事を恋慕だという。

「いったい、何がいけないというんだ……あたしはただ、お都与さんを、誰より大事にしたかった。それだけじゃないか」

　宗兵衛の声は、凍えた虫のように震え、なのに得体の知れない熱を帯びていた。

「……初めて会ったときは、もう隣には佐二郎さんがいた……亭主さえいなければ、お都与さんはあたしのところに来てくれる、そうに違いないんだ……」

　すでに五十を過ぎた男の顔ではなく、大人に駄目だと諭されて、それでもまだ欲しい玩具をねだる子供のように、お末には見えた。女房のお日出ばかりか娘のお鶴でさえも、尻だけで這うようにして宗兵衛からからだを離し、薄気味悪そうな眼差しを向けていた。

　怠惰で卑小な男だが、人を立て続けに殺すほどの極悪人には決して見えない。いったいどこをどうかけ違えれば、人の器にこの狂気が宿るのか、お末には知る由もない。

　そして何より恐ろしいのは、宗兵衛の中に悔い改める気持ちが微塵もないことだ。これほど極悪非道な行いが、すべてお都与のため、ただそれだけで片がついてしまう。

　旦那さんは、この人は……子供のまま大きくなってしまったんだろうか――。

　純粋な狂気は、躊躇いがない分残酷で、お末はその異様さに、恐さをとおり越して痛々しさすら感じた。しかし八十八朗だけは、その狂気を平然と受け止めていた。

「おまえは長いこと私にとって、鬼より恐ろしい相手だった。ただ心根がいびつなだけの小者とは、思いもしなかった」

そういえば、とお末は肝心のことを思い出した。

「玉杉のご隠居さまは、言ってました。たしかに竹之助坊ちゃんの葬式に行ったと」

だからこそ隠居も、そして軍平すらも、八十八朗が竹之助だとは気づかなかった。

「それはな、お末、この男から逃げるためさ」

ぶつぶつと未だ言い訳を唱え続ける宗兵衛を見向きもせず、八十八朗は語り出した。

首を絞められながら、パチパチと木の爆ぜる音をきいていた。キナくさいにおいが強く立ち込めて、竹之助はそれきり気を失った。

あのとき助かったのは、竹之助がぐったりして死んだように見えたからでもあり、一方で近づいてくる人声がしたからだ。宗兵衛は急いでその場から離れ、入れ違いに駆けつけたのは、その日たまたま本家に一泊していた父方の叔父だった。筆師を生業としていたこの叔父は、父とは腹違いで、当時まだ二十五歳の独り者だった。竹之助が懐いていたこともあり、叔父は人目を避けるように甥を己の住まいに連れていった。

それというのも幼い甥の首に、くっきりと絞め跡が残っていたからである。

兄夫婦は、日頃から火の始末にはことさら気を配っていた。付け火に相違ないと、叔父をはじめとする親類縁者も、遺された使用人たちも申し立てたが、役人はとり合わない。すでに江戸にとんぼ返りしていた宗兵衛が下手人だとは、誰もつきとめられなかった。

竹之助は毎夜のように悪夢にうなされ、目を覚ましてからも震えながら叔父に訴えた。

「あいつが、あいつが殺しに来る……」

「あいつとは、誰だ？」

たしかに知った顔のはずだ。なのに言おうとしても、どうしても口から出てこない。言えばふたたび己の首を絞めに来ると、竹之助は本気でそう考えていた。

一方の叔父も、同じ心配をしていた。物取りか怨みか、理由はわからないが、ひとり生き残った甥の口を封じに来るのではないかと、それを何より案じていた。竹之助の唯一の肉親たるお都与は、親の葬式にさえ来られなかった。その頃の江戸店は、女将ひとりの肩にかかっていて、一日たりとも店をあけられなかったからだ。そして叔父が相談相手にえらんだのは、鱗やが長年世話になっていた檀那寺の住職だった。

住職は人目につかない庵に竹之助を匿い、外に向かっては、火傷がひどく口もきけないとの噂を流した。お都与にもひとまずそのように書き送ったのは、外からの賊ではなく、残った雇い人が咎人かもしれないと疑ったからだ。

竹之助は少しずつ落ち着いてきて、しかしその矢先、残ったたったひとりの身内であるお都与の訃報が知らされた。この報に竹之助は、哀れなほどに恐れおののいた。

「あの男が、姉さんを殺したんだ……ここにも、きっとやってくる。もうすぐ、私も殺される」

その妄想にとりつかれ、食事はおろか、眠ることさえできなくなった。

このままでは、本当にからだが参って死んでしまう――。

叔父の不安は募り、住職はついに一計を案じた。

本当に死んでしまったことにすれば、もう襲われる心配はなくなる――。

竹之助にそう言い含め、火事から四月後、立派な葬式が営まれた。

鱗や竹之助はこの世から消え、八十八朗が新たに生を受けた。そして住職の知り合いであった、下総佐原の乾物屋、吉田屋に養子に出された。吉田屋夫婦にはすでに二十歳に近い子供が三人いたが、まるで孫を可愛がるようにして育ててくれた。八十八朗は祖父母のような里親夫婦と、歳の離れた兄や姉に、十二分に可愛がられて大きくなった。

十を過ぎる頃には、悪夢にうなされることもなくなって、表向きはもとのやんちゃな子供の姿に戻っていた。ただ、悪鬼のような男の顔は、記憶の底に溜まった濁り水のように絶えずたゆたって、それればかりはどうしても拭い去ることはできなかった。

やがて吉田屋の次兄が江戸店を任されることになり、この兄にも兄嫁にも懐いていた八十八朗は、一緒に行きたいと申し出て、これを許された。己の仇たる男がこの江戸にいようとは、八十八朗は夢にも思っていなかった。

知ったのは三年前、街中の掛け茶屋で、かつて己を殺そうとした男の顔を見かけたときだ。

たちまち恐怖がよみがえり、息をすることすら苦しいほどだったが、しかし床几に腰かけ、妾らしい若い女と団子を頬張る男は、よくよく見ればただの小心そうな商人だった。

男はその場で女と別れ、八十八朗は男の後を尾けてみた。そして上野池之端で「鱗や」の看板を見つけたとき、愕然となった。忘れていたわけでは、決してない。しかし、すべてが悲しい記憶に繋がるその思い出を、いつのまにか我知らず封じ込めていた。

何よりも水戸鱗やの竹之助は、すでにこの世の者ではない。

半ば混乱した頭を抱えて、八十八朗は不忍池のほとりに立ち尽くした。

あの男がずっと昔、本店にいた手代のひとりだということも、ふた親と兄を殺し、家に火をつけたということも、八十八朗は思い出した。

しかし町方に訴え出たところで、二十年も昔の話だ。証しがなければ、知らぬ存ぜぬを通されるだけだろう。水戸へも足をはこび、甥とはあえて縁を切っていた叔父とも再会した。甥の来訪を叔父は心から喜んでくれたが、しかし宗兵衛については、何も知ってはいなかった。

人に頼んで鱗やと宗兵衛夫婦を調べさせたが、埒があかない。

ただ、鱗やのあまりにひどい噂だけが伝わってきた。


お末がここに来て、すでに一刻ほどは経っている。おそらく丑三つ時にさしかかる頃だろう。いつのまにか、さっきまで盛んに鳴いていた蛙の声が絶え、外は気味が悪いほど静かだった。

八十八朗が来し方を語り終えると、それまでずっとおとなしかったお鶴が、猿轡の下から何かを訴えた。八十八朗が濡れて重くなった手拭をとると、口許からたらりとよだれが流れる。しかしそれを恥じる余裕すら、いまのお鶴にはないようだ。

「八十さんがあたしと一緒になったのは……おとっつぁんを探るため？」

間髪入れず、八十八朗はこたえた。

「ああ、そうだ。雇い人として、潜り込めぬものかと窺っていたのだが、そのうちにお鶴、おまえが芝居小屋で見合いをすると、そうきいてね……幸いこの男は、私のことにはまったく気づいていないと知れたからな」

宗兵衛が妾宅へ通う道々、ためしにいく度か顔を合わせ、確信したという。

「本当に、ただ、それだけだったの？　あたしのことを、少しは気に入ってくれたから……見初めてくれたから、だから夫婦に……」

「おまえのことなぞ、ただの一分も可愛く思ったことなぞない」

お鶴の面が、さあっと色を失った。お末には、その音すらきこえるようだ。

前にも同じことがあった。お鶴のことを話すとき、八十八朗はまるで板壁に映った影を相手にしているように、たとえようもなく冷やかだった。

若おかみのことは、お末も好きにはなれない。けれどもお鶴への情けない仕打ちに触れると、ひどく納まりの悪い寄せ木のように、お末の胸はぎちぎちと音を立てる。

それでもお鶴は、粉々に砕けちった破片を必死でかき集めるように、諦めずにたずねた。

「あたしが、おとっつぁんの娘だから？　人殺しの娘だから、疎んじて……」

「人殺しは、おまえだろう、お鶴」

鋭い矢で、胸の真ん中を射抜かれでもしたように、お鶴がかっと目を見開いた。

「八十八朗、おまえいったい、何を！　あたしらは何もしちゃいないと、そう言ったろう」

八十八朗の姑への口調が、それまでとがらりと変わる。

「姉によく似たお軽を殺したのは、紛れもないおまえたち母娘だ」

「ば、馬鹿をお言いじゃないよ、それこそ、どこにそんな証しがあるってんだい」

歳を経た分、厚顔なのだろう。お日出は、知らぬ存ぜぬを通すつもりのようだ。

「証しならあるさ。私はお軽の幽霊から直にきいたんだ。おまえたちふたりが、料亭『川乃』の離れから、お軽を真冬の川に突き落としたとね」

まるでその光景を目の前に広げられたかのように、ひいっとお鶴の喉が鳴った。さすがのお日出も口をつぐむ。

「……お軽を、おまえたちが……？」

繰り言は絶えていたが、それまで魂をどこかに置き忘れてきたようにぼんやりしていた宗兵衛が、夢から覚めたように呟いた。八十八朗の口許がくっとゆがめられ、冷笑を刻む。

「三人そろってよく似た親子だ。まったく、救いようがない」

「八十八朗、まさかあたしらまで、役人に突き出すつもりじゃなかろうね？　そんなことをしたら、せっかくの念書は手に入らなくなるんだよ」

お日出は己の切り札をちらつかせたが、八十八朗はそれを一蹴した。

「念書だと？　いまさら証しなぞいるものか。私はね、おまえたちを役人に任せるつもりなど、毛頭ないんだ」

「八十八朗、おまえ……何をするつもりだい……」

気の強いお日出の顔に、初めて怯えが浮かんだ。返事をせず、八十八朗は立ち上がった。足音をさせず、行燈の前に膝をつく。上下二段の角行燈で、上段には火を灯した火皿が、下段には、火皿に油を継ぎ足すための大ぶりの油壺が置かれている。八十八朗はその油壺を手に、三人の前に戻ってきた。

「それを、どうしようっていうんだい……！」

「どうって……この男がしたと同じように、私の手で始末をつける、それだけだ」

三人が恐怖にかられ、にわかに喚きちらす。見かねてお末は叫んでいた。

「やめてください、若旦那！　だってお軽ちゃんは、いまも……」

「お末、ここから先は、若い娘の見るものじゃない。おまえはもう、行きなさい」

八十八朗はお末の口を封じるように、ひと睨みしてすばやく告げた。

「この鱗やを、燃やすつもりですか！」

「いっそ、その方がすっきりするのだが……」

たん、と音立てて八十八朗は、庭に面した障子を開いた。

真っ白な霞桜（かすみざくら）が、闇（やみ）に灯るように佇（たたず）んでいた。

「八年桜をもう一度拝むことなく、姉は逝（い）ってしまった。霞桜は、せめてもの私の手向けだ。おまえたちをあの世に送れば、長く迷っていた姉も成仏（じょうぶつ）できよう」

霞桜の幹には、ふたたび猿轡をされた、宗兵衛一家が括りつけられていた。桜からそう遠くない石灯籠（いしどうろう）のひとつには、火皿が入れられて、三人の髪や着物は灯りにてらてらと光っている。油壺にあった油を、頭からかけられたのだ。

「若旦那、やめて下さい！　後生ですから、そんな怖いことしないで下さい！」

最前からずっと、お末は訴えつづけているのに、八十八朗は耳を貸さない。火事だと、叫ぼうとも試みた。隣近所の者が、かけつけてくれるかもしれない。しかし騒げば直ちに火をつけると脅されて、お末はただ、そこに留まっていることしかできなかった。

「私は町人だが、これは仇討ちだ。はじめから、殺す覚悟でこの家に入ったんだ」

お末の胸の中で、とても大事な太い糸が、はじかれて大きな音を立てた。

「だったらどうして、鱗やをここまでにしたんです！　料理番付に載るほどの店に、したんですか！　仇討ちだけが目当てなら、そんな面倒をかけるわけなぞどこにもない！」

「ひとつには、この三人に私を信じさせるため。もうひとつは、極楽から地獄に、突き落としてやりたかったからだ」

若旦那は、やはり顔色ひとつ変えずに語ったが、お末は騙されなかった。

そんなことのために、わざわざ桜楼の女将を招いて、お末ら女中たちに行儀作法を仕込んだというのか。小村伴之介に店の宣伝を頼み、ひとつひとつ己の目で確かめながら、店中の建具を一新し、そして板長に鰻茶碗や白雪雑煮を作らせたというのか。

「若旦那は昼間あたしに言いました。店の先行きを、あれこれと話した。それがはじまりだったって」

ひびひとつ入らなかった能面のような顔に、初めて別の色がさした。

「あのときのことがなかったら、あたしの方こそ死んでいたかもしれません」

「何だと……」

「あたしはあの頃、毎日死ぬことばかり考えてました……初めての奉公が辛くて、お軽ちゃんのことで泥棒呼ばわりされて、田舎に帰りたくともそれすらできなくて、それこそ毎日堀にとび込むことばかり頭に描いてました」

「お末……」

こぼれそうな嗚咽を、お末はごっくりと呑み込んだ。

「だけど、あのときの若旦那の言葉が、あたしを救ってくれた。火傷の手当てをしてくれて、あたしの盗みの疑いも晴らしてくれた。もちろんそれも嬉しくてならなかったけれど……でも、本当に有難かったのは、先の望みが持てたことです！」

八十八朗は、子供と変わらぬお末を前に、真剣に店の先々を語ってくれた。お末が出した案にも、ひとつひとつ耳を傾けてくれた。それはお末にとって、忘れられないひと時だった。どんな晴れ着より褒め文句より、心底嬉しいものだった。

「若旦那にとっても、同じだったんじゃありませんか？　桜楼の女将さんに、きいたことがあります。あたしよりもっと小さい時分から、若旦那は料理屋が好きだったって。女将さんのお実家の料理屋に、たびたび足を運んでたって」

こつんと頭をぶつけたように、八十八朗は眉間にしわを刻んだ。

「若旦那はただ、すっかり寂れてしまった鱗やが、悲しくてならなかった。もういっぺん、昔の鱗やの姿に戻したい、水戸の本店と同じくらい良い店にしたい。ただ、それだけだったんじゃないんですか？」

奇妙で曖昧な表情が、八十八朗の目には浮かんでいた。雲のように頼りないものを、言葉にしてつかもうとするかのように、八十八朗が口を開いたが、そのとき霞桜が鳴いた。

ほとんど感じなかった風が、ひと息に吹きつけて、梢がこすれ合い白い花びらがはらはらと舞い落ちる。おそらく最後の望みは、そこで絶えた。

姉のお都与に呼び戻されたかのように、八十八朗はもとに戻っていた。

火皿を置いた灯籠に近づいて、手にした蠟燭に火をともす。その長蠟燭を握りしめ、霞桜をふり返った。油まみれの三人が、猿轡の下で、声にならない悲鳴を上げた。

「お末、おまえはもう行きなさい」

八十八朗が命じた。お末は、二度、三度、大きく首を横にふり、油壺を拾い上げた。

大ぶりの油壺の底にはたっぷりと油が張りついている。お末はそれを、己の頭の上で逆さにした。八十八朗と、桜の木の下の三人が、同時に大きく目を見開いた。

菜種油だから、においは感じないが、頭の天辺から髪のあいだをとおり、顔をふた筋伝いおりると、その辺りがかゆくなった。そうして呆気にとられている若旦那を通り過ぎ、桜の木の前で、三人を背に両手を広げた。

「何のつもりだ、お末」

「通せんぼです。ここから先は、通すわけにいきません」

「何故、おまえがその連中をかばう。お軽が受けた仕打ちを忘れたか？」

　お末が本当にかばいたいのは、宗兵衛たちではない。三人に油をかけたとき、はねたものだろう。八十八朗の着物の前も、油にまみれていた。いま握っている蠟燭の炎が、風になびきでもしたら……本当に危ういのは八十八朗の方だった。

　己がずっと何を怖がっていたのか、化物の正体をいまになってお末はようやく悟った。

「旦那さんとお内儀さんと若おかみを殺めて、若旦那も死ぬおつもりですか？」

　返事はなく、代わりに蠟燭の炎が大きく揺れた。溶けた蠟が、手指に垂れ落ちて瘤のようになっている。熱いに違いないのに、そんな無茶をする。この仇討ちさえやりとげれば、後はどうでもいいと思っているのだろう。

　己を救ってくれた若旦那が、死のうとしている——。それが何より怖かったのだ。

「生きるに価しないとはいえ、三人死なせて、のうのうと暮らしていくほど厚顔にはなれない。どきなさい、お末。おまえを巻き込むつもりはない」

返事の代わりに、お末はひと足前に出た。ぎくりと、逆に八十八朗が一歩退く。

「寄るな、お末、本当に火がついてしまう！　死にたいのか！」

「死にたくなんかありません！　若旦那に永らえさせてもらった命です。大事に大事に使って、いまよりもっと鱗やを良い店にして、お客さんに美味しいって喜んでもらって……」

油まみれの顔の上を、ころころと涙の玉が転がり落ちる。

「若旦那だって、そうでしょう？　みんなも、きっと同じ気持ちです……それに、板長とお甲さんの祝言の晩に、一家心中なんてあんまりです！」

八十八朗が、虚を突かれたように口をあけた。

「……花見も祝言も、いわば連中をここに連れてくるための口実だった。仇討ちばかりに頭が行って、そんなことすら思い及ばないとは……」

若旦那が、ゆっくりと菩薩の面を外した。お末には、そう見えた。

己に恥じ入るその姿は、もう神仏からはほど遠く、ただのあたりまえの人の姿をしていた。火を直に握り潰すように、蠟燭の芯をきゅっとつまむ。

「すまなかった、お末。軍平にもお甲にも、消えない傷をつけてしまうところだった」

　八十八朗が頭を下げて、お末も、そして木に括られていた三人も、同時に安堵したときだった。ふいの突風が霞桜の梢を鳴らし、石灯籠にあった灯りが、火皿ごとまるで吸い寄せられるように風に乗り、桜の枝に引っかかった。

　油がとんでいたのだろう。宗兵衛の頭上の枝が、ぱっと花火のように燃え光った。油にまみれた着物に、火の粉ひとつとんでも火だるまになる。鈍い悲鳴が、断末魔のように根方にいる三人からあがった。

「危ない！　火が！」

「お末、離れていろ！　私がやる！」

　八十八朗の動きは迷いがなかった。お末を突きとばすようにして桜に走り、先刻まで脅しに使っていた短刀で、手早く縄を切る。猿轡をしゃにむに剝がしながら、宗兵衛が情けない悲鳴をあげた。

「ひいいい、火が、火がっ、あたしの羽織にっ！」

　ぎゃあぎゃあと喚きながら、火のついた羽織を脱ぎ捨てる。それでもとんでくる火の粉が、髪や着物に落ちるたびに、油を吸って燃え上がる。お日出もお鶴も同様で、狂ったように地面をころげまわる。

八十八朗の先導で、五人がどうにか火の粉が届かない前庭に辿り着いたときだった。

通りからいくつもの足音が近づいて、提灯を持った人影が枝折戸から入ってきた。

「おおい、お末、いるかあ？」

「いるなら、返事しておくれ！」

板長の軍平と、お甲の声だった。ふたりと一緒に、桜楼の若い衆もいる。

「八年桜が、燃えている……」前庭の隅で、お甲が茫然とする。

お末が夜遅く店を抜け出したことを知り、心配したお里久は、ふたりのもとに使いを出した。仰天しながらも、まず神田佐久間町の借家へと走り、ふたたび女中をたたき起こしたようだ。

近所に火の粉がとんでは申し訳ないと、若旦那は皆に手伝わせ、水に浸けた布団や着物を用意して、ひと晩中、燃える霞桜を見守った。

明け方、総身から煙を吐きながら、八年桜はそのままの姿で炭と化していた。

*

鱗やの雇い人たちが桜楼に集められたのは、藤が散り、芍薬も見頃を過ぎた頃だった。

「わざわざ集まってもらったのは、他でもありません。ここにいる皆の先行きについての話です」

女将のお里久が口火を切って、皆の不安がざわりと声になる。女将の隣に座した男が片手を上げて、皆を収めた。役者の、小村伴之介である。

「そう騒ぎなさんな。あの菩薩みてえな旦那の差配だ、そう悪い話じゃねえさ」

皆を静めると、あとは下駄を預けようというのだろう。小伴はお里久にうなずいた。こうしてふたりを並べると、生きた雛人形のような華やかさだ。しかしあいにくと、今日は誰もこれを愛でる余裕はないようだ。固唾を呑んで、お里久の言葉を待った。

「皆それぞれ鱗やからいまの店に移って、ほぼふた月が過ぎました。そろそろ落ち着いてきた頃かと思います」

返事の代わりに、いくつかの頭がてんでにうなずく。

「格別の障りがなければ、このまま働いてもらいたいのですが、いかがでしょう？」

座敷の内に、安堵の雰囲気が濃くただよった。働き口を失くしては、明日から困る者もいる。路頭に迷わずに済むと知り、ひとまず胸を撫で下ろす者が多かった。お里久は念のため、扱いや給金に不足はないかとたずねたが、誰も大きな不満はなさそうだ。また皆を雇った店の側でも、やはり働き具合に満足していると言い添えた。

「おそらく若旦那ははじめから、そのつもりでいたのでしょう。鱗やがなくなるのを見越して、あなたたちが長く働けるようにと、ひとりひとりの器量に合った場所をと、心を砕いたのだと思います」

　お里久がそう告げると、しんと座敷が静まりかえった。

　八年桜が燃えた夜から、ひと月と二十日が過ぎていた。

　燃える桜に気づいたのだろう。近所の者が駆けつけて、半鐘まで鳴る騒ぎとなった。八十八朗は責めを負い、宗兵衛たち三人とともに自ら番屋に出向いて縄を受けた。それぞれに沙汰(さた)が下ったのは、三日前のことだった。

　お日出の書かせた念書が、動かぬ証拠となって、宗兵衛には斬首(ざんしゅ)という、もっとも重い刑が言い渡された。お軽を殺そうとしたお日出とお鶴は島流しとなって、そして八十八朗にもまた、母娘とは別の島への流罪(るざい)の刑が降りた。

「何だって若旦那までが、咎めを受けなきゃならないんだい！　悪いのはすべてあの好色旦那じゃないか！」

　おくまをはじめ誰もが同じ憤り(いきどお)を口にして、八十八朗の身の上を大いに不憫(ふびん)がったが、町人の仇討ちは法度(はっと)であり、さらに相手は義父である。親や目上の者を敬えというのが、公儀が重きを置く儒教の要で、これを手にかけようとした罪は重いとされた。また、幸い周囲に広がらなかったものの、一歩間違えれば大火となったやもしれず、この罪も加わって遠島と相なった。八十八朗は、従容として刑を受け入れた。

お里久と伴之介が申し合わせて桜楼へ皆を呼んだのは、四人の刑とともに、鱗やの闕所が決まったからだ。建物も土地も、一切の家財を含めて御上に没収される。

「己の勝手を通し、店を潰してしまったことは、主として申し訳ないと……ここにいる皆には、くれぐれも済まなかったと伝えてほしいと頼まれました」

「てめえの口で言えばいいものを……水くせえ野郎だぜ」と、小伴がすねたように口を尖らせる。

八十八朗は、闕所をも見越していたのだろう。御上に没収されぬよう、中身は家宝の硯と文鎮だと偽って、前もって金子と文をお里久に託していたのである。文はお里久と伴之介に宛てられて、すべての経緯と、鱗やのために尽力してくれたふたりの親切を仇にした、その詫び文句がつづられていた。金子は、ふたりに宛てた詫び料だった。

「ここにいる皆にも、詫び料を渡して欲しいと頼まれています」

お里久は仔細を語り終えると、紫色の袱紗包みを開いた。中からは切餅が四つ現れた。

「百両って、ことですよね？　それを、あたしらに？」

お継の声が、妙に上擦っている。お里久がしかとうなずくと、どよめきが座敷を覆(おお)った。

皆の頭数で割れば、ぐっと目減りするものの、百両という大金を目にする機会など初めてのことだ。富くじに当たったような浮ついた空気の中、お末だけは袱紗の上の金子を見詰めて、別のことを考えていた。お里久が気がついて、声をかける。

「お末、どうしたの？　何か気に障ることでもあって？」

「いえ、そうではなく……あの、女将さんに、伺いたいことがあるんです」

「何です？」

「もういっぺん鱗やをやるとしたら、いったいいくらのお金が要るんでしょう？」

え、とお里久が目を見張り、他の者たちもいっせいにお末をふり返った。

「お末、おまえ、何を言い出すつもりだ」呆(あき)れた声は、軍平のものだ。「鱗やは、御上から取り潰しの沙汰を受けたんだぞ。できるはずが……」

「場所も店の名も変えれば、御上にはわからないんじゃありませんか？」

「そう、なのか？」軍平とお甲の夫婦が、思わず顔を見合わせた。

「店の名を『鱗や』とせず、料理の名も『鰻茶碗』や『白雪雑煮』としなければいいんです。外見はまったく別の店で、中身はもとの鱗や——。そういう店を作れませんか？」

「ここにいるおれたちで、もういっぺん鱗やを立ち上げようと、そういうことか？」

軍平に向かってお末がうなずく。

「いまのいままで、思いもしなかったが……」と、板長は顎をなでた。

誰もが同じとまどいを隠せないようで、どうしたものかという顔をする。

「面白えじゃねえか！」

己の腿をぴしゃりと打って、身を乗り出したのは小村伴之介だった。

「この百両で、店を立ち上げてえと、そういうことだろう？」

「はい、そのとおりです」

「豪儀じゃねえか。その話、おれは乗った」

「ですが、百両では居酒屋がせいぜいで、まともな料理屋にはとても足りませんよ」

女将のお里久はそう告げたが、伴之介はにやりと笑う。

「それなら、こいつでどうだい」己の懐から別の袱紗包みを出して、百両の横に、たん、とおく。「二百両なら、少しはましな店を借りて、商いをはじめられるんじゃねえのかい？」

小伴の出した袱紗の中から、まったく同じ切餅四つが出てきた。

「こいつを使うのに遠慮はいらねえ。金の出所はまったく一緒、若旦那からのおれへの詫び料だからな」

鱗やの贔屓にしてくれた小伴の信用をも貶めた。八十八朗は、それを済まながって、百両の詫び料を残したようだ。しかしお里久はすげなく言った。

「二百両では、やはり足りませんね」

「駄目かい？」と、小伴がしょげた顔をすると、お里久はくすりと笑う。

「もう百両、三百両あれば大丈夫でしょう」

「お、それじゃあ……」

「私もやはり、若旦那から詫び料として百両をちょうだいしました。それを合わせるということで、いかがでしょう？　それでも池之端の店にくらべれば、うんと小さい。料理茶屋を名乗るにはぎりぎりの構えですが、悪くはないと思いますよ」

当人たる鱗やの者たちを抜きに、あれよあれよという間に話が進んでいく。

「ちょいと、待ってもらえやせんかい」

とんとん拍子に、ひとまず水をさしたのは板長の軍平だった。

「心意気は立派だが、皆が皆、同じ頭たあ限りやせん。金のことばかりじゃなく、先々の話でさ。おれみてえな先の短けえもんはともかく、若い板場の連中なら、しっかりとした店で修業に打ち込んだ方が、よほど先もあるってもんだ」

鱗やと共に生きてきた軍平には、お末の案は何より有難く、すぐにもとびつきたいのが本音だろう。しかし一方でこの板長は、店内（みせうち）でいちばん年長になるという、己の立場をよくわきまえてもいた。うなずきながら同意したのは、次に年嵩（としかさ）にあたるおくまだった。

「そうだよねえ……どんなに一所懸命やったところで、料理屋なぞ所詮（しょせん）は水ものだ。うまくいくかどうかもわからない」と、太いため息をつく。「それにさ、何より忘れちゃならないのは、若旦那がいないことさ」

いまさらながらに失ったものを悼（いた）むように、皆の上に重苦しい沈黙が降りた。

「鱗やがまっとうな店になったのは、若旦那のおかげだろ？　若旦那がいてくれたからこそ、あそこまでになったんだ。それより前の店ときたら目も当てられなかったじゃないか」

同じ悔いは、誰の胸にもあるのだろう。何人もの顔が、おくまと同じように翳（かげ）る。

「でも、だからこそ、あたしは鱗やを残したい！　若旦那から受けた御恩は、鱗やを残し、続けていくことでしか返せない。あたしには、そう思えます」

お末は懸命に説いたが、軍平やおくまの顔には、まだ迷いがある。すっきりとしない天気のような、その空気を払ったのは冴(さ)えた女の声だった。

「でもあたしらは、菩薩みたいな若旦那に、ただ祈っていただけじゃない」

軍平の横で、お甲はしっかと背筋を伸ばした。

「たしかに鱗やは、若旦那あっての店だったかもしれません。でもあたしらだって、若旦那の後ろを懸命に走ってきた。役立たずの己を叱咤(しった)して、山道をここまで登ってきた。それは決して無駄じゃなかったと、あたしはそう思いたいんです」

明らかに、座の空気が変わった。そしてある意味、もっとも意外な者が、お甲の後押しにまわった。

「そうだね、あたしも同じだよ。叶(かな)うなら、やっぱり鱗やがいい」

「お継……おめえ、大丈夫か？」と、軍平がよけいな心配をしはじめる。

「別にさ、いまの店に不足があるわけじゃないんだ。正直、鱗やなんぞより、よほど立派な構えさね。だけどどういうわけか、それじゃあつまらないんだ……おかしなもんだよ」

お甲に向かって、どこかがかゆいみたいに、中途半端(はんぱ)なしかつめ顔をする。

「山道だと、そう言ったろ？　本当に若旦那のかけ声で、上ばかり目指してきたじゃないか。それをいきなり別の山の天辺に落とされたって、狐につままれたみたいでさ」

「登っていたその場所から、またはじめたいというわけか」

困ったようにこぼしながら、軍平の顔には笑い皺がいくつも浮いていた。

「ひとまず、やりてえ奴だけではじめてみるか」

軍平のひと言で、話は決まった。皆が皆、足並みをそろえることはない。せっかくの若旦那の心尽くしの詫び料と働き口を、ふいにする必要もない。軍平はそう断りを入れ、二日のあいだそれぞれの身のふり方を考えるよう、皆に言い渡した。

「そうこなくっちゃあ。で、店はどこにする？　芝居町に出すてえなら、いくらでも口をきくぜ。おっと、その前に、店の名を決めなくちゃあな」

「お待ちください、伴之介さま。あとひとつだけ、よろしいですか？」

「まだ、何かあるのかい、女将さん」

「若旦那に代わる、新たな主を立てるべきではないかと」

「どこぞから、若旦那を借りてくるつもりかい？」と伴之介が怪訝な顔をする。

「いえ、そうではありません。昔の鱗やには女将がいたそうですね？」

「はい、おりました」と、お末がこたえる。

「でしたら、新しい女将を、お甲さんにお願いしましょう」

「ええっ！」

並んだお甲と軍平が、同じびっくり眼になって一緒に叫んだ。

「女将さん、堪忍して下さい。あたしなんぞに、そんなお役が務まるはずがありません」

「ただ、菩薩さまに祈っていたわけではないと、他ならぬあなたが言ったのですよ」

鮮やかに返されて、お甲が困り顔を軍平と見合わせる。

「女将が店を仕切り、ご亭主が板長を務める。それが鱗やの慣わしなのでしょう？　そうでしたよね、お末？」

はいっ、とお末が返事するより早く、歓声と拍手が座敷の中いっぱいに広がった。

＊

この日、一艘の船が、隅田川沖に停泊した。

船から小舟に移された男たちは、永代橋のたもとで下ろされた。皆一様に痩せていて、身なりも貧しい。ただ月代だけは剃り立てらしく、青々としていた。船を心待ちにしていた者たちが、下りてきた者にとりすがり、あるいはひしと抱き合う。

年号が代わり、若君も生まれた。それを祝して、ご赦免船が出されたのだった。しかし中には、身内に縁の薄い者か、あるいは遠慮して知らせなかったか、どちらかなのだろう。誰ひとり駆け寄るようすもなく、ぽつねんと突っ立っている者もある。三十半ばを過ぎたその男も、やはりそのたぐいのようで、しばし大川をながめてから、永代橋を西へ渡った。霊岸島からいくつかの橋を経て、北へ向かい神田川を越えた。

春らしい陽気の午後だった。陽射しはあたたかく、桜は半月も前に終わっていたが、あちらこちらの前栽から花の甘い香りがただよってくる。

やがて不忍池の手前を左に折れて、いくらも行かぬうち男の足が止まった。

「……どういう、ことだ……何故、鱗やが、ここにある……」

小さな茅葺屋根と、網代に編んだ風流な観音開きの扉は、門と呼べるほどの硬い構えはなく、たしかに客を招き入れるように開かれている。その門脇にさりげない看板がかけられて、たしかに「鱗や」の文字があった。

男は長いあいだその場に佇んでいたが、少し離れた潜戸(くぐりど)から人が出てくると、ようやく我に返った。出てきた中年の女中は、客だと思ったのだろう、愛想よく腰を折る。

「いらっしゃいませ、おひとりさまですか？」

「いや、客ではないのだが……」

はたと顔を見合わせて、女中が素っ頓狂(とんきょう)な声を上げた。

「若旦那！　若旦那じゃありませんか！」

「おまえは……お継か？」

おそるおそる相手がたずねる。ここ数年で目方がかなり増え、以前の刺々(とげとげ)しさがかなり薄れていた。すぐにはわからなかったようだ。

「痩せなすったけれど、それでも若旦那はお変わりになりませんねえ。いつお戻りになったんですか？　お実家(さと)の吉田屋さんにたびたび人をやって、ずっとお待ちしていたんですよ。ああ、それより何より、女将さんに会ってもらわないと」

かつてのこの女中らしからぬ愛想のよさに面食らいながら、引きずられるようにして中に入る。落ち着いたしつらえの玄関を入ると、奥へと続く廊下や階段は昔のままである。外からは建て替えたように見えていたが、どうやら手を入れただけのようだ。

お継が中に向かって声を張り上げて、待つほどもなく奥から女将が顔を出した。

「どうしたんですか、お継さん、そんな大きな声で」

柿渋色の着物に、緑青の帯。地味な装いだが、女将と言うにはずいぶんと若い。八十八朗と目を合わせ、相手がはっとなった。

「わか、だんな……本当に、若旦那ですか？」

女将の頭に、見覚えのあるべっ甲簪がある。その細工がひと重の桜だと気がついて、八十八朗は口をあけた。

「お末……お末なのか？」

はい、とうなずいたお末の目に、たちまちこんもりと涙が盛り上がった。

「女将となったときに字を変えて、須磨の須に江戸の江で、いまは須江と申します」

「そうか、軍平とお甲は、男の子を授かったのか」

庭をそぞろ歩きながら、お須江とお継が皆の近況を語る。

「今年三つになりましたがね、やんちゃで手がつけられなくて」と、お継がぼやく。

「それでも験だけはいいんですよ。あの子が生まれてすぐに、鱗やの名を許されましたからね」

結局、鱗やの者たちは、ふたりを除いてすべてが新しい店に移ることを承知して、名を変えた鱗やは、小村伴之介の勧めもあって、芝居町にほど近い場所に店を構えた。女将となったお甲と板長を先頭に、皆も懸命に働き、また芝居町に近い分、何といっても伴之介の後押しが大きかった。店は順調に評判を上げ、四年目に番付に載る話が舞い込んだ。

どうせ載るなら、やはり鱗やの名に戻したい——。奉行所に届けを出したが、はじめのうちは突き返された。しかしお甲は諦めずくり返し願い出て、贔屓客の中に身分の高い武家がいたこともあり、ちょうどお甲が子を生んだ二日後、役所からの許しが下った。

「皆それはもう大喜びで……それからわずか三年足らずで、板長とお甲さんが店をやめてしまうだなんて、夢にも思っていませんでした」

軍平が喧嘩に巻き込まれ、足を折ったのがきっかけだった。潮時としてはちょうどいい頃合だと、軍平は板長の座を若い者に譲った。

「子供が手のかかる盛りだから、一家三人で小さな店をやるのも悪くないって、女将さんが言い出して」

お甲の名指しで、己に女将のお鉢がまわってきたとお須江が語る。

「私にはやはり荷が勝ち過ぎて、未だにうまくまわせないことだらけで……」

「あたしやおくまさんよりゃ、よほどましですよ。おくまさんは、若い頃亡くした旦那とのあいだに、やっぱり男の子がいましてね。駿州にいるんですが、そのかみさんが四人も子を生んだ揚句に死んじまって、子守りをせずばなるまいと駿府に行ってしまったんですよ」

　この上野池之端の場所が売りに出されているときかされたのは、お須江が女将となって早々、去年の五月だった。御上の手を経て別の者が安く手に入れ、そのまま料理屋として使っていたが、うまくいかず手放すことになったようだ。多少の借金をすれば、買い戻すことができる。女将をはじめたばかりの身には不安の方が大きかったが、それでもお須江はふたたびこの場所に立ってみて、ここを手に入れようと決心した。

「若旦那が帰ってきて下すったなら、思い切って買った甲斐もあるというものです。若旦那に戻っていただけるなら、もう何の憂いもありません」

「せっかくだが、私は戻るつもりはないよ」八十八朗は、そこで足を止めた。「運よく赦免されたと言っても、罪人であったことに変わりはない。そんな者を店に入れては、せっかくおまえたちが築き上げた、鱗やの格を落とすだけだ」

　お継が困ったように唇を尖らせたとき、若い女中がお継を呼びにきた。

「おや、いけない。こっちから出向くつもりが、向こうから来ちまったようだ」

胴まわりは多少肥えても、しゃきしゃきとした身のこなしだけは昔から変わらない。

お継の背中を見送って、お須江はふっと微笑した。

「船で江戸に着いて、真っ先にここへ足を運んで下さった。それが若旦那の、お気持ちではありませんか？」

「まさか鱗やがあるとは思わなかったからな……私はただ、見に来たんだ。何もかもが終わって、過去世（かこぜ）のものとなった。それを見届ければ、今度こそ竹之助を葬（ほうむ）って、八十八朗としてはじめられる……けじめをつけるために、ここに来た」

「だったらなおのこと、この上野池之端からはじめて下さい」

「しかし……」

「若旦那に来ていただいて、それで落ちる格であれば、こちらから願い下げです。それに……格なんてそんなもの、若旦那が初めてここに来た頃にはなかったものですよ」

たしかにと、八十八朗が苦笑する。

「若旦那に、見ていただきたいものがあるんです」

庭に連れ出したのはそのためだと、先に立って案内する。前庭を折れたところで、お須江は足を止めた。昔と同じに、そこから裏庭の隅が見える。

「あれはもしや……八年桜か？」

「はい。だいぶ頼りなくなりましたけど、あの晩、燃え残った霞桜です」

もとからひょろりとしていたが、さらにか細くなっている。すっかり炭と化したように見えていたが、幹の中心と枝の一本は生きていて、前の持ち主が植木屋に手入れをさせたようだ。あの日と同じに、霞のような花をつけていた。

「そうか……あれからちょうど八年か」

「はい」

ふたり一緒に、桜を見上げる。八十八朗はもちろん、去年の花の頃を知らないお須江も、まだ気づいていなかった。この木はもう、八年桜ではなくなっていた。燃えた翌年から、毎年花をつけるようになっていたのである。

ふたりはともにそれを知らぬまま、霞のような白い花をながめていた。

歓喜の年鑑へ

島内景二

太宰治は「苦悩の年鑑」という短編小説を、「時代は少しも変らないと思う」という印象的な一文で書き始めた。そして、次のように断言する。

《私は市井の作家である。私の物語るところのものは、いつも私という小さな個人の歴史の範囲内にとどまる。之をもどかしがり、或いは怠惰と罵り、或いは卑俗と嘲笑するひともあるかも知れないが、しかし、後世に於いて、私たちのこの時代の思潮を探るに当り、所謂「歴史家」の書よりも、私たちのいつも書いているような一個人の片々たる生活描写のほうが、たよりになる場合があるかも知れない》

太宰は、大正デモクラシーの時代を念頭に置いている。思想家や政治家など、歴史書に名を残した大人物の偉業を語るよりも、市井を生きる平凡な人間に語らせる方が、歴史の真実が見えてくると、彼は信じた。これは、「市井派宣言」である。

太宰の市井派宣言は、そのまま時代小説における「市井もの」の意義を明らかにする。「一個人の片々たる生活描写」の中に、時代の真実が凝縮されている。人間の真実は、そして歴史の神も、細部に宿る。

「市井もの」の時代小説のもう一つの特徴は、虚構の登場人物に「人間の真実」を宿らせることである。虚構の細部を描くという二重の制約を一身に背負って、時代小説作家は真実を捜し求める旅に出る。

時代は少しも変らない。けれども、二十一世紀の現代日本と「少しも変らない」時代など、あるのだろうか。それが、あるのだ。江戸時代の後期である。長く続いた平和。成熟し、爛熟(らんじゅく)の一歩手前まで来てしまった文化。格差の壁と、下流や地方では進行する一方の貧困。そして、迫り来る世界の終わりの予感……。

西條奈加(さいじょうなか)の『上野池之端(うえのいけのはた)　鱗(うろこ)や繁盛記(はんじょうき)』(以下、『鱗や繁盛記』)は、信州の片田舎の小さな村から江戸に出てきた十四歳の少女に、人間と歴史の真実を見届けさせようとする。彼女が摑(つか)み取った真実は、この小説の作者と読者の生きる時代の真実でもあるのだ。

少女の名前は、お末(すえ)。彼女が生きている時代を、特定できないものだろうか。作品の冒頭近くに、そのヒントがある。

《料理茶屋はいまからざっと五十年ほど前、十代さまの頃から出はじめた。田沼とい

う御側用人(おそばようにん)がいた時代だ》
徳川幕府十代将軍家治(いえはる)に重用された田沼意次(おきつぐ)が、側用人に出世したのが明和四年（一七六七）である。失脚は、天明六年（一七八六）。その「田沼時代」の約五十年後なのだから、お末が江戸に出てきたのは、西暦一八二〇〜三〇年くらいを想定すればよいだろう。『鱗や繁盛記』は六編の短編から成るが、最後作の「八年桜」では、私の計算によれば、お末は二十三歳になっているはずである。時に、一八三〇〜四〇年。十一代将軍家斉(いえなり)の時代が終わりに差しかかり、水野忠邦(みずのただくに)の「天保の改革」が始まろうとしていた。

この時代の爛熟と激動を、幕閣や大奥から鳥瞰(ちょうかん)する「上から目線」ではなく、上野にある料理屋「鱗や」で一日一日を必死に生きるお末の目線に合わせて、定点観測してみよう。そして、お末の感じた喜怒哀楽を、人間の心の真実として描き出そう。それが、西條奈加の戦略だった。

そこで西條は、純真無垢(むく)のお末を主人公に据え、彼女の少女から大人への成長を観察しようとした。津軽から上京した純粋な青年・太宰治は、道化と自虐(じぎゃく)という演技を自らに課し、周囲の人々の心に潜む善意と悪意をあぶりだした。信州の片田舎から江戸に出たお末は、それと逆に、どこまでも純粋に生きることで、他人の善意と悪意とを引き出す。

鱗やの板長の軍平、仲居のお継、おくま、お甲たちも、すべて心に鬱屈を抱え込んでいる。旦那の宗兵衛、おかみさんのお日出、彼らの娘お鶴の三人は、悩みというか心の病を抱えているようである。鱗やに集う客たちも、銘々が「苦悩の年鑑」を背負っている。中でも、「桜楼の女将」に登場するお里久の人間性には、深みがある。そのような人々の本性を、お末は照らし出してゆく。ただし、なぜか、お鶴の婿である若旦那の八十八朗だけが颯爽としていて、むしろ周囲から浮いている印象がある。

太宰には破壊と破滅とがあり、お末には創造と生産がある。むろん、お末が楽観的ということではなく、彼女の周囲では、純粋な悪意の持ち主がいたり、純粋な悪を許せない善人が結果として悪事を犯したりしている。

西條奈加は、お末さながらに、「市井もの」の中に新しい息吹を吹き込もうとして奮闘する。そもそも、「市井」という言葉は、井戸のある所に人が集まるようになり、市場が出来たことに由来している。「井戸＝水」の周りに、人々が引きつけられてくるのだ。だから、市井ものの時代小説には、どんなに生きることに疲れた人であっても、そこの水さえ飲めば希望を取り戻すことの出来る井戸が必要なのだ。

その意味で、お末は「水」であり、「井」である。その水を飲もうとして集まってくるのが、「鱗や」の人々であり、作者自身であり、多くの読者である。お末は「水の女」となるべく、登場してきた。

ところで、『鱗や繁盛記』に収録されている六編の作品は、どれもミステリー仕立てになっているが、さらに作品全体が巨大な謎を抱え込んでいる。だから、「ネタバレ」にならずに、本書の解説を書くことは至難の業である。そこで、できるだけ簡潔に、登場人物の抱えている問題をあぶりだし、作者が『鱗や繁盛記』に託したメッセージを読み取ることにしたい。

「水の女」は、心に大きな傷を抱え、ある場合には罪を犯した男の苦悩を癒す力を持っている。これが、民俗学者の唱えた「水の女」の基本である。上は天皇から、下は庶民まで、男たちは例外なく魂の傷がうずき出し、化膿し、ただれ、血を流している。だから、傷ついた獣が温泉に集まるように、清冽な水の周りに集まってくるのだ。

お末が奉公を始めた「鱗や」には、意地悪・怠惰・無気力・嫉妬・諦めなどの負の感情が充満していた。その中で、主人夫婦の娘婿に当たる八十八朗だけは、明るく、正義を実践していた。そして、先輩たちにいじめられ、何度もピンチに陥るお末に、そのつど助け船を出してくれた。『鱗や繁盛記』は、スタート時点では、信州の山から下りて、お江戸にやってきたお末が「救済を求める者」で、若旦那の八十八朗が

「救済者」だったのである。作品の中では、彼の渾名が「菩薩旦那」だとされている。「蛤鍋の客」で、お末が手にやけどし、八十八朗が良く利く薬を与える姿は、皮を剝かれて丸裸となった因幡の白ウサギを、優しく治療してあげた大国主の命の神話を連想させる。少しでも鱗やを良い店にしたいと奮闘するお末の力になったのも八十八朗で、彼の力で鱗やの接客も料理も飛躍的に向上し、名店として認められるようになってゆく。

ところが、鱗やの名声が高まるのと反比例するかのように、八十八朗の「明るさ」が陰ってゆく。菩薩という仮面の下に隠されていた彼の本心は、いかに。白ウサギに対しては救済者だった大国主は、若い頃には意地悪な兄神たち（神話には「八十神」と書いてある）にいじめられ、何度も殺されかかって、「救済を求める者」だった。八十八朗も、そうだった。彼の本名は、別にあり、口に出せない過去に苦しんでいたのである。

大きな闇を抱え込んだ八十八朗を救えるのは、お末しかいない。ここまで読んできて、『鱗や繁盛記』のヒロインであるお末の「文学的出自」が判明する。お末は、因幡の白ウサギであるだけでなく、ウサギの住む月の世界から地上を訪れたかぐや姫の末裔だったのだ。

かぐや姫は、人間の世界で最も幸福だと思われていた帝に、本当の幸福は地位や富ではなく「愛」であることを教え、「不死の薬」を形見として残し、再び月の世界に帰ってゆく。このかぐや姫が月に帰らず、真実を悟った帝と共に暮らしたとしたら、どういうことになるか。その可能性を、お末と八十八朗の二人が追い求めてゆく。

繰り返しになるが、お末は信州の山奥から江戸に出てきた。信州の姨捨山は、「我が心慰めかねつ更級や姨捨山に照る月を見て」という和歌に詠まれているように、月の名所である。お末は、月世界のような異界から江戸に現れた異人であるがゆえに、迫害されながら、鱗やの人々に「鱗やのあるべき姿」を教え、彼らを導いてゆく。そして、最も大きな傷を抱えた八十八朗さえも救済する。

いや、そんな綺麗事ではないのかもしれない。「八年桜」は、大きな罪を抱いて遠い島へと旅に出た八十八朗が、八年ぶりに江戸の鱗やの店に戻ってくる場面で終わっている。立派な女将に成長し、「須江」と改名した「元のお末」が、八十八朗を待ち迎える。須江という名前については、本人の口で、次のように説明されている。

《「女将となったときに字を変えて、須磨の須に江戸の江で、いまは須江と申します」》

この場面を読んで、わたしの頭でひらめくものがあった。特に、「須磨」という地名である。そうか、お末は、かぐや姫だけでなく、紫の上でもあったのか、と。

『源氏物語』で光源氏の伴侶として生きたのが、紫の上である。彼女は、北山という山から下りてきて、光源氏の妻となった。その光源氏は、絶世の美男子として人々から称賛される一方で、義理の母親である藤壺と、道ならぬ関係になってしまい、苦悩していた。その苦しみからの解放を担ったのが、「水の女」である紫の上だった。

お末が紫の上ならば、八十八朗は光源氏である。傷心の光源氏が、足かけ三年もの間、「須磨」と明石へ旅立った留守を守って、紫の上は都に残り、家を維持し続けた。彼女が十八歳から二十歳までの期間である。不在の光源氏の帰りを待ちながら、紫の上は大人になった。そして、同じ成熟が、八十八朗の帰還を待ち続けた二十三歳のお末（須江）にも起きている。

ところが、である。長く江戸を離れていた八十八朗だが、彼の「罪からの解放」は、まだなされていないと思われる。彼が救われるかどうかは、彼がこれから、お末とどのような人生を歩むかに左右される。

わたしは本書の解説を、太宰治の言葉で書き始めた。今、念頭にあるのは、小林秀雄が対談の席上で、三島由紀夫に対して発した言葉である。意欲作『金閣寺』を完成させて意気揚々とし、「批評の神様」である小林からどんな言葉がかけられるか期待している三島に向かって、小林はこう言った。
《……で、まあ、ぼくが読んで感じたことは、あれは小説っていうよりむしろ抒情詩だな。つまり、小説にしようと思うと、焼いてからのことを書かなきゃ、小説にならない》(対談集『源泉の感情』)

三島の『金閣寺』は、主人公が金閣寺に火を付けた場面で終わっている。だが、そこから始めるのが小説だと、小林は言ってのけた。

翻(ひるがえ)って、「八年桜」を読み返すと、お末改め須江と、前半生を乗り越えて今度こそ「真の八十八朗」として生き直そうとする八十八朗とが、二人並んで八年桜を見上げる場面で終わっている。美しいフィナーレであり、感動する。一編の散文詩である。いや、抒情詩と言ってもよい。

だからこそ、小林秀雄の顰(ひそ)みに倣(なら)って、わたしも言いたい。「これからの二人の歩みを書かなきゃ、この小説をここまで読んできた読者は納得しないんじゃないかな」と。

これからの二人が、どう生きるか。須江と八十八朗が、もう一方に対する「救済者」であると同時に「救済を求める者」でもあるという、相互救済の人生になるのだろうか。それが、「鱗や」をどう変えてゆくのか。「鱗や」の料理が、どう変わってゆくのか。八十八朗は、本当の意味での「菩薩旦那」になれるのか。お末は、天女女将になれるのか。

『鱗や繁盛記』は、極上の読後感を残すグルメ時代小説の秀作である。だが、太宰治が「苦悩の年鑑」で書いたような市井派宣言と拮抗する「市井もの」の時代小説となるために、「八年桜」のゴールが、新たなスタートラインとなる続編を、一読者としてわたしは強く願う。

須江と八十八朗が再会して感じた喜びは、すぐに大いなる不安へと変わるだろう。須磨・明石から帰京した光源氏と再会した紫の上が、そこから苦難の人生を生き始めたのと同じように。これから、須江と八十八朗の二人が、どのような「歓喜の年鑑」を織り成してゆくか。軍平という名板長の去った鱗やの新しい板長は、どういう男なのか。お継だけが残り、お甲やおくまの去った仲居たちには、どういうドラマが待ち受けているのか。ここから始まる物語を無性に読みたいという渇きを、多くの読者は抱くことだろう。それは、この小説が成功したことの証である。ならば、続編は、その成功をさらに大きく上回る成功を収めるに違いない。

お末（須江）と八十八朗の「苦悩の年鑑」だった『鱗や繁盛記』。その続編としての「歓喜の年鑑」は、必ずや現代人の心の立ち直りの良薬となるだろう。鱗やという「井戸」の周りには、滾々と湧き出てくる清冽な水のしずくを、手に掬って飲みたいと願う読者たちが、市を成す。須江よ、「市井もの」の力を見せてくれ。

（二〇一六年八月、国文学者）

この作品は平成二十六年三月新潮社より刊行された。

上野池之端（うえのいけのはた）　鱗（うろこ）や繁盛記（はんじょうき）

新潮文庫　さ－64－11

平成二十八年十月一日発行

著者　西條（さいじょう）奈加（なか）

発行者　佐藤隆信

発行所　株式会社新潮社

郵便番号　一六二－八七一一
東京都新宿区矢来町七一
電話　編集部（〇三）三二六六－五四四〇
　　　読者係（〇三）三二六六－五一一一
http://www.shinchosha.co.jp

価格はカバーに表示してあります。

乱丁・落丁本は、ご面倒ですが小社読者係宛ご送付ください。送料小社負担にてお取替えいたします。

印刷・大日本印刷株式会社　製本・憲専堂製本株式会社

ISBN978-4-10-135776-8 C0193